Colours of Magic

Gefangen im Nebel

Selina Sunn

Alle Charaktere und Geschehnisse, die in diesem Buch vorkommen, sind rein fiktiv. Jegliche Ähnlichkeit mit realen Personen, tot oder lebendig, ist Zufall und nicht vom Autor beabsichtigt.

ISBN: 9798866855797

Imprint: Independently published

Instagram & TikTok: SelinaSunnAuthor

Für meine Mutter,

die wie eine Heldin gekämpft hat,
so dass ich zu dem Menschen werden konnte,
der ich heute bin.

In Liebe
Selina

Prolog

Eine schwarze Gestalt trat aus dem Schutz der Bäume und lief durch die Dunkelheit auf das zerstörte Gebäude zu. Es war nur noch ein Gerippe. Kaum noch zu erkennen als das, was es vor kurzem noch gewesen war, bevor die Flammen es zerfressen hatten.

Als die Gestalt eintrat, knirschte der Boden unter ihren Füßen. Die verkohlten Gegenstände lagen auf der Erde verstreut und machten es dem Magier noch schwerer, das zu finden, was er suchte. Ein Beobachter hätte ihn als Mann mittleren Alters identifizieren können, doch zu so später Stunde trieb sich niemand mehr hier herum. Der Mann trug eine kleine leuchtende Kugel aus Magie mit sich, die ihm mit ihrem Licht half, nicht über die Trümmer zu stolpern. Er tastete sich weiter vor und blickte sich um. Als er auf diesem Wege nichts finden konnte, hielt er kurz inne. Sollte er das Risiko eingehen? Ihn durfte nur niemand von den Menschen entdecken. Doch er hatte keine andere Wahl, sonst würde es wohl Stunden dauern. Also ließ er seine pechschwarze Magie über den Erdboden fließen, er hatte sie so verzaubert, dass sie aufleuchten würde, wenn sie etwas Lebendiges berührte. Misstrauisch suchte er die nahe Umgebung nach ungewollten Beobachtern ab.

Plötzlich sah er ein Leuchten einige Meter vor sich. Schnell schritt er nach vorn und begann, in den verkohlten Überresten zu graben. Eine fremde Hand griff nach ihm. Er hatte ihn gefunden! Vorsichtig zog er den Überlebenden aus dem Dreck.

„Ist alles nach Plan verlaufen?“, fragte der Gerettete, als er sich aus den Trümmern befreit hatte.

„Ja, natürlich ist es das. Ich frage mich nur, ob es klug war, dich am Leben zu lassen.“

„Sehr lustig“, sagte der Gerettete und hakte sich bei seinem Retter unter.

Zusammen bahnten sie sich ihren Weg aus dem Chaos und verschwanden unentdeckt in der Schwärze der Nacht.

1. Kapitel

Ich trat aus meinem Zimmer. Es war 5:30 Uhr morgens. Gerne fing ich schon allein an, mich aufzuwärmen, bevor das eigentliche Training begann. Ich trug ein enges T-Shirt und eine kurze Hose. Dazu einen straffen Zopf und Turnschuhe. Mit Leichtigkeit nahm ich die Treppe, die von der Galerie, von der alle Zimmer im ersten Stock abgingen, hinunter in die große Halle führte. Für gewöhnlich startete ich mit lockerem Laufen und ging anschließend zum Dehnen über. An diesem Morgen gab ich mich, wie so oft, meiner Routine hin. Um Punkt sechs Uhr würde mein Vater aus seinem Labor kommen und mir von der Galerie aus erste Gedanken zu der heute anstehenden Trainingseinheit zurufen. Noviomagus war nicht wirklich mein Vater, auch wenn ich ihn so nannte, sondern mein Onkel väterlicherseits. Seit meinem vierten Lebensjahr lebte ich bei ihm. Er war für mich da, seitdem meine Eltern gestorben waren. Das war auch der Grund, warum ich ihn Dad nannte.

Gestern war das Training auf defensive Taktiken ausgelegt gewesen. Deshalb vermutete ich, dass ich mich heute in der Offensive unter Beweis stellen musste. Mit welcher meiner magischen Fähigkeiten wusste ich aber noch nicht.

„Heute“, schallte plötzlich Dads Stimme von der Galerie im ersten Stock durch die riesige Halle, „geht es um die Prävention von Angriffen durch Telekinese.“

Ich wusste nur zu gut, dass *Prävention von Angriffen* lediglich eine schöne Umschreibung dafür war, meinen Gegner kampfunfähig zu machen, noch bevor er überhaupt den Hauch einer Chance hatte, mich zu verletzen. Er schritt lächelnd die Stufen hinunter und schob die Ärmel seines grauen Pullovers über die Ellenbogen. Dazu trug er eine schwarze Stoffhose und Schuhe aus italienischem Leder. Wie immer sah man ihm nicht an, dass er vermutlich die ganze Nacht in seinem Labor gearbeitet hatte. Sein Gesicht sah frisch rasiert und leicht gebräunt aus. Anders als bei mir. Ich hatte nicht die Erlaubnis, das Gebäude zu verlassen, bevor ich nicht meine Magierausbildung bei meinem Dad vollständig abgeschlossen hatte. Also würde mein Gesicht wohl noch für längere Zeit diese ungesunde Blässe aufweisen.

„Aber zuerst wärmen wir uns etwas auf.“

Als er bei mir angekommen war, stellte er sich mit festem Stand vor mir auf, atmete tief ein, streckte seine Arme aus und spreizte seine Finger. Um seine Hände herum erschien dunkler, schwarzer Rauch, der langsam nach unten auf den Boden quoll. Das war mein Zeichen: Ich bereitete mich auf die gleiche Weise vor. Da ich schon fast mein ganzes Leben lang mit ihm trainierte, wusste ich, dass man immer auf einen schnellen Angriff vorbereitet sein musste. Ich schloss die Augen und breitete ebenfalls meine Hände aus, aus denen sofort schwarz-blauer Nebel floss. Er umhüllte mich wie ein

Schutzwall und verlieh mir nahezu unbegrenzte Macht. Ich spürte, wie mein ganzer Körper durch meine Magie elektrisiert wurde. Als ich meine Augen wieder öffnete, sah ich eine schwarze, von Rauch umgebene Kugel auf mich zu rasen, die mich bei einem Zusammenstoß entweder meterweit durch die Luft geschleudert hätte oder, mit der entsprechende Modifikation durch meinen Dad, mir Verbrennungen dritten Grades zugefügt hätte. Ein entschlossenes Lächeln strich kurz über meine Lippen, als ich die Kugel in meinen Nebel hüllte, einmal schnell um mich herumschleuderte, indem ich mich um meine eigene Achse drehte, und sie schließlich auf meinen Gegner zurückfeuerte. Der reagierte natürlich sofort und zerschnitt die eigens erschaffene Kugel mit einer mühelosen Handbewegung in der Luft, sodass die beiden Hälften des Balls noch kurz ziellos in der Luft umherschlingerten und dann verpufften.

Sofort bereitete er seinen nächsten Angriff vor. Er ließ seinen schwarzen Rauch sich in der ganzen Halle verteilen. Als er selbst davon verschlungen wurde, wusste ich schon, was gleich folgen würde. Ich formte mit meiner Magie ein undurchdringliches Feld. Zuerst um mich herum, dann in einem immer größer werdenden Radius. Dadurch drängte ich den Nebel zurück und hatte wieder klare Sicht. Damit hatte mein Angreifer nicht gerechnet. Er war gerade dabei gewesen, sich von hinten an mich heranzuschleichen, um meine Fähigkeiten im Nahkampf zu testen. Sofort wirbelte ich herum und nutze den Schwung, um ihm mit einem Roundhouse Kick mein Schienbein in die Rippen zu schleudern. Er fing meinen Unterschenkel aus der Luft und hielt ihn fest, wodurch ich bewegungsunfähig auf einem Bein stehen blieb. Doch ich brauchte nicht länger als eine halbe Sekunde, um Schwachstellen an ihm auszumachen. Sofort formte ich einen kleinen Magieball und attackierte damit sein rechtes Bein, auf dem der Großteil seines Gewichtes ruhte. Für einen kurzen Moment verlor er das Gleichgewicht, sodass ich mich befreien konnte. Als er sich wieder fing, folgte sofort ein weiterer Schlagabtausch. Dieser forderte so viel von meiner Aufmerksamkeit, dass ich vergaß, den schützenden Ball aufrechtzuerhalten, der seinen schwarzen Nebel fernhielt. Er schloss mich sofort wieder ein und raubte mir die Sicht. Bevor ich reagieren konnte, traf mich ein Schlag, ich taumelte zurück und mein Lehrer verschwand in der Dunkelheit. Ich wusste sofort, dass dieselbe Taktik nicht noch einmal funktionieren würde. Verzweifelt sah ich mich um, als könnte ich im Nebel etwas ausmachen, das mir helfen konnte. Ich war so enttäuscht von mir selbst. Warum konnte ich ihn nie schlagen? Bis jetzt hatte ich kein einziges Mal gegen ihn gewinnen können, aber mit meinen schlampigen Kampftechniken würde sich das auch nicht so schnell ändern.

In diesem Moment hörte ich, wie sich eine Holzkiste ächzend vom Boden hob. Das Aufwärmtraining war wohl abgeschlossen und wir gingen nun in den Telekinese-Teil des Trainings über. Das bedeutete, Dinge nur mithilfe der eigenen Magie zu bewegen, also ohne sie zu berühren. Im letzten Moment konnte ich mich zu Boden werfen und hörte nur noch, wie die Kiste hinter mir an der Wand zerschellte. Plötzlich hatte ich eine Idee. Ich verteilte ebenfalls meine Magie als Nebel im Raum und ließ sie sich mit der meines Vaters vermischen. Dann drückte ich meinen Nebel nach unten, sodass er seinen mit zu Boden riss. Sofort hatte ich wieder klare Sicht und konnte so dem nächsten Objekt ausweichen, das Noviomagus mithilfe seiner Magie nach mir warf: Einen Karton mit einigen leeren Glasbehältern. Ich beschwerte meine Magie, sodass sie seinen Nebel weiterhin am Boden hielt, ohne dass ich mich für das weitere Training darauf konzentrieren musste.

„Sehr gut gemacht. Ich bin beeindruckt“, hörte ich Noviomagus hinter mir. Seine Stimme klang hell durch den Raum. Kurz war ich erleichtert und etwas stolz auf mich, doch ich konnte auch leichten Spott in seiner Stimme mitschwingen hören. Als wüsste er genau, dass ich ihm nicht gewachsen war. „Aber das sieht mir noch nicht nach Prävention von Angriffen aus. Streng dich mehr an.”

Ich drehte mich zu meinem Mentor und sah mich nach einer neuen Möglichkeit um, ihn anzugreifen. Das Erste, was mir einfiel, waren Nebelbomben, die den Gegner orientierungslos machen sollten, bis man sich etwas Kreativeres ausgedacht hatte. Ich wehrte ein paar seiner Fernkampfattacken ab und bereitete meinen Plan vor. Noviomagus stand nun genau vor dem Aufgang zur Galerie. Er hatte nicht viel Platz, um mir nach hinten auszuweichen, was ich ganz sicher ausnutzen würde. Ich erschuf ein paar Kugeln aus meiner Magie und feuerte sie auf meinen Gegner. Wenn sie ihn trafen, sollten sie explodieren und ihn in einen undurchsichtigen Nebel hüllen. Doch mein Plan scheiterte. Er wehrte sie mühelos ab, sodass sie nach oben gegen die unsichtbare, magische Wand prallten, die zum Schutz der Zimmer im ersten Stock errichtet worden war, und sinnlos in einem wunderschönen dunkelblauen Nebel zerbarsten.

Der Rest des Trainings verlief ähnlich erfolglos, sodass ich am Ende schnaufend auf dem Boden saß und mir den Schweiß mit dem Handrücken von der Stirn wischte. Ich formte mit meinen Händen eine kleine Schale, in der ich mithilfe meiner Magie ein wenig Wasser aus der Luft zog, um es zu trinken. Es war zwar nur wenig, tat mir aber gut.

„Das Training war heute sehr gut, Kleine. Bevor du duschen gehst und wir uns später zum Theorieunterricht wiedersehen, erneuere bitte die Schutzwand oben an der Galerie. Die hast du heute echt hart getroffen", sagte er und verschwand wieder in sein Labor. Im Gegensatz zu mir war er nicht einmal ein bisschen verschwitzt, sodass er direkt wieder arbeiten gehen konnte. Daran war bei mir nicht zu denken. Ich stand stöhnend auf und schickte meine Magie nach oben zum Geländer des ersten Stockwerks. Dort ließ ich sie eine Wand formen und den Nebel dann langsam wieder verschwinden. Somit war der Schutzzauber erneuert. Wenn es diesen nicht geben würde, müssten wir jedes Mal nach einem Training Wände, Türen oder Teile der Einrichtung erneuern, die wir aus Versehen beim Angriff getroffen hatten. Da dies sehr aufwändig wäre, erschufen wir einfach diesen Schutzzauber. Außerdem war es auch für mich immer eine gute Übung. Ich holte mir ein Glas Wasser aus unserer kleinen Küche, in der noch nicht einmal ein Esstisch stand. Da Noviomagus meist während der Arbeit etwas aß, würden wir ohnehin nie gemeinsam daran sitzen. Ich aß daher immer allein in meinem Zimmer.

Nach dem Duschen zog ich mir etwas Gemütliches an.

Bei einem kritischen Blick in meinen Kleiderschrank stellte ich fest, dass ich mir wieder neue Klamotten mit meiner Magie synthetisieren musste. Nichts, das im Schrank hing, gefiel mir noch. Warum hatte ich nur so viele hässliche pinke Klamotten? Ich stellte mich auf die Zehenspitzen und sah die oberen, hinteren Ecken meines Schrankes durch. Dabei erregte etwas meine Aufmerksamkeit, das ich absichtlich so weit hinten versteckt hatte. Eine kleine Kiste mit Erinnerungen von früher, die bei einer Trainingseinheit von Noviomagus fast verbrannt worden war. Er hatte gedacht, dass es mich motivieren würde, besser zu werden, wenn er sie in Gefahr brachte. Letztendlich hatte ich die einzigen Überbleibsel aus meiner Kindheit gerade noch vor der völligen Zerstörung retten können. Ich hatte mich eine Woche lang geweigert, wieder mit ihm zu trainieren. Doch dann sprach er ein Machtwort und zwang mich wieder zum Magietraining. Als Kompromiss versprach er mir immerhin, dass er nie wieder meine Sachen für Übungseinheiten benutzen würde, woran er sich bis heute auch gehalten hatte. Ich setzte mich auf mein Bett und blickte verträumt aus dem Fenster. Dies hatte Noviomagus so verzaubert, dass es eine Wiese mit bunten Blumen zeigte. Was sich wirklich dahinter verbarg, wusste ich bis heute nicht, obwohl ich fast mein ganzes Leben in seiner kleinen Forschungseinrichtung verbracht hatte. Aber was spielte es auch für eine Rolle, was sich wirklich hinter dem Fenster befand? Die Blumenwiese war mir als Aussicht hübsch genug.

Ich öffnete die Tür meines Zimmers und lugte vorsichtig in den Flur hinaus. Am hinteren linken Ende des

Gebäudes befand sich der Eingang des kleinen Forschungslabors, in dem sich Noviomagus gerade befand. Dann, als ich sicher war, dass er in seine Arbeit vertieft sein musste, schritt ich eilig aus meinem Zimmer und ging den Flur weiter hinauf nach rechts zu der winzigen Abstellkammer. Fast wäre ich über unseren kleinen Saugroboter gestolpert, der gerade den Flur reinigte. Ich machte abrupt vor ihm Halt.

„Hallo Err-Tzwo. Wie geht es dir?", fragte ich ihn fröhlich.

Als Antwort fuhr er einmal gegen meinen großen Zeh und dann im großen Bogen um mich herum. Mit empörtem Getöse, dass ihm etwas im Weg gestanden hatte, machte er sich davon.

„Hm", seufzte ich und öffnete die Tür zu der kleinen Abstellkammer. Ich blickte noch einmal über meine Schulter und ging dann hinein. Als ich den Lichtschalter betätigte, fingen die alten Neonröhren an zu knacken und zu flimmern. Dann war der Raum hell erleuchtet und offenbarte seinen Inhalt. Für jeden anderen Menschen wäre es nur eine alte, verstaubte Kammer gewesen, doch für mich war es eine Sammlung von Dingen aus einer anderen Welt. Sie hatte in meinen Augen etwas Magisches an sich, obwohl sie genau das Gegenteil war. Hier befanden sich Bücher, Filme, Technik und Musik, die Noviomagus von seiner Zeit, als er noch in der Außenwelt gelebt hatte, aufbewahrte. Diese hätten fester Bestandteil meines Lebens sein können, wenn meine Eltern nicht auf so tragische Weise gestorben wären. Diesen Raum hatte ich vor ein oder zwei Jahren durch Zufall gefunden. Als ich ungefähr sechzehn war, fing mein Dad an, sich immer mehr in seine Forschung zu vertiefen. So kamen sehr viel Einsamkeit und Langeweile in mir auf. Ich füllte meine Zeit mit noch mehr Training und mit Erkundungstouren durch mein Zuhause. Zunächst nahm ich die große Halle, in der wir immer trainierten, unter die Lupe und öffnete ein paar der großen Holzkisten, die dort zuhauf standen. Darin fand sich jedoch nichts Spannendes. Dann nahm ich mir die Galerie mit den Zimmern im ersten Stock vor und probierte mich im Synthetisieren von Essen und Kleidung. Diese Fähigkeiten hatte ich aber schnell perfektioniert. Nichts davon konnte mich auf Dauer begeistern, bis ich schließlich ganz hinten am anderen Ende unseres langen Flures diese Abstellkammer entdeckte, mit all ihren Schätzen darin. Diese waren hier feinsäuberlich in große, metallene Regale sortiert und schon sehr verstaubt. In seiner Freizeit kam Dad nicht hierher. Ich glaubte sogar, er nahm sich niemals eine Auszeit von seiner Arbeit, außer um mich zu trainieren und zu unterrichten. Einmal hatte ich einen so starken Niesanfall bekommen, dass ich befürchtete, er könnte mich erwischen. Zum Glück hatte er bis jetzt nicht herausgefunden, dass ich hier herumstöberte. Bisher hatte er mir verschwiegen, dass es diesen Raum gab, also ging ich davon aus, dass ich mich nicht hier aufhalten sollte und da ich keinen Streit wollte, erzählte ich ihm auch nichts von meiner liebgewonnenen Freizeitbeschäftigung.

Zuerst ging ich zu dem großen Regal mit alten, zerlesenen Büchern. Ihre Seiten waren schon vergilbt, was es in meinen Augen nur noch schöner machte, diese zu lesen. Es war für mich so, als würde ich in alten Überbleibseln einer längst vergessenen Zeit stöbern. Immer wenn ich ein Buch zu Ende gelesen hatte, kam ich hierher und wählte sorgfältig und nach besonderen Kriterien das nächste aus. Es war für mich eine Art Ritual, welches ich immer am Ende einer harten Trainingswoche durchführte. Aus jeder Erzählung lernte ich etwas. Aus diesem Grund behandelte ich die Bücher wie meine eigenen kleinen Heiligtümer. Ich strich verträumt über die teilweise sehr zerfledderten Buchrücken, suchte mir heute aber noch kein neues Buch aus. Sogar meine Kinderbücher, die Noviomagus mir früher vorgelesen hatte, lagerte er hier. Er hatte mir jedoch nie erzählt, wo diese Bücher geblieben waren, als ich zu alt für sie geworden war. Stutzig sah ich sie mir an. Bestimmt hatte er seine Gründe, warum er mir nie von diesem Raum erzählt hatte.

Nun ging ich weiter die Regale entlang. Hier standen noch ein paar Schuhkartons mit alten Fotos. Es gab jedoch nicht viele von meinen Eltern. Das einzig schöne hatte Noviomagus mir eingerahmt und auf meinen Nachttisch gestellt. Es zeigte mich als kleines Baby im Arm meiner überglücklichen Eltern. Sie standen irgendwo draußen im Grünen und die Sonne erhellte unsere Gesichter. Ich sah es jeden Abend an und wünschte ihnen eine Gute Nacht, bevor ich schlafen ging.

Dann war ich an meinem Ziel angekommen. Ich zog ein altes Sofakissen hinter einem vollgepackten Regal hervor und legte es auf den Boden. Anschließend schaltete ich den alten, klobigen Fernseher und das daran angeschlossene Gerät zum Abspielen von Video-Kassetten ein. Mehrmals musste ich einige der Knöpfe drücken, bis der Fernseher eine Verbindung hergestellt hatte. Ich beschloss nun, mir erneut die Filmreihe anzusehen, die ich jedes Mal aufs Neue gerne sah. Ich holte die große schwarze Kassette aus ihrer zerschlissenen Verpackung und fütterte das Gerät damit. Es surrte einige Male laut und genüsslich, dann begann der Film mit lauten, fanfarenartigen Klängen. Mit leuchtenden Augen folgte ich dem Vorspann, während ich zur altbekannten Musik meinen Kopf hin und her wippte. Nun zeige das Bild einen sternenbedeckten Himmel und futuristische Raumschiffe, die sich gegenseitig beschossen. Lichtblitze flackerten über den gläsernen Bildschirm und krächzende, metallische Geräusche erschütterten die alten Lautsprecher des Fernsehgerätes. In der nächsten Szene eine schwarze Gestalt. Das Antlitz von ihr faszinierte mich immer wieder aufs Neue. Dies war meine absolute Lieblingsfilmreihe. Zwar gab es hier noch unzählige andere Kassetten, von denen ich mir auch schon viele angesehen hatte, doch die Trilogie über den Krieg im Weltraum schaute ich mit Abstand am liebsten. Ich hatte am Anfang versucht, mir den Kassettenspieler mit meiner Magie nachzubauen, war jedoch kläglich daran gescheitert. Er war einfach zu technisch und komplex aufgebaut, als dass ich es hätte verstehen können. Also begnügte ich mich damit, dieses alte, klapprige Ding zu benutzen. Ich hoffte, es würde noch einige Filme überstehen.

Einige Zeit lang saß ich nur da und genoss die kleine Auszeit meines durchgetakteten Alltags. Als ich die Hälfte des Films gesehen hatte, machte ich mich langsam wieder auf den Weg in mein Zimmer zurück. Nicht, dass Dad früher als gedacht wieder aus seinem Labor kam und sich wunderte, wo ich war. Ich stand auf und räumte alles wieder zurück an seinen Platz. Dabei fielen mir einige der Kassetten auf den Boden. Als ich sie wieder aufhob, fiel mein Blick auf die einzelnen Titel. Ich fand es witzig, dass es so viele Filme über das Zaubern gab. Die Menschen dort draußen hatten keine Ahnung, wie Magie wirklich funktionierte. Ich schmunzelte. Wie so oft fragte ich mich, wie es wohl wäre, in der Außenwelt zu leben. Doch mir war auch bewusst, dass es dort sehr gefährlich war. Noviomagus hatte mir erzählt, dass es sehr wohl Menschen gab, die von unseren Kräften wussten und sich diese um jeden Preis zu Nutze machen wollten. Aber auch andere böse Magier konnten mir etwas antun. Letztendlich war ich froh, dass Noviomagus mich hier in unserem sicheren Zuhause großgezogen hatte. Aber ich fragte mich immer öfter, wann ich alt genug sein würde, nach draußen zu gehen. Noviomagus konnte mich ja nicht für immer hier einsperren, oder?

Als ich zurück in mein Zimmer lief, bemerkte ich, wie hungrig ich war. Also ging ich schnurstracks in die Küche und sah in den Kühlschrank. Dad hatte bei seinem letzten Besuch auf seiner Arbeit eingekauft. Er arbeitete zwar immer in seinem Labor hier in unserem Zuhause, jedoch musste er ungefähr einmal in der Woche die neuesten Teilergebnisse seiner Arbeit seiner Vorgesetzten vorstellen. Dann verschwand er für ein paar Stunden mit einem wichtig aussehenden Aktenkoffer und kam dann entweder sehr schlecht oder sehr gut gelaunt wieder und verschwand sofort in seinem Labor, um die Verbesserungswünsche seiner Chefin umzusetzen. Zumindest hatte ich es so verstanden, denn auf Fragen über seine Arbeit antwortete er immer etwas wortkarg.

Im Kühlschrank fand ich nun seine letzten Einkäufe:

Ein paar Tüten mit fertig geschnittenem Salat, jeweils eine Tube Ketchup und Senf, Aufschnitt und Brot. Solche Dinge wurden immer eingekauft, damit man sich schnell einen Snack zubereiten konnte. Aber sobald man Speisen essen wollte, die gekocht werden mussten, verlangte Dad, dass diese synthetisiert wurden. Entweder von ihm oder von mir selbst. Es sei eine gute Übung für mich, meinte er immer und spare außerdem Zeit, die ich mit noch mehr Training verbringen konnte. Inzwischen fiel es mir leicht, alles selbst zu erschaffen, was ich essen wollte. Man musste sich nur konzentrieren, denn wenn man gerade einen Hackbraten herstellte und sich dabei schon auf Schokopudding als Nachtisch freute, ergab sich plötzlich eine sehr unappetitliche Mischung aus beidem. Also machte ich mir nur ein paar Sandwiches und verstaute die Zutaten danach wieder im Kühlschrank. Dabei lugte ich in die Auflaufform, die ich dort vorfand. Zum Abendessen hatte Dad Lasagne synthetisiert. Eines meiner Leibgerichte.

Meine Sandwiches nahm ich mit in den Raum, in dem gleich der Unterricht stattfinden würde. Hier lernte ich alles Theoretische, das mit Magie zu tun hatte, und mögliche Gefahren, auf die man zu achten hatte, wenn man Magie nutzte. Der Raum war nicht besonders groß und es standen nur ein kleines Bücherregal mit unterschiedlichsten Lehrbüchern, zwei Tische und Stühle sowie eine dunkelgrüne Kreidetafel darin. Manchmal kam Dad etwas unpünktlich, weil er so vertieft in seine Arbeit war. Einmal hatte er den Unterricht sogar ganz ausfallen lassen, da er wohl kurz vor einem Durchbruch gestanden hatte. Heute kam er mit zehn Minuten Verspätung. Ich hatte gerade meinen Snack aufgegessen und schon einmal angefangen, die Notizen von gestern durchzulesen. Er stellte mir, wie immer, ein kleines Glas mit einer durchsichtigen Flüssigkeit auf den Tisch.

„Hier, bitte sehr."

„Danke", sagte ich und kippte das Glas in einem Zug meinen Hals hinab. Es schmeckte ein wenig zu süß, aber trotzdem ganz in Ordnung. Diese chemische Lösung, die Dad jeden Tag für mich herstellte, sollte mir mehr Kraft verleihen und mich nach dem Training stärken. Ich wusste selbst nicht genau, woraus er sie herstellte, aber ich glaubte, dass sie mir guttat.

„So!", sagte er nun energisch und stemmte die Hände in die Hüften. „Bitte wiederhole noch mal, was du gestern gelernt hast."

Ich lächelte selbstsicher und fing an zu wiederholen: „Gestern haben wir uns auf individuelle Schutzzauber konzentriert. Wie man Objekte oder sich selbst gegen unterschiedlichste Einflüsse schützt." Ich spielte ein wenig mit meiner Magie herum und erschuf vor mir in der Luft eine kleine Wand. In ihr befanden sich Runen, die in mehreren Kreisen um das Zentrum herum angeordnet waren. In der Mitte befanden sich immer die Zeichen für die vier Elemente: Luft, Wasser, Erde und Feuer, auf die die Welt und somit auch die Quelle unserer Magie aufgebaut waren. Die Runen hatten unterschiedliche Bedeutungen und, je nach Anordnung in den Kreisen, auch verschiedene Auswirkungen. Ich ließ die Runen verschwinden, nachdem ich sie so angeordnet hatte, wie es meinen Wünschen entsprach. Zurück blieb nur eine fast durchsichtige Wand, die in der Farbe meiner Magie, einem dunklen Blau, schimmerte. Dann schlug ich mit einem rechten Haken dagegen, um zu beweisen, dass der

Schutzzauber funktioniert hatte. Die Wand hielt meinem Schlag stand.

„Sehr gut“, lobte mich Dad. „Und wenn man einen bestehenden Zauber, wie unsere Schutzwand auf dem Flur, wieder stärken will nach großer Magie- oder Gewalteinwirkung?“

„Dann schickt man einfach seine Magie zu der Wand und lässt sie sich dort verteilen. Dafür braucht man kein besonderes Wissen, wie man welche Runen einsetzt“, erwiderte ich fast schon gelangweilt. Ich holte die Notizen vom Ende der letzten Stunde noch einmal hervor, wo ich die Bedeutungen für die gängigsten Runen aufgeschrieben hatte.

„Korrekt. Und deine Hausaufgabe hast du auch schon fertig?“ Er blickte kurz auf meine Unterlagen. „Sehr schön“, sagte er zufrieden, so als hätte er nichts anderes erwartet. Dann fuhr er fort: „Heute geht es nicht um staubtrockene Theorie, denn ich möchte dir mal wieder ein wenig Kultur der Magierwelt nahebringen. Aber, wie du weißt, gibt es keine richtige *Welt* für Magier. Damit sind meist unsere Gesellschaft, unsere Kultur und unsere Gesetze gemeint. Die meisten von uns leben unentdeckt unter den Menschen. Es gibt aber Gruppierungen, wie zum Beispiel spezielle Schulen, die etwas abgeschieden an einem kleinen Ort unter sich leben. Quasi so wie wir beide. Okay, also heute erzähle ich dir eine Geschichte, die du auch in *Magier-Historie: Band 5* nachlesen kannst. Ich erzähle sie aber lieber selbst. Ich finde es schöner, eigene Kommentare hinzuzufügen, da die meisten bedeutenden historischen Figuren ja oft missverstanden wurden.“

Ich verstand nicht, was er damit meinte, aber trotzdem lehnte ich mich auf meinem alten, hölzernen Stuhl zurück und lauschte gespannt einem weiteren Teil unserer magischen Vorgeschichte, den ich noch nicht kannte:

„Nach dem Zweiten Weltkrieg, in dem natürlich auch Magier aus den unterschiedlichen Nationen beteiligt waren, gab es sehr viele neue Regeln in der Magierwelt. Sie wurden beschlossen, um solche schlimmen Kämpfe unter Magiern wie die während des Zweiten Weltkrieges zukünftig zu vermeiden. Aber auch um eine allgemeine Ordnung zu schaffen. Zum Beispiel wurde beschlossen, dass sehr mächtige Magier oder solche mit Vorstrafen in der Menschenwelt unter Beobachtung stünden. Alles natürlich nur aus dem Grund, dass die Magier und ihre Geheimnisse verborgen und sicher bleiben würden. Auch dürften sich zwei sehr begabte Magier nicht miteinander fortpflanzen, da befürchtet wurde, dass daraus ein noch mächtigerer Magier hervorgehen könne, der mit sogenannten Absorptionskräften geboren würde. Dadurch kann man anderen Magiern ihre Kräfte entziehen und sie sich zu eigen machen, wodurch man immer mächtiger wird.

„Diese Regeln wurden vor 1985 nur halbherzig befolgt, bis ein Ereignis die Magierwelt so tief erschütterte, dass die Dringlichkeit, diese Regeln zu achten, plötzlich zur wichtigsten Aufgabe der Ältestenräte wurde. Ein junger Magier namens Asparius tauchte auf der Bildfläche auf. Asparius war das Kind zweier mächtiger Magier und wurde mit solchen Absorptionskräften geboren. Er war ein sehr ambitionierter Mann und wollte, dass die Magier sich den Menschen zu erkennen geben und sich nicht mehr verstecken. Seiner Ansicht nach seien wir den normalen

Menschen in jeglicher Hinsicht weitaus überlegen. Daher sollten wir sie unterdrücken und über sie herrschen. Er hatte nach kürzester Zeit durch seine besonderen Kräfte so viel Magie in sich aufgenommen, dass er jedem anderen Magier überlegen war und jeden ermordete, der sich gegen ihn stellte. Die gesamte Erde, sowohl Magier als auch Menschen, stand kurz vor dem totalen Chaos.

„Nach diesen Vorkommnissen wurden diese neuen Vorgaben von den Ältesten sehr streng durchgesetzt, da befürchtet wurde, ein Magier, der stärker war als alle anderen, könnte erneut die Macht an sich reißen."

„Hm, okay. Asparius' Ansichten waren ...", fing ich an, das eben Gehörte zu kommentieren.

„Ja, sie waren etwas radikal. Aber man muss manchmal ein wenig Härte zeigen, um Ziele zu erreichen. Und seine Ziele waren es, die Welt für die Magier zu verbessern. Er war jemand, der oft missverstanden und dann, wie ich finde, zu Unrecht so hart verurteilt worden ist."

„Der klingt für mich aber mehr als nur missverstanden. Wie genau wurde er denn verurteilt?"

„Er wurde mit versammelter Kraft fast aller ...", Noviomagus stockte kurz und verdrehte die Augen, während er das nächste Wort sagte, „*Ältesten* vom Thron gestürzt und auf magische Weise erhängt", endete er mit Groll in der Stimme.

Ich bemerkte seinen Unmut über das Verhalten der Magier damals, doch ich war mir nicht ganz sicher, ob ich die Methoden von Asparius hätte gutheißen können. Ich hätte wahrscheinlich auch versucht, diesen augenscheinlich bösen Magier zu bekämpfen, aber das sagte ich lieber nicht in Gegenwart meines Dads. Er schien darüber eine gänzlich andere Meinung zu haben.

Abends stand ich wieder in unserer kleinen Küche und räumte das Geschirr, das ich gerade auf magische Weise gereinigt hatte, wieder in den Schrank. Gemütlich eingekuschelt, hatte ich die leckere Lasagne gegessen und weiter meine Lieblingsfilmreihe geguckt. Nun hatte ich beschlossen, mir noch einen Tee zu machen und ein wenig in meinem Buch zu lesen. Also brachte ich Wasser in einer Tasse zum Kochen und zauberte mir einen süßen Früchtetee hinein. Da Wasser zu den vier Elementen gehörte, empfand ich es als sehr leicht, damit zu zaubern. Naturmagie war für Magier, egal ob mächtig oder nicht, sehr intuitiv und einfach. Während meine Magie den Tee also fast von selbst zubereitete, sah ich aus dem Fenster. Hier hatte Dad ebenfalls einen Zauber gewirkt, sodass durch das Fenster ein sonnenbeschienener Strand mit Palmen zu sehen war. Ich glaubte, er fand es schöner so, aber ich fragte mich, was sich wohl in Wirklichkeit hinter dem Fenster verbarg. Ob es tatsächlich ein Strand war? Ich hatte noch nie Sand unter meinen Füßen gespürt, aber aus meinen Büchern wusste ich, dass es toll sein musste. Wie wäre es wohl, wenn meine Eltern nicht gestorben wären? Ob sie mich auch so intensiv auf das Böse in der Welt vorbereitet hätten so wie Noviomagus? Könnte man überhaupt ein normales Leben führen oder wäre man immer in Gefahr? Solche Gedanken verdrängte ich meist sofort wieder, denn immer, wenn ich mich derartiges fragte, kam unweigerlich auch die Frage auf, warum meine Eltern hatten sterben müssen. Warum hatten sie sich nicht wehren können gegen das Feuer in unserem Haus?

Ein lauter Knall riss mich aus meinen Gedanken. Sofort stürmte ich hinaus auf den Flur und in Richtung von Dads Labor. Gerade öffnete sich die Tür und dunkler Rauch kam in dicken Schwaden hinausgequollen. Hatte es eine Explosion gegeben? Hustend lief Noviomagus hinaus auf den Flur, schmiss die Tür hektisch hinter sich zu und fuhr einmal mit der geöffneten Hand in einem Halbkreis durch die Luft. Ein magischer Trick, um natürlich entstandenes Feuer zu löschen.

„Dad! Alles in Ordnung?“, rief ich als ich bei ihm ankam.

„Ja“, stieß er hervor und hustete immer noch. Als er sich auf seine Knie stützte, schob ich sofort meinen Arm unter seinen, um ihm wieder aufzuhelfen.

„Was hast du denn da drin gemacht?“, fragte ich erschrocken und blickte auf die geschlossene, aber von außen etwas angesengte Tür.

„Ach nichts. Alles gut“, erwiderte er ausweichend, so wie immer, wenn man ihn auf seine geheime Forschung ansprach.

„Dad, bitte sag mir endlich, was du da tust. Ich könnte dir helfen und ...“, doch er unterbrach mich mit energischer Stimme:

„Sei still! Ich will keine Hilfe. Du darfst nicht wissen, was ich tue. Das habe ich dir schonmal gesagt!“ Sofort schreckte ich zurück und ließ seinen Arm los. Er seufzte erschöpft. „Entschuldige, Kleine.“

„Schon okay“, sagte ich mit leiser Stimme und zwang mich zu einem Lächeln. Da ihm scheinbar nichts fehlte, ging ich wortlos zurück in mein Zimmer und schnappte mir vorher noch meinen Tee aus der Küche. Mit einer kleinen Drehung meines Zeigefingers mischte ich noch ein wenig Lavendel zur Beruhigung hinein. Ich zog meine Zimmertür hinter mir zu und legte mich sofort in mein Bett. Unweigerlich schlich sich eine Träne aus meinem Augenwinkel und rollte mir über meine Wange. Dad hatte mir schon früher gesagt, dass seine Arbeit zu gefährlich für mich war, aber das glaubte ich ihm nicht. Warum durfte ich nicht einfach helfen? Womöglich könnte ich auch noch etwas über Magie dabei lernen. Aus welchem Grund wurde er immer so abweisend und aggressiv bei diesem Thema? Meine Gedanken kreisten immer wieder um diese Fragen. Früher hatte ich sie verdrängt, aber länger konnte ich das nicht mehr. Ich wollte nun endlich mehr wissen. Über alles, was um mich herum passierte. Ob es wohl normal war, so aufzuwachsen? Dad hatte zwar gesagt, dass es oft kleine Gruppen von Magiern gab, die separiert von den Menschen lebten und dadurch nicht ihr wahres Selbst verstecken mussten. Aber es gab so viele Dinge, die ich über die Welt außerhalb unseres Zuhauses nicht wissen, nicht hinterfragen durfte. Ich fragte mich, wie es wohl draußen war. Wo befand sich überhaupt unser Zuhause? War es draußen kalt und alles mit Schnee bedeckt? Oder gab es tatsächlich die sonnenbeschienene Wiese, die ich gerade durch mein eigenes Fenster nachdenklich betrachtete. Wieso nur durfte ich nicht hinausgehen? Es konnte doch nicht sein, dass es direkt vor unserer Tür zu gefährlich war, oder? Ich sollte aufhören, darüber nachzudenken, schließlich tat Noviomagus das alles nur zu meinem Schutz. Damit mir nicht das gleiche geschah wie meinen Eltern. Traurig blickte ich auf das alte Foto von uns dreien auf meinem Nachttisch. Da fiel mir etwas ein. Etwas, das ich mir schon lange nicht mehr angesehen hatte. Es lähmte mich jedes Mal fast vor Trauer, aber in diesem Moment wollte ich es auf einmal. Ich stand auf und griff unter mein Bett. Hinter dem zehnten und elften Lattenrost meines Bettes hatte ich das kleine Notizheft geklemmt. Als ich es aufschlug, musste ich wieder mal akzeptieren, dass meine Tränen sich verselbständigten.

Für mein kleines Mädchen:
Du bist gerade erst 6 Monate alt und bist schon das Zentrum unseres Lebens. Du hast schon so oft gelacht, dass ich es gar nicht mehr zählen kann. Ich werde mich immer an den Moment erinnern, als ich dein niedliches Babylachen zum ersten Mal hörte. Es war das Schönste, was ich jemals wahrgenommen habe. Deine Magie hast du auch schon einige Male angewendet. Wir waren einmal spazieren und sahen ein Eichhörnchen vor uns auf der Straße. Als ein Auto um die Ecke kam und drohte, das Eichhörnchen zu überfahren, hast du es mit deiner Magie hochgehoben und in einen nahe gelegenen Baum gesetzt. Niemand der Beteiligten, außer dein Vater und ich, haben verstanden, was passiert war. Wir sind so stolz auf dich. Du wirst einmal eine sehr mächtige Magierin.

Und genau so ging es seitenweise weiter. Sie hatte alles Schöne meiner ersten Lebensjahre auf diesen mittlerweile vergilbten Seiten festgehalten. Ich dachte oft an meine Eltern. Nur ein paar Erinnerungsfetzen von ihnen waren mir geblieben. Ich vermisste sie so sehr. Ich atmete tief durch, um meine traurigen Gedanken zu vertreiben. Nun musste ich versuchen, mich abzulenken. Ich versteckte das Büchlein wieder an seinem Platz. Dann nahm ich mir meinen Tee und blätterte mein Buch an der Stelle auf, in die ich gestern das Lesezeichen gelegt hatte. Das Buch hatte einen grünen Einband aus Stoff mit goldener Schrift darauf und handelte von einem kleinen Mädchen, das versuchte, einen Zauberer zu finden, der ihr helfen konnte, wieder nach Hause zu kommen. Ich war gerade an der Stelle angekommen, an der der ängstliche Löwe durch eine Wiese mit wunderschönen, betörenden Blumen sehr müde wurde und an Ort und Stelle einschlief. Im selben Moment schlief ich ebenfalls ein. Es war ein sehr unruhiger Schlaf, der mich fast die ganze Nacht lang quälte.

Die Gasse, in der ich mich plötzlich fand, wurde durchzogen von wabernden Nebelschwaden. Das Licht einer weit entfernten Straßenlaterne tauchte alles in fahles, dreckiges Licht und ließ dabei große, gruselige Schatten entstehen. In der Nähe hörte man ein Tier in einer Mülltonne wühlen. Auf der gegenüberliegenden Straßenseite trafen zwei rivalisierende Katzen in lautem Geschrei aufeinander. Ich blickte an mir herunter. Ich trug die Kleidung, die ich am Tag getragen hatte, aber mein Körper sah merkwürdig aus. So durchsichtig, als wäre ich ein Geist.

Plötzlich hörte ich schwere, schnelle Schritte hinter mir. Ich drehte mich panisch um. Ein schwarz gekleideter Mann rannte hektisch atmend auf die kleine Gasse zu, geradewegs durch mich hindurch, als hätte er mich gar nicht gesehen. Aus Reflex stolperte ich ein paar Schritte zurück hinter eine große Mülltonne. Im selben Moment bemerkte ich, dass er von einem jüngeren Mann verfolgt wurde. In der Gasse kamen beide zum Stehen und blickten sich gegenseitig an, wie zwei Feinde in einem Westernfilm. Der ältere Mann ließ dickflüssige, blutrote Magie aus seinen Fingern quellen. Die beiden waren Magier, bemerkte ich erstaunt. Dann blickte ich hinüber zu seinem Konkurrenten, dieser aktivierte ebenfalls seine Magie. Sie war von wunderschönem Smaragdgrün. Da fing der Ältere auch schon an, Pfeile aus Magie auf den Jüngeren zu schießen. Dieser wehrte sie geschickt ab, war damit aber so beschäftigt, dass er selbst nicht zum Angriff übergehen konnte. Aus meinem eigenen Training schossen mir einige Tricks durch den Kopf, die ihm nun helfen konnten. Aber sollte ich helfen? Durfte ich mich zeigen? Und wer von beiden war tatsächlich der Böse und wer der Gute? Ich versuchte, trotz meiner durchsichtigen Gestalt meine Magie zu entzünden, doch es funktionierte nicht. Ich war völlig machtlos und konnte nur zusehen, wie der Jüngere immer mehr Angriffe einstecken musste und dadurch zusehends schwächer wurde. Er war nun kurz davor, zusammenzubrechen, als er verzweifelt versuchte, dem Älteren mit seiner Magie etwas aus der Manteltasche zu ziehen. Der Ältere erschrak und schlug panisch mit der Hand auf seinen Mantel, sodass der Gegenstand, den ich leider nicht hatte sehen können, wieder darin verschwand. Der Jüngere gab erschöpft auf, als der ältere Magier ihm noch einen letzten Schlag versetzte, der ihm genug Zeit gab, zu verschwinden. Tatenlos musste ich zusehen, wie der Angreifer entkam. Ich rannte zu dem jungen Magier und legte eine Hand auf seine Schulter. Als er nicht reagierte, hockte ich mich neben ihn. Konnte er meine Berührung spüren? Mich überhaupt sehen? Auf allen Vieren kauerte er auf dem dreckigen Boden der Gasse und atmete schwer. Als ich mich zu ihm hinunterbeugte und ich dadurch in sein Sichtfeld kam, drehte er plötzlich seinen Kopf und blickte mich direkt an. Ich war also doch sichtbar für ihn, stellte ich fest, als ich sein Gesicht neugierig musterte. Er hatte braune, locker in sein Gesicht fallende Haare und nussbraune Augen, die mich genauso interessiert ansahen wie ich ihn. Wir beide waren sprachlos und für einen Moment vergaß ich alles um mich herum. Ich fragte mich nur, wer dieser Magier war und ob ich ihn jemals wiedersehen würde, denn in diesem Moment zog mich etwas zurück in die Realität.

Ich öffnete meine Augen und wälzte meine viel zu warme Bettdecke von mir. Sofort warf ich einen kleinen, leuchtenden Magieball an die Decke, der mir warmes Licht spendete und mich endgültig in das Hier und Jetzt zurückbrachte. Die Runen dafür hatte ich schon als Kind auswendig gekonnt, daher war es mir ein Leichtes, diesen Zauber beliebig oft zu wiederholen. Was hatte ich da gerade gesehen? War es einfach nur ein Traum gewesen? Aber dafür hatte es sich zu real angefühlt. Ich fragte mich, wie es dazu gekommen war, dass die beiden Männer sich verfolgt hatten. Und dann dieses schöne, markante Grün des jüngeren Magiers und seine braunen Augen. Obwohl mir noch tausend Gedanken durch den Kopf schossen, war ich immer noch hundemüde. Heute würde ich wohl keine Antworten auf diese Fragen mehr finden. Ich schlief mit einem Lächeln auf den Lippen und den Gedanken an den hübschen jungen Mann wieder ein. Mein Magieball zerplatzte lautlos in viele kleine, leuchtende Punkte, die langsam erloschen und bis zum Morgen schlief ich ruhig und traumlos.

2. Kapitel

So, heute habe ich mir etwas Besonderes einfallen lassen“, sagte Noviomagus am nächsten Morgen, als wir uns beide in der Trainingshalle eingefunden hatten.

„Und das wäre?“, fragte ich mit gespieltem Misstrauen. Wenn er sich etwas *Besonderes* ausdachte, hieß es entweder, es würde mir sehr großen Spaß machen oder es würde höllisch wehtun. Wie ich erfuhr, war es Letzteres:

„Ich werde dir mit einem kleinen Ritual deine Kräfte für kurze Zeit entziehen. Dadurch können wir nur deine Nahkampffähigkeiten testen, ohne dass du dazu verleitet wirst, dir mit deiner Magie aus einer aussichtslosen Situation zu helfen. Und es erhöht auch deine Schmerzresistenz.“

„Kleines Ritual? Erhöht meine Schmerzresistenz? Wie bitte?“, wiederholte ich ungläubig.

„Dieses Verfahren ist ein kleines Nebenprodukt meiner Forschung“, sagte er, ohne mit der Wimper zu zucken.

„Nebenprodukt deiner Forschung?“, wiederholte ich erneut und fühlte mich dabei langsam etwas dumm. „Du kannst mir doch nicht einfach meine Kräfte entziehen! Es wäre doch unrealistisch, wenn ich ohne sie kämpfen müsste. Ich besitze meine Magie doch schließlich immer!“, rief ich aus.

„Es soll eine gute Übung werden. Na los, leg dich auf den Boden und trink das hier. Keine Widerrede.“ Er hielt mir ein kleines Glas mit blau schimmernder Flüssigkeit hin. Es erinnerte mich ein wenig an die chemische Lösung, die er mir immer nach dem Training gab. Obwohl dieses Zeug wohl genau das Gegenteil von der stärkenden Lösung bewirken würde. Widerwillig nahm ich das Glas und kippte den Inhalt herunter. Es schmeckte sehr bitter und brannte, als es meine Kehle hinabrann. Dann wurde mir auch schon schwummerig und ich legte mich schnell auf den Boden. Meine Muskeln verkrampften sich und meine Eingeweide zogen sich zusammen. Ich schrie auf vor Schmerz. Mein Körper wehrte sich. Denn meine Magie war ein Teil von mir, den er nicht so leicht aufgeben würde. Der Schmerz wurde unerträglich. Dann verlor ich das Bewusstsein.

***

„Kleine. Wach auf!“

Jemand schlug mir leicht auf die Wange. Ich stöhnte und setzte mich auf. Kurz sah ich alles nur sehr verschwommen und mich überkam ein unbändiger Brechreiz. Ich würgte, aber die Nebenwirkungen des Serums ließen schnell nach. Auf wackeligen Beinen kam ich zum Stehen.

„Und? Kannst du deine Magie benutzen?“, fragte Noviomagus neugierig.

Ich hielt meine rechte Hand offen vor meinen Körper und versuchte, meine Magie zu aktivieren, doch nichts geschah. Konzentriert versuchte ich es noch einmal. Nichts. Sie war verschwunden. Verzweifelt sah ich ihn an: „Es geht nicht. Wie lange dauert das an?“

„Nur für circa eine Stunde, glaube ich. Ich fasse es nicht, dass es tatsächlich funktioniert hat. Ich habe es vorher nicht getestet“, rief er vergnügt.

Ich war fassungslos. „Das Zeug ist ungetestet?! Und dann lässt du mich das einfach schlucken! Bist du wahnsinnig?“

„Ein bisschen vielleicht. Aber sieh doch, wie genial ich bin! Es hat tatsächlich funktioniert!“ Er checkte noch kurz meine Pupillen und sah nach, ob ich einen ungesunden Belag auf der Zunge hatte. Ich fühlte mich wie ein Versuchsobjekt. „Ja, sehr schön. Nun, lass uns anfangen. In Kampfposition!“

Immer noch etwas benommen, stellte ich mich auf. Na, das konnte ja heiter werden, dachte ich, als ich dem ersten Tritt auswich.

Am Ende unseres Trainings saß ich, wie immer, schnaufend auf dem Boden. Da meine Magie noch nicht zurückgekommen war und ich mir somit kein Wasser aus der Luft ziehen konnte, hatte Dad mir eine Flasche mit Wasser gereicht. Dieses abgefüllte Wasser schmeckte so widerlich nach Plastik, dass ich beim ersten Schluck das Gesicht verzog. Während ich noch Pause machte, bereitete Dad schon den letzten Teil unseres Trainings vor. Ich versuchte immer wieder aufs Neue, einen kleinen

Magienebel in meiner Hand zu erschaffen. Langsam funktionierte es wieder.

„Ist deine Magie zurück? Sehr gut. Dann können wir ja weitermachen." Er hatte eine kleine Kiste auf den Boden gestellt, deren Inhalt er nun auf den Boden setzte. Es war ein kleiner, grüner Frosch.

„Oh, ist der süß", sagte ich verzückt. „Ist das mein neues Haustier?"

„Nein. Du sollst ihn töten", entgegnete er trocken.

„Was? Warum das denn?!", rief ich.

„Du musst auch in der Lage sein, Lebewesen zu töten. Falls sie dir etwas anhaben wollen."

„Ich kann das nicht! Außerdem ist das doch nur ein harmloser Frosch!"

„Stell dir vor, er wäre giftig", sagte Noviomagus, ohne dass er es selbst glaubte.

„Ist er aber nicht. Ich will das nicht tun!", sagte ich nun noch unsicherer und verzweifelter.

„Du machst gefälligst, was ich sage!", schrie er.

Ich war so erschrocken, dass ich zusammenzuckte und ihn mit weit aufgerissenen Augen anstarrte. Einen Augenblick später jedoch schien er sich wieder sammeln zu können und seine Gesichtszüge lockerten sich ein wenig. Er fügte mit ruhigerer Stimme hinzu: „Ich will dich doch nur beschützen, Kleines. Du musst in der Lage sein, dich zu verteidigen. Du musst mächtiger werden."

Er trat einen Schritt vor und breitete seine Arme aus. Ich ließ seine Umarmung zu, doch es fühlte sich nicht mehr so an wie früher. Als kleines Kind hatte ich oft Trost in seinen Armen gefunden, doch heute fühlte es sich einfach falsch an. Als wäre ich an einen Anker gefesselt, der mich immer weiter in die kalte, schwarze

Tiefe des Meeres zog.

Als ich vom Duschen wieder zurück in mein Zimmer lief, hatte ich mich schon ein wenig von unserem Training heute früh erholt. Ich zog mir etwas Gemütliches an und stellte mich vor das Terrarium, das ich nach dem Training synthetisiert hatte. Lollihop hatte sich schon sehr gut eingelebt. Sie saß auf einem mit Moos bewachsenen Stein und ließ sich von der Beregnungsanlage berieseln. Sie quakte mich fröhlich an.

„Gern geschehen", erwiderte ich zufrieden und lächelte.

Noviomagus hatte sie nach dem Training umbringen wollen, weil ich es nicht konnte. Doch ich stellte mich zwischen ihn und den wehrlosen Frosch und bestand darauf, sie behalten zu dürfen. Dad hatte nur mit den Augen gerollt und das Training für heute als beendet erklärt. Während er zurück in sein Labor ging, hatte er irgendetwas genuschelt, dass sich wie „nicht stark genug" angehört hatte. Ich wusste nicht, ob ich enttäuscht oder wütend sein sollte. Hätte ich seinem Befehl nachkommen und das arme Lebewesen umbringen müssen? Aber das hätte ich in keinem Fall übers Herz bringen können. Natürlich wollte ich meinen Dad nicht enttäuschen, aber ich konnte es wirklich nicht. Ich ignorierte mein Gefühlschaos und versuchte, mich abzulenken. Ich betrachtete nachdenklich das Terrarium. Nach dem Training hatte ich zusammen mit meinem neuen Haustier ein Buch aus dem Abstellraum gesucht, in dem beschrieben wurde, wie der Lebensraum von Fröschen aussah. Ich hatte herausgefunden, dass Lolli ein Europäischer Laubfrosch war und hatte laut Anleitung in dem Buch das Terrarium für sie synthetisiert. Bis jetzt sah sie sehr zufrieden aus.

Ich ließ mich seufzend auf mein Bett fallen und blickte verträumt aus dem Fenster. Meine Fragen und Zweifel über mein Leben hier ließen mich seit einiger Zeit nicht los. Sie waberten in meinem Kopf herum wie ein Poltergeist. Würde er mich jemals die Menschenwelt besuchen lassen? Oder würde ich bis zu meinem Tod hier versauern? Auch sein Verhalten wurde mir immer suspekter. Er wurde jedes Mal wütend, wenn ich ihn darauf ansprach, was er den ganzen Tag über machte oder wie es in der Welt da draußen war. Mir kam das alles immer komischer vor. Ich wollte langsam mal meine eigenen Entscheidungen treffen und eigene Erfahrungen sammeln. Ich hatte den Gedanken zuvor immer wieder verdrängt, doch jetzt lag er klar vor mir: Ich musste nach draußen gehen! Also fasste ich den Entschluss, mich hinauszuschleichen und mich draußen umzusehen. Solange Noviomagus nichts davon mitbekam, würde ich auch keinen Ärger bekommen, dachte ich und fühlte mich dabei sicher. Ich hatte die Entscheidung gefasst. Jetzt musste ich sie nur noch unbemerkt in die Tat umsetzen.

3. Kapitel

Ein paar Minuten zu spät stürzte ich in den Unterrichtsraum. Dad wartete bereits mit verschränkten Armen auf mich. Ich hatte so lange überlegt, wie ich mich am besten hinausschleichen konnte, dass ich völlig die Zeit vergessen hatte. Das kleine Glas mit der stärkenden Flüssigkeit stand schon auf meinem Tisch. Schnell trank ich sie und setzte mich.

„Erst das Desaster heute beim praktischen Training und jetzt kommst du auch noch zu spät. Was ist denn mit dir los?", fragte er enttäuscht und sauer zugleich.

„Entschuldige, ich habe noch ein paar Runen auswendig gelernt und die Zeit vergessen", log ich und fuhr fort: „Und dass ich den Frosch ...", begann ich die nächste Entschuldigung, doch er unterbrach mich sofort:

„Dafür brauchst du dich nicht zu rechtfertigen", setzte er an und ich war schon ganz erleichtert, doch ich war zu voreilig: „Ich bin sehr enttäuscht von dir. Aber du bist wohl noch nicht so weit. Du bist noch zu schwach. Sowohl dein Körper als auch dein Geist."

„Es tut mir leid", sagte ich traurig und verstand nicht ganz, was er meinte. Als ob sich meine Einstellung zum

Töten anderer Lebewesen jemals ändern würde. Was hatte das mit Schwäche zu tun? Zum Glück lenkte er mich von diesen Gedanken ab und fuhr fort.

„Na gut. Lass uns das jetzt vergessen, Kleine." Es störte mich immer, wenn er mich so nannte, aber in diesem Moment noch mehr als sonst. „Gib noch mal wieder, was du noch aus der letzten Stunde weißt.

„Ähm, ja. Gerne." Ich musste mich kurz sammeln und den schnellen Wechsel des Themas verarbeiten. Ich überlegte kurz. „Gestern hast du mir erzählt, durch welches Ereignis die strengen Regeln, die es heute für Magier gibt, entstanden sind."

„Ja, genau. Und welches Ereignis war das?"

„Ein Magier namens Asparius hat die Macht an sich gerissen, indem er mithilfe seiner Absorptionsmagie die Kräfte anderer Magier raubte. Er wollte die Menschen unterdrücken und über die Welt herrschen. Dann wurde er erhängt und seitdem werden die Gesetze in der Magierwelt von irgendwelchen Ältesten zielstrebiger durchgesetzt", gab ich aus meiner Erinnerung wieder. Wer diese Ältesten waren, hatte ich noch nicht verstanden. In unseren Büchern hatte ich kaum etwas über sie gefunden.

„Ja, das war fast richtig. Aber er hat ja nicht gewaltsam die Macht an sich gerissen. Du hast das ein bisschen falsch verstanden. Asparius hat gemerkt, dass es den Magiern schadet, sich vor den Menschen zu verstecken. Er wollte zu unserem Wohle die Welt verändern. Zugegeben: mit etwas fragwürdigen Methoden. Aber er konnte ja auch nichts für seine starken magischen Kräfte und seine Absorptionsfähigkeit. Er wurde so geboren, weil seine Eltern beide schon sehr mächtig gewesen waren“, sagte er voller Überzeugung, dass dieser Asparius gar kein so böser Magier war.

Meine Meinung war eine ganz andere. Ich hatte mir *Magier-Historie: Band 5* durchgelesen. Dadurch wusste ich, dass Asparius keine Skrupel gehabt hatte und auch keinen Respekt vor dem Leben, weshalb er dieses wohl so leichtfertig vielen Magiern genommen hatte. Auch seine Anhänger hatte er dazu angestiftet, seine Feinde aufzuspüren und zu töten. Hunderte wurden so ermordet, man schätzt sogar Tausende, die bis heute als vermisst gelten, weil deren Leichen nie gefunden wurden.

„Okay, so viel zu der Wiederholung. Heute gehen wir mal wieder die Lehre der Elemente durch.“

„Schon wieder?“, stieß ich stöhnend hervor. Da unsere Magie auf den vier Elementen Erde, Luft, Wasser und Feuer basierte, kam dieses Thema immer wieder vor, obwohl Noviomagus genau wusste, dass Naturmagie für mich viel zu langweilig und einfach war. Außerdem wollte ich nichts über das Element Feuer wissen, da dadurch meine Eltern gestorben waren.

„Es tut mir leid, Kleine. Aber das gehört nun mal dazu. Bitte lies dir eins der Bücher dazu durch, die du noch nicht kennst und schreib eine kurze Zusammenfassung des entsprechenden Kapitels. Ich selbst kann mit den einzelnen Elementen nicht so viel anfangen, wie du weißt. Aus meiner Sicht als Physiker und Chemiker besteht alles aus Atomen, die sich durch ihre unterschiedliche Zusammensetzung zu den Dingen um uns herum auch unterschiedlich durch Magie beeinflussen lassen. Aber ich möchte dir dieses Wissen über die Elemente nicht vorenthalten, vielleicht kannst du das Wirken von

Zaubern dadurch besser verstehen. Oder du hältst das irgendwann auch für esoterischen Mist, so wie ich damals in der Schule, und wir konzentrieren uns auf naturwissenschaftliche Themen und komplizierte Runen."

Mit diesen Worten verließ er den Raum und ließ mich schon wieder mit einer der vielen ungeklärten Fragen zurück, die ich niemals wagte auszusprechen: Warum waren meine Eltern gestorben, obwohl sie ein natürlich entstandenes Feuer mit ihren großartigen, magischen Kräften mit Leichtigkeit hätten löschen können? Ich ahnte, dass ich die Antwort auf diese Frage nicht verkraften würde. Also versuchte ich mich abzulenken und schnappte mir das besagte Buch aus dem Regal. Es war in Leder gebunden und seine Seiten schon ganz vergilbt. Als ich es aufschlug, flog mir der Duft, den die Seiten im Laufe der Jahre angenommen hatten, entgegen.

„Inhaltsverzeichnis", murmelte ich vor mich hin. „Erstes Kapitel: Magische Helfer: Talismane, Traumfänger und Amulette." Humbug, hörte ich sofort Dads höhnische Stimme in meinem Kopf. „Heilkräuter: Ein Quäntchen natürliche Magie in Pflanzen. Hmmm", grummelte ich gelangweilt. Dann erblickte ich die Überschrift des dritten Kapitels: „Basic und Advanced Magic. Die Zwei-Stufen-Theorie." Das hörte sich interessant an. Noviomagus hatte mir schon einmal versucht, diese verschiedenen Arten der Magie zu erklären. Aber für mich waren alle Zauber einfach. Ich sah den Unterschied darin einfach nicht. Sofort schlug ich die angegebene Seite 129 auf. Etwas über die Elemente konnte ich auch noch später lesen.

Die Zwei-Stufen-Theorie nach Margarethe Kang besagt, dass es zwei Arten von Magie gibt. Zum einen die, die jeder Magier beherrschen kann, Anfängermagie oder auch Basic Magic genannt. Zum anderen diejenige für Fortgeschrittene, die Advanced Magic. Diese unterscheiden sich wie folgt:

Die Basic Magic *ist erlernbar. Sie umfasst zum Beispiel grundlegende Heilkräfte wie das Heilen von kleinen Wunden oder das Lindern leichter, körperlicher oder seelischer Schmerzen. Mit ihr kann man Pflanzen zum Wachsen bringen oder sich den Farben der Umgebung anpassen, um wie ein Chamäleon darin zu verschwinden.*

Die Advanced Magic *hingegen ist etwas anspruchsvoller. Sie umfasst alle außergewöhnlichen Zauber, die entweder angeboren oder nur erlernbar sind, wenn man ein sehr gutes Gespür für die Magie hat. Mit ihr kann man vollumfänglich unsichtbar werden, jemanden Bewusstlos werden lassen, große Wunden und Schmerzen heilen, die Gedanken anderer lesen oder sogar Portale zu anderen Orten erschaffen. Das präzise Ausführen und Kombinieren von Runen fällt ebenfalls in diesen Bereich. Dies sind nur einige Beispiele. Da die Magie und diejenigen, die sie nutzen, so individuell sind, ist die Advanced Magic nur wenig erforscht.*

Daher wird auch vermutet, dass die folgenden Punkte eher den angeborenen Fähigkeiten zugeordnet werden können als den erlernbaren.

Astralprojektion*: Mit dieser Fähigkeit reist man nur mithilfe des Geistes an unterschiedlichste Orte, wobei der Körper aber an Ort und Stelle verweilt, bis der Geist zu ihm zurückkehrt.*

Empathie: *Diese Fähigkeit haben meist besonders starke Magier, die zudem sehr mitfühlend sind und eine sogleich kämpferische als auch fürsorgliche Ader haben. Sie können die Gefühle anderer selbst über weite Distanz spüren. Es heißt auch, dass sie durch das Hören unterbewusster Rufe von Hilfsbedürftigen diese aufspüren können.*

Portale erschaffen: *Hierfür muss man sich einen beliebigen, aber in der realen Welt existierenden Ort vorstellen. Anschließend kann man mithilfe einer sich öffnenden magischen Tür dorthin gelangen.*

Nun kommen wir zur offensichtlichsten der angeborenen Fähigkeiten:

Absorption: *Bekannt geworden durch den heimtückischen Asparius, der seinen Opfern die Magie aus dem Leibe sog, bis diese daran verstarben. Die Magie reichert sich so lange im Körper des Täters an, bis dieser unbesiegbar wird und irgendwann daran zugrunde geht.*

Laut den neusten Ergebnissen der Forschung entstehen die Absorptionskräfte nur durch Paarung zweier mächtiger Magier.

Passend hierzu ist anzumerken, dass diese Tatsachen die Theorie des früheren Ältesten, Danq Farriq, die er kurz vor seinem Tod niederschrieb, noch unterstreichen. Farriqs Überlegung zufolge, ist es für Magier grundsätzlich leichter etwas zu erschaffen, als etwas zu zerstören. Daher seien die drei Elemente Erde, Wasser und Luft leicht zu kontrollieren, während Feuer am schwersten kontrollierbar sei, da es Dinge in sich aufnehmen und zerstören muss, um weiter bestehen zu können. Dadurch ist ein magisch erschaffenes Feuer auch nur so stark wie derjenige Magier, der es erschaffen hat.

Sofort schloss ich das Buch. Mir war während der letzten Absätze ein kalter Schauder über den Rücken hinabgelaufen. Schon wieder dieser Asparius mit seinen Absorptionskräften und dazu auch noch Feuermagie. Mein Gehirn ratterte. Das musste doch etwas zu bedeuten haben.

4. Kapitel

Es war kurz nach vier Uhr nachmittags, als ich durch meine geschlossene Zimmertür hörte, wie Dad sein Labor verließ. Er hatte zwar angekündigt, dass er heute die Teilergebnisse seiner Forschung seiner Chefin präsentieren musste, doch er hatte nicht gesagt, wann genau er gehen würde. Also hatte ich eine geschlagene Stunde an der Tür gestanden und gelauscht. Wenn ich schon etwas streng Verbotenes tat, wie mich hinauszuschleichen, dann wollte ich wenigstens keinen Riesenärger bekommen. Wäre ich in der Lage gewesen, Portale zu erschaffen, wie in diesem Buch beschrieben, dann hätte ich diesen Aufwand gar nicht betreiben müssen, aber so sehr ich es auch versuchte, es funktionierte nicht. Was sollte das auch bedeuten: eine Tür, die einfach erscheint und sich öffnet. Natürlich konnte ich Noviomagus auch nicht fragen, wie es funktionierte. Sicher würde er mir so eine Fähigkeit niemals beibringen.

Zur Tarnung hatte ich meinen Bademantel übergezogen, falls er noch einmal in mein Zimmer kam, um sich zu verabschieden. Als ich nun aber seine Lederschuhe hörte, wie sie sich die Treppe hinunterbewegten und sich dann das große Tor unserer Trainingshalle öffnete und wieder schloss, schmiss ich den Bademantel in die Ecke. Da ich keine Ahnung hatte, welche Temperatur draußen herrschte, trug ich ein T-Shirt, darüber noch einen Oversize-Pullover und eine robuste Jeans. Außerdem hatte ich mir noch feste Schuhe mit meiner Magie hergestellt. Ich ging aus meinem Zimmer, stellte mich oben an das Geländer unserer Galerie und wartete noch einen Moment. Vielleicht hatte er ja etwas Wichtiges vergessen, weswegen er noch einmal zurückkommen musste? Doch es blieb still. Also wagte ich mich langsam vor und stieg die Treppe hinab. Schnell und leise flitzte ich zu der Seitentür am rechten Ende des Gebäudes, in dem ich fast mein ganzes Leben verbracht hatte, ohne jemals die Welt um mich herum betreten und betrachtet zu haben. Doch das würde sich nun ändern. Ganz sicher hatte Noviomagus die Türen mit einem Schutzzauber belegt. Also strich ich mit der flachen Hand an der Tür entlang und ließ meine Magie sich dort entfalten. Auf Höhe des Türknaufes offenbarten sich einige Runen, die, wie ich es kannte, in Kreisen um das Zentrum angeordnet waren. Es sollte nicht allzu schwierig sein, diese zu entschlüsseln. Sicher rechnete Dad nicht damit, dass ich versuchen würde, auszubrechen und hatte den Zauber deshalb nicht so stark und kompliziert gemacht. Also machte ich mich daran, die Runen nach und nach zu übersetzen und die Kreise in eine logische Reihenfolge zu drehen. Jeder Schutzzauber war wie ein individuelles Rätsel, das gelöst werden wollte. Und tatsächlich: Nach nur ein paar Minuten leuchteten die Runen auf und die leicht schwärzlich schimmernde Wand löste sich auf. Ich musste nur daran denken, den Schutzzauber neu zu erschaffen, wenn ich wiederkam, damit Noviomagus nicht bemerkte, dass ich durch die Tür gegangen war. Er dürfte nur nie versuchen, den Schutzzauber zu lösen, da ich ihn nicht eins zu eins replizieren konnte. Also drehte ich nun den Türknauf und öffnete langsam und vorsichtig die Tür. Zur Verteidigung aktivierte ich meine Magie. Vielleicht lauerte hier schon etwas Gefährliches? Das erste, das ich spürte, war die kühle, klare Luft, die sofort hereinströmte. Ich atmete ein und sog dieses neue Gefühl von Freiheit so tief in meinen Körper, dass es für immer fest in meinem Herzen verankert sein würde. Ein Lächeln zauberte sich unterbewusst auf meine Lippen. Ich trat einen Schritt nach draußen und zog die Tür hinter mir zu. Neugierig blickte ich mich um. Unser Zuhause befand sich mitten in einem dicht bewachsenen Wald. Ich konnte kaum glauben, wie wunderschön ich es hier fand. Fast mein ganzes Leben hatte ich auf graue Wände und Böden gestarrt und quälende Stille ertragen müssen. Doch hier draußen war alles saftig grün und besprenkelt mit bunten Blumen. Die Luft schien vor Leben zu vibrieren. Alles surrte und zwitscherte um mich herum.

Ohne nachzudenken, entfernte ich mich weiter von der Tür, die mich hierhergeführt hatte und schritt weiter in den Wald hinein. Bis jetzt wollte mich immer noch keine blutrünstige Kreatur angreifen. *Es war wohl doch nicht so gefährlich hier?,* sendete ich eine hämische Frage an Dad, obwohl ich wusste, dass er sie nie zu hören bekommen würde. Aber selbst, wenn mich etwas angreifen würde, ich war sicher, dass ich mich verteidigen konnte. Also ging ich weiter. Das Licht der Sonne schuf eine warme und entspannende Atmosphäre. Ich war überrascht, dass es hier draußen fast so warm war wie in meinem Zimmer. Nur etwas angenehmer durch den frischen Wind, der die Blätter der Bäume kitzelte und die umherschwirrenden Insekten sanft streichelte. Ich fühlte mich so wohl, dass ich für immer hätte hierbleiben können. Doch ich wusste, dass das nicht ging. Irgendwann musste ich zurück zu Dad. Wenn er merkte, dass ich fort war, würde er vor Sorge Himmel und Hölle in Bewegung setzen, um mich zu finden.

Ohne ein genaues Ziel zu haben, ging ich weiter, ich war noch lange nicht fertig mit meiner Erkundungstour. Doch plötzlich fiel mir etwas auf und ich blieb stehen. Wenn ich mich genauer umsah, waren es nicht nur die Blätter und Gräser, die meine Umgebung grün färbten. Ich hatte den Eindruck, dass ein seichter Nebel umherwaberte, der ebenfalls grün schimmerte. Smaragdgrün, dachte ich nachdenklich. Dann hörte ich auf einmal ein mechanisches Klappern. Ich drehte mich hektisch in alle Richtungen. Was war das? Langsam schlich ich auf das Geräusch zu und suchte weiter die Umgebung ab. Als ich die Äste eines Busches beiseiteschob, sah ich es endlich. Einige Meter von mir entfernt stand ein riesiger metallener Käfig, in dem ein Reh gefangen war. Ich blickte mich um, ob der Erbauer dieses Käfigs vielleicht in der Nähe war. Zum Schutz breitete ich meine Magie blitzschnell um den Käfig herum in einem Umkreis von mehreren Metern aus und ließ spitze Zacken aus Magie aus dem Boden wachsen. Ich lief schnell zu dem Reh und sah nach, ob alles mit ihm in Ordnung war. Es sah zum Glück unverletzt aus. Dann sprengte ich das Schloss des Käfigs und öffnete die Tür. Ich blickte mich noch einmal um, ließ die magischen Zacken verschwinden und stellte sicher, dass das Tier unentdeckt fliehen konnte. Als es durch die Tür ging, sah es mich nachdenklich an, so als würde es nicht verstehen, warum ich ihm half. Doch dann schnaubte es dankbar und lief davon. Ich ließ die Käfigtür, die ich noch in der Hand hielt, los. Wer hatte nur diesen Käfig hier aufgestellt? Ich strich mit einer Hand über die Stäbe. Ich konnte spüren, dass der Käfig verzaubert war. Warum sonst würde ein Reh in so einen Käfig hineingehen, ohne jegliches Lockmittel? Und einen automatischen Schließmechanismus konnte ich an der Tür auch nicht sehen. So eine Art von Zauber war mir jedoch nicht bekannt. Ich erschuf erneut die magischen Zacken und löcherte damit das Metall. So schnell würde hier kein Tier mehr als Gefangener enden. Schnell entfernte ich mich von diesem Ort und machte mich auf den Weg nach Hause. Nun wollte ich doch nicht länger hier draußen bleiben.

Ich schritt aus dem Wald heraus. Vor mir lag wieder mein Zuhause. Jetzt erst fiel mir auf, dass rund um die Halle fast gar kein Gras wuchs. Es war eine einzige karge Fläche. Das musste wohl an der Art von Schutzzauber liegen, den Dad gewirkt hatte. Von innen konnte man hinaus, doch nichts konnte hinein. Sehr clever, dachte ich. Noch nicht einmal Regen konnte hindurch, sodass das Gras keine Chance hatte, hier zu überleben. Also strich ich wieder mit meiner Hand durch die Luft und suchte die Entschlüsselung für diesen Schutzbann. Die Runen fand ich ein paar Meter neben mir kurz über dem Boden, genau an der Kante, wo saftig grünes Gestrüpp endete und braunes vertrocknetes begann. Diesen Zauber hatte ich sogar noch schneller entschlüsselt als den,

den Dad von innen aktiviert hatte. Also schritt ich hinüber und erschuf einen neuen Schutzzauber an derselben Stelle. Ich hatte mir ungefähr gemerkt, welche Runen er benutzt hatte, sodass ich den Zauber so gut es eben ging erneuern konnte. Aber ich hoffte, dass Dad selbst nicht mehr genau wusste, auf welche Weise er den Schutzzauber erschaffen hatte. Genauso würde ich es gleich mit dem Schutzzauber innen an der Seitentür versuchen. Er hatte wahrscheinlich die Runen damals so eingestellt, dass die magische Wand nur ihn hindurchließ, sodass er dieses lästige Prozedere, das ich gerade erfolgreich abgeschlossen hatte, nicht bei jedem Verlassen des Hauses erneut vollziehen musste. Wenn Dad mir irgendwann erlauben würde hindurchzugehen, müsste er nur die entsprechenden Runen dafür ändern, sodass die magische Wand wusste, dass sie mich hindurchlassen durfte.

Als ich wieder hochblickte, sah ich links den kleinen Seiteneingang, konnte aber auch die große Eingangstür der großen grauen Halle sehen. Doch plötzlich dachte ich, eine schwarze Figur in der Ferne erkennen zu können. Sofort schlüpfte ich um die Hausecke in Richtung des Seiteneingangs, um mich zu verstecken. Vorsichtig lugte ich um die Ecke herum. War es jemand, der bei uns einbrechen wollte? Etwa ein böser Magier oder ein Mensch, der Kenntnis von unseren Fähigkeiten hatte? Angst stieg in mir auf. War ich stark genug, um den Einbrecher abzuwehren? Kurz überlegte ich und versuchte einen klaren Kopf zu behalten. Vielleicht war es auch Noviomagus, der gerade von seiner Präsentation wiederkam? Aber so früh schon? Oder hatte ich die Zeit vergessen? Ich beobachtete die Person, die nun zu der großen Eingangstür schritt und einen Schlüssel aus seiner Aktentasche zog. Kein Zweifel, es war Noviomagus. Kurz war ich erleichtert, doch die aufsteigende Angst ließ sich nicht vertreiben. Er durfte mich auf keinen Fall erwischen! Ich konnte mir nicht vorstellen, was er tun würde, wenn er herausfand, dass ich mich hinausgeschlichen hatte. Nun musste ich schnell sein. Ich schlüpfte durch die kleine Seitentür. Zum Glück lag sie etwas versteckt hinter ein paar alten Kisten und Trainingsgeräten. Schnell erneuerte ich den Schutzzauber, doch ich hatte keine Zeit, mich an all die Runen zu erinnern, die vorher dort gestanden hatten. Notdürftig erschuf ich die Schutzwand und hörte dabei, wie Noviomagus die große Eingangstür hinter sich zuzog und abschloss. Ich saß nun zusammengekauert hinter einer der Kisten, sodass er mich nicht sehen konnte. Ich hoffte, er würde sofort wieder in seinem Labor verschwinden und tatsächlich hörte ich kurze Zeit später, wie die Tür zu seinem Labor sich öffnete und er darin verschwand. Erleichtert atmete ich aus und musste lächeln. Ich hatte etwas Verbotenes getan und war nicht erwischt worden. Ich kicherte leise. Schnell stand ich auf und verschwand in meinem Zimmer, damit er mich hier in der Halle nicht sah und sich wunderte, was ich hier tat.

In meinem Zimmer angekommen, zog ich mich schnell wieder um und setzte mich auf mein Bett. Ich hatte immer noch das Lächeln auf den Lippen und ich wusste, dass es nicht so schnell wieder verschwinden würde.

Ich fütterte Lollihop mit ein paar von mir synthetisierten Insekten. „Nun weiß ich, wie wunderschön es draußen ist, Lolli", erzählte ich meinem Haustier. Sie quakte mich interessiert an. „Ich kann es kaum glauben, dass ich diese Erfahrung erst so spät gemacht habe. Wie viele schöne Stunden ich draußen hätte verbringen können."

Ich blickte verträumt aus dem Fenster. Dann fiel mir auf, dass die Landschaft, die mein Fenster zeigte, tatsächlich nur eine Illusion war. Das würde sich nun ändern, dachte ich. Ich wollte nicht zu oft riskieren, mich hinauszuschleichen, aber ich wollte mich so oft wie nur möglich an das Gefühl der grenzenlosen Freiheit erinnern, das ich gerade zum ersten Mal erlebt hatte. Also setzte ich meine Magie ein, um dem Fenster einen neuen Look zu verleihen. Ich stellte es genau auf die Aussicht um, die ich bei einem echten Fenster gehabt hätte. Auf einmal hörte ich Schritte auf dem Flur. War Dad etwa für heute fertig mit seiner Forschung? Meine Zimmertür ging auf.

„Hallo, Kleine. Ich bin wieder da."

„Habe ich gehört. Gibt es gute Neuigkeiten zu deiner Forschung?", fragte ich interessiert. Ich war mir sicher, dass er mir davon erzählen würde, wenn er seine Arbeit daran abgeschlossen hatte.

„Ja, es läuft alles sehr gut. Aus diesem Grund musst du morgen leider allein trainieren. Ich werde die Nacht durcharbeiten und wahrscheinlich auch den ganzen morgigen Tag", entgegnete er erschöpft und seufzte.

„Oh, okay. Bekomme ich hin", antwortete ich und versuchte nicht zu traurig zu klingen. Es war immer etwas langweilig, ohne Partner zu kämpfen. Aber wenn es für seine Arbeit war, konnte ich auch mal einen Tag allein trainieren. Es war ja nicht das erste Mal, dass er länger in seinem Labor arbeiten musste. Das war ich inzwischen gewohnt.

„Gut“, sagte er abschließend und wollte mein Zimmer wieder verlassen, als sein Blick plötzlich auf das Fenster fiel. Er runzelte die Stirn. „Hast du deine Aussicht geändert?“

„Ja, ich finde es schöner so. Du nicht?“, sagte ich gespielt unschuldig, während das Herz mir bis zum Hals schlug. Hatte er doch etwas gemerkt von meinem heimlichen Ausflug?

„Doch, mir gefällt es auch“, sagte er und lächelte. Dann ging er wieder hinaus und wünschte mir eine gute Nacht.

Als die Tür wieder ins Schloss fiel, war die Anspannung wieder von mir abgefallen. Wenn er etwas gemerkt hätte, wäre er nicht einfach wieder gegangen, sondern hätte mich zur Rede gestellt.

Trotzdem schlief ich heute mit einem mulmigen Gefühl ein.

5. Kapitel

Ich fand mich in einem lichten Wald wieder. Die Sonne schien mit ihrer letzten Kraft durch das Blätterdach über mir und tauchte alles in warmes, fast schon zu schönes Licht. In einigen Minuten würde sie untergegangen sein. Ich sah mich um. Dieses Stückchen Natur war genauso schön, wie das, was ich zuvor am Tag besucht hatte. Aber wie war ich hierhergekommen? Ich blickte an mir herunter. Ich war wieder nur ein Geist, doch dieses Mal trug ich meinen Schlafanzug. Ich hoffte, dass mich niemand sehen würde, das wäre zu peinlich. Ich verstand nicht, warum ich plötzlich so lebhaft träumte, oder war es doch etwas anderes?

Wieder hörte ich Schritte hinter mir. Dieses Mal waren es langsame, mühevolle. Ich drehte mich um und versteckte mich schnell hinter einem Baum. Es war der junge Magier aus meinem letzten Traum. Ich erkannte ihn sofort. Er nahm gerade eine Trinkflasche aus seinem Rucksack und trank ein paar Schlucke, während er sich auf einem Baumstumpf niederließ. Er ruhte sich kurz aus und lief dann weiter. Machte er etwa gerade einen kleinen

Waldspaziergang? Ich sah nun zu, wie er seine Magie aktivierte und sich von ihr leiten ließ. So wie es für mich aussah, suchte er nach etwas. Er lief zu einem großen hohlen Baum und machte weite Bewegungen mit seinen Armen. Plötzlich kreischten ein paar Kinder auf. Instinktiv wich ich noch einen Schritt zurück. Was tat er da? Ich konnte sehen, wie er vier Kinder, die ungefähr 10 Jahre alt waren, mit einer Art Netz aus seiner Magie einfing.

„Hab ich euch!", rief er laut. Die Kinder waren empört und fingen an, ebenfalls Magie zu wirken, um sich zu wehren. Hatten sie etwa alle magische Kräfte?, fragte ich mich voller Verwirrung. Ich überlegte kurz, ob ich sie vor dem jungen Magier retten sollte. Es sah so aus, als würde er sie kidnappen wollen! Doch dann erinnerte ich mich an meinen letzten Traum, dort hatte ich meine Magie nicht einsetzen können. Ich wäre völlig wehrlos gegen ihn.

Er ließ die Kinder zum Glück wieder aus dem Netz heraus, aber sie versuchten weiter, ihn anzugreifen. Ihre Angriffe wehrte er jedoch mühelos, fast schon genervt ab. Dann tauchten auf einmal noch mehr Kinder auf, die sich in den umliegenden Bäumen versteckt hatten und feuerten ebenfalls ihre Magie auf den jungen Magier. Der ging in Deckung und wehrte die Magiebomben ab. Komischerweise startete er keinen Gegenangriff. Wollte er den Kindern doch nichts Böses? Er versuchte den Kindern etwas zuzurufen, doch sie streckten ihm die Zungen heraus und verschwanden alle in dem hohlen Baum. Dieser musste ein Eingang zu unterirdischen Gängen sein, die sie sich wohl mithilfe ihrer Magie erschaffen hatten, denn alle Kinder verschwanden plötzlich in dem kleinen Loch im Baum. Er rief ihnen noch etwas hinterher, das ich nicht verstand. Nun wandte er sich ab und drehte sich fast in meine Richtung. Ich schreckte zurück, stolperte und zerbrach dabei einen Ast. Nun stand ich natürlich genau in seinem Sichtfeld. Mit schräg gelegtem Kopf sah mich der gutaussehende Magier an.

„Du schon wieder!", rief er mit einem Lächeln. Seine Stimme klang warm und hell. Mein Herz sagte mir, dass ich ihm vertrauen konnte. Doch meinem Kopf war das alles zu suspekt. Also begegnete ich ihm lieber mit gesundem Misstrauen. Ich ging ein paar Schritte auf ihn zu und sah an mir herunter. Ob er mich auch als Geist wahrnahm? Es war mir peinlich, so vor ihm zu stehen. Aber dies war doch nur ein Traum, es brauchte mir eigentlich nicht unangenehm sein, dachte ich verwirrt.

„Verfolgst du mich?", sagte er nun und musterte mich forschend. Das war mir ebenfalls unangenehm.

„Nein, ich ... ich weiß es nicht. Ich bin einfach immer hier und du dann auch", antwortete ich ratlos.

„Vielleicht bedeutet das ja etwas", sagte er. Seine Stimme hörte sich dabei sehr verheißungsvoll an.

„Warum sollte das etwas zu bedeuten haben? Mein Gehirn gibt mir durch einen Traum offensichtlich zu verstehen, was für einen Männergeschmack ich wohl habe", erwiderte ich und lachte.

„Männergeschmack? Aha", sagte er und schmunzelte, dann blinzelte er mehrmals verwirrt. „Moment, du denkst, das ist ein Traum?", fragte er verwundert und legte wieder so niedlich seinen Kopf schief zur einen Seite.

„Ja, was sollte es denn sonst sein?", fragte ich und zeigte demonstrativ an meinem geisterhaft durchsichtigen Körper hinab.

„Das ist kein Traum. Das ist ...", doch da hörte ich ihn nicht mehr. Alles wurde schwarz und ich sah nur noch ein *gleißendes Licht vor mir und ein lauter Knall erschütterte meine Knochen.*

Ich riss die Augen auf und schreckte hoch. Über mir an der Decke zerplatze gerade eine Magiebombe. Dann traf mich plötzlich die nächste am Arm. Ich schrie auf vor Schmerz und riss meine Hände hoch, die sofort eine schützende Wand aus Magie aufbauten. Diese brachte ich gleichzeitig zum Leuchten, damit ich sehen konnte, was passierte. Noviomagus stand in meinem Zimmer, in beiden Händen jeweils eine geladene Magiebombe und sah mich mit wildem Blick an.

„Was tust du!?", schrie ich und merkte, wie ich am ganzen Körper zu Zittern anfing.

„Das war eine Übung. Du hast versagt. Rechne damit, dass dich jederzeit jemand angreift!" Seine Stimme klang entschlossen und aggressiv. Er löste die Magie in seinen Händen wieder auf.

Ich starrte ihn entsetzt an.

„Und ich weiß, dass du draußen gewesen bist. Ich hoffe, ich konnte dir mit diesem Übungsangriff zeigen, dass du da draußen allein nicht klarkommst. Die Schutzzauber werde ich wohl auch verstärken müssen", sagte er. Am Ende des Satzes waren seine Worte nur noch ein böses Zischen.

Immer noch brachte mein Mund keinen Ton heraus.

„Es tut mir leid, dass ich es dir so klarmachen musste. Schleich dich nie wieder raus!" Dann wandte er sich zur Tür und ging ohne ein weiteres Wort.

Ich brach augenblicklich in Tränen aus. Wie konnte er nur? Ich hatte eine Todesangst bekommen! Mein Körper zitterte immer noch. Ich zauberte mir einen beruhigend leuchtenden Ball an die Zimmerdecke und schlang meine Arme um meine angewinkelten Beine. Ich prüfte meinen schmerzenden Arm. Es war zum Glück nicht die Art von Magieball gewesen, die Verbrennungen verursachte. Die Stelle war nur sehr gerötet. Ich legte schützend meine Hand darauf. Das erinnerte mich an den Tag, an dem mich tatsächlich eine gefährliche, brennende Magiekugel getroffen hatte. Noviomagus hatte es mal wieder mit dem harten Training übertrieben, so wie eben gerade.

Lollihop hatte sich ebenfalls erschrocken und sah mich nun erschüttert an. In ihrem Blick konnte ich lesen: „Was für eine schreckliche Art, dir eine Lektion zu erteilen." Ich stimmte ihr zu und versuchte meine immer noch viel zu schnelle Atmung unter Kontrolle zu bekommen. Auf so einen Angriff war ich nicht vorbereitet gewesen. Nach einigen Minuten gelang es mir, mich etwas zu beruhigen. Meine Wut gegen meinen Dad verwandelte sich langsam in Vernunft. Vielleicht war es doch zu gefährlich für mich dort draußen, wenn Dad schon so eine Maßnahme ergriff? Schließlich wollte er mich nur schützen. Ich hatte wirklich übertrieben mit meinem rebellischen Verhalten. Mich hinauszuschleichen passte gar nicht zu mir. Ich war sonst immer so folgsam gewesen. Was war nur mit mir los in letzter Zeit? Schon wieder musste ich weinen. Ich wusste nicht, wie ich jemals wieder einschlafen sollte.

6. Kapitel

Als mein Wecker klingelte, war ich schon hellwach. Hatte ich überhaupt geschlafen? Ich wusste es nicht. Kraftlos schlug ich auf den Aus-Knopf des lärmenden Gerätes. Es verstummte sofort. Stöhnend stand ich auf und zog mir etwas an. Dabei schmerzte immer noch mein Arm, den Dad in der Nacht mit einem Magieball getroffen hatte. Ich nahm ihn genauer unter die Lupe. Es hatte sich ein geschwollener blauer Fleck gebildet, der sich über meinen ganzen Oberarm erstreckte. Schnell kramte ich etwas Langärmliges aus meinem Schrank und streifte es mir vorsichtig über die schmerzende Stelle. Ich durfte vor Dad nach meiner Niederlage von gestern keine Schwäche zeigen. Ich fing wie immer an, mich in der Halle unten aufzuwärmen, als Noviomagus mit festen Schritten die Treppe hinunterkam. In der Hand hielt er seinen Aktenkoffer.

„Du musst schon wieder weg?", fragte ich überrascht und unterbrach mein Aufwärmtraining, „Du warst doch gerade erst weg! Was machst du denn da so Wichtiges?" Ich hörte selbst, dass diese Frage sehr aufmüpfig klang und schämte mich sofort. Aber warum ließ er mich schon wieder allein? Es kam mir so vor, als müsste er plötzlich öfter das Labor seiner Chefin in der Außenwelt besuchen.

„Bitte hinterfrag meine Arbeit nicht, Kleines. Du weißt, darüber darf ich nicht sprechen. Ich lasse dich ungern allein nach dem Vorfall gestern, aber es muss sein." Er blickte mich besorgt an. Dann blieb er vor dem inzwischen verstärken Schutzzauber vor der Eingangstür stehen und fügte hinzu: „Ich vertraue dir, dass du nicht wieder nach draußen gehst. Es ist einfach noch zu gefährlich für dich." Er blickte mich abwartend an.

„Ja, Dad", bestätigte ich mit gesenktem Blick.

Er nickte zufrieden und wandte sich dem Schutzzauber zu. Er musste ein paar Runen verdrehen, um hindurch zu gelangen, da es jetzt eine andere, stärkere Art von Schutzzauber war. Die fast durchsichtige Wand ließ ihn schließlich passieren. Er trat auf die andere Seite und verschlüsselte die Schutzwand wieder. Er warf mir noch einen kontrollierenden Blick zu, dann verschwand er durch die Tür. Lustlos stapfte ich zu den Boxsäcken, die schon ziemlich lädiert aussahen durch das jahrelange Training, das ich an ihnen absolviert hatte. Ich fing an, ein paar Tritte und Schläge zu üben. Dann ging ich zu den Sportgeräten, um ein paar Gewichte zu heben. Nachdenklich drückte ich sie mit meinen Armen nach oben.

Ich bin zu schwach, dachte ich. *Ich bin zu schwach.*

Mit jedem Zug wurde dieser Gedanke intensiver. Wenn ich stärker wäre, würde Dad mich nicht mehr nachts angreifen und ich dürfte nach draußen, wann immer ich wollte. Vielleicht dürfte ich ihm sogar bei seiner Forschung helfen und für ihn arbeiten. Ich stemmte die

Gewichte weiter und weiter, bis ich richtig ins schwitzten kam. Heute würde ich keine Pause machen. Ich würde stundenlang Kraft- und Ausdauertraining machen, bis ich umfiel. Ich musste jeden Tag härter trainieren, damit Dad mich endlich ernst nahm und nicht mehr wie ein Kind sah. Außerdem würde ich nie wieder den Abstellraum betreten, beschloss ich. Er war nur Ablenkung, die ich nicht gebrauchen konnte. Ich wusste ganz genau, dass er mir den Zutritt dazu verwehren würde, wenn er davon erfuhr. Trotzdem war ich regelmäßig hineingegangen und hatte mir die verbotenen Gegenstände darin angesehen. Ich musste es mir verdienen, die Außenwelt kennenlernen zu dürfen. Ich musste härter trainieren.

Ich bin zu schwach.

Nach dem Training nahm ich ein heiße Dusche. Meine Muskeln schmerzten so sehr, dass ich mich kaum bewegen konnte. Aber ich war sehr zufrieden mit mir. Ich hatte Stunden damit verbracht, meine Muskeln, Ausdauer und Kampftechnik zu trainieren. Wenn ich dieses Level aufrechterhalten konnte, würde ich bald mächtiger sein und Dad konnte es mir nicht mehr verbieten, nach draußen zu gehen. Vielleicht würde ich ihn sogar im Kampf besiegen können. Ich lächelte zufrieden und stieg aus der Dusche. Das war mein neues primäres Ziel, auf das ich hinarbeiten musste. Ich zog mir etwas Gemütliches an und ging in den Unterrichtsraum. Dad war immer noch nicht zurückgekehrt. Ich fing an, den Stoff des gesamten Jahres durchzuarbeiten. Ich wollte Dad fragen, ob er einen Test für mich vorbereiten konnte, um mein Wissen auf den wichtigsten Gebieten der Magie zu prüfen.

Nach einigen Stunden, als das Fenster schon einen künstlichen Nachthimmel zeigte, hörte ich die Eingangstür ins Schloss fallen. Noviomagus war zurück. Er ging die Treppe hoch und sah wohl, dass im Unterrichtsraum noch Licht brannte. Er kam hinein und blickte mich verwundert an.

Ich antwortete auf seine ungestellte Frage: „Das Training hat heute länger gedauert. Ich habe stundenlang alles trainiert, was mir so eingefallen ist und jetzt gerade wiederhole ich den Stoff der letzten Monate, damit du mich auf mein Gesamtwissen über Magie testen kannst."

Er blickte mich überrascht an. „Ich sehe, meine Maßnahme gestern hat gewirkt. Ich bin sehr stolz auf dich, Kleine. Ich mache dir schnell deinen stärkenden Saft. Du bekommst heute die doppelte Menge."

Die doppelte Menge, dachte ich überrascht. Das war wohl eine Art Belohnung, die ich gerne annahm. Ich nickte ihm zufrieden zu und wandte mich wieder meinen Lehrbüchern zu, als er sich umdrehte und ging.

Einige Minuten später kam er wieder. Er hatte sowohl das kleine, mir bekannte Gläschen in der Hand, aber auch einen Teller mit Sandwiches. „Hier, Kleine. Ich habe noch ein paar angebratene Edamame-Bohnen darauf gezaubert, damit du genügend gesunde Proteine nach dem Training bekommst."

Dankbar kippte ich den chemischen Saft meine Kehle hinab und nahm mir eines der Brote. Dad machte einfach die besten Sandwiches der Welt.

Genüsslich zerkaute ich die kleinen, wohlschmeckenden Bohnen darauf, während Dad hinzufügte:

„Mach nicht mehr zu lange, Kleine. Morgen ist auch noch ein Tag. Für heute hast du genug geschuftet." Er sah mich noch einen Moment lang nachdenklich an, dann verschwand er wieder in seinem Labor.

7. Kapitel

Es ruckelte an der kleinen Seitentür unserer großen Halle. Dann hörte ich Schritte. Eine Gestalt kam hinter einem Stapel von Kisten hervor. Sie blickte sich suchend um und trat dabei aus dem Schatten. Es war der junge Magier aus meinen Träumen. Plötzlich sah ich Noviomagus auf der gegenüberliegenden Seite die Treppe hinunterschreiten. Er sagte kein Wort, sondern griff zielstrebig den Eindringling an. Er feuerte, ohne zu zögern, mehrere Magiebälle auf ihn. Der Magier in meinem Alter wehrte sie gekonnt ab. Ob er auch so hart trainierte wie ich?, fragte ich mich. Doch Noviomagus überhäufte ihn mit seinen Attacken, sodass der andere Magier immer schwächer wurde. Erschöpft sank er zu Boden. Ich wollte schreien, dass Dad ihn verschonen sollte, doch ich konnte keinen Ton hervorbringen. Dies war wohl wieder ein Traum. Doch dieser hier war anders. Es war wie eine Vision. Ich hatte keine Geistergestalt wie die letzten Male.

Dann formte Noviomagus einen brennenden, von innen pechschwarzen Magieball, während er näher an sein Opfer herantrat. Er blickte den Jüngeren herablassend an. „Du ruinierst mir nicht meinen Plan“, sagte Noviomagus *bitter.*

Der Einbrecher atmete nur schwer und hob mit allerletzter Kraft seine Hand, doch es brachte nichts. Kaltblütig feuerte Noviomagus den Magieball auf sein Opfer und tötete ihn dadurch. Innerlich schrie ich auf. Ich hatte nur erschrocken dabei zusehen können. Was passierte hier? Warum konnte ich nicht einschreiten? Dad konnte doch nicht einfach jemanden umbringen. So etwas würde er niemals tun!

Ich schreckte hoch und ließ sofort meine Magie meine Fingerspitzen umspielen. Wollte mich Noviomagus erneut angreifen? Obwohl es in meinem Zimmer nie ganz dunkel war, durch den klaren, mit Sternen gezierten Himmel, den mein Fenster bei Nacht zeigte, fühlte es sich an, als befände ich mich in einer tiefschwarzen, uferlosen Leere. Ich blickte mich in meinem Zimmer um. Im selben Moment fiel mir ein, dass Dad in dieser Nacht wieder einmal verschwunden war, um seine Besorgungen zu machen. Was auch immer das bedeuten sollte. Vielleicht musste er seine Materialien für seine Forschung auffüllen oder etwas ähnliches.

Kalter Angstschweiß hatte sich auf meiner Stirn gebildet. Der nächtliche Angriff meines Dads hatte mir wohl doch etwas mehr zugesetzt, als ich zuvor angenommen hatte. Ich setzte mich auf, schlang die Arme um meine angezogenen Knie und versuchte, meine Atmung zu beruhigen. Fast von selbst bildete sich eine Kugel aus meiner Magie, die mich schützend umgab. Was war das nur für ein schrecklicher Traum gewesen? Er war nicht so wie die anderen zuvor. Ich hatte mich nicht frei bewegen können, war nicht in der Gestalt eines Geistes gewesen und hatte auch nicht mit dem jungen Magier reden können, den ich nun schon aus meinen Träumen kannte. Was konnten diese Träume nur bedeuten? Waren sie eine Methode, um aus meinem langweiligen, einseitigen Leben hier zu entfliehen? Oder waren es Vorahnungen? Hoffentlich nicht, dachte ich panisch. Mein letzter Traum sollte sich bitte nicht bewahrheiten. Ein kalter Schauder lief mir über meinen nassgewitzten Rücken. Außerdem muteten die anderen Träume auch nicht wie Vorhersagen an, eher wie Erlebnisse, die ich in einer anderen Welt erleben konnte, grübelte ich weiter.

Ich dachte weiter über die Geschehnisse der letzten Zeit nach, wodurch sich noch mehr Unbehagen in mir ausbreitete. Irgendwas hatte sich verändert. Plötzlich fühlte ich mich bei meinem eigenen Dad nicht mehr sicher. Obwohl er ja noch nicht einmal mein richtiger Vater war. Durch diesen Gedanken spürte ich sofort eine Träne meine Wange hinabrinnen. Doch bevor mich diese Gedanken in ein riesiges, schwarzes Loch stürzen konnten, atmete ich tief ein und nahm von irgendwoher die Kraft, aufzustehen. Die schützende Magieblase, die mich bis eben umgeben hatte, löste sich langsam auf und hinterließ um mich herum kleine, schwarz-blau schimmernde Partikel. Ich fuhr mit den Fingern meiner rechten Hand durch die Luft vor mir und musste lächeln. Ich meinte, ein leichtes Kitzeln in meinen Fingerspitzen spüren zu können. Meine Magie konnte mir keiner nehmen und sie würde mich auch nie verlassen.

Als ich mit einem etwas besseren Gefühl mein Zimmer verließ, um kurz ins Bad zu gehen, ließ ich meinen Blick über das Geländer des Flures durch die Trainingshalle gleiten. Durch das teilweise gläserne Dach der

Halle fiel fahles, weißes Mondlicht, was tatsächlich der Realität entstammte und nicht einer magischen Projektion, die Noviomagus mit seiner Magie bei allen anderen Fenstern aktiviert hatte. Durch die Dachfenster konnte ich den echten Sternenhimmel sehen. Früher hatte ich einmal heimlich versucht, anhand der Sterne die ungefähre Position meines Zuhauses zu bestimmen. Doch dazu hatte mir das nötige Wissen gefehlt. Aus den Büchern im Abstellraum, mit denen ich mir selbst allgemeine Grundlagen über Geografie, Astrologie oder andere menschliche Wissensgebiete angeeignet hatte, ging solch eine Methode leider nicht hervor.

Plötzlich dachte ich, ein Geräusch gehört zu haben. Angestrengt blickte ich mich in der großen, in manchen Ecken sehr vollgestellten Halle um. Ich ließ meine Magie meine Hände umspielen und schickte sie nach oben zu den großen Halogenlampen an der Decke. Mein schwarzer Magienebel überzog die Leuchtmittel mit einem dreckigen Film, sorgte aber gleichzeitig dafür, dass diese erleuchtet wurden. Ich bemerkte erst jetzt, dass ich gar nicht wusste, wo sich der Lichtschalter für diese Lampen befand, weil ich ihn noch nie zuvor betätigt hatte.

In der nun etwas besser beleuchteten Umgebung schritt ich leise die Treppe hinunter und ging vorsichtig in Richtung der großen Freifläche in der Mitte. Dort blieb ich stehen, um in die Stille hineinzuhorchen. Jedoch konnte ich weder etwas Verdächtiges sehen noch hören. Wahrscheinlich hatte ich mir das Geräusch nur eingebildet. Wie sollte auch jemand hier hineinkommen bei all den Schutzzaubern, die Noviomagus gewirkt hatte? Doch auf einmal hörte ich wieder etwas. Ich konnte das Geräusch jetzt als Schritte identifizieren und drehte mich in die Richtung, aus der sie zu hören waren, als sie plötzlich wieder verstummten. Die neu entstandene Stille klebte förmlich in der Luft. Mein Herz schlug mir bis zum Hals und meine Atmung ging nun stoßweise. Wie ist dieser Fremde hier hineingekommen? In diesem Moment wurde die Stille von einem hellhörigen Klirren durchschnitten. Das war genau das, worauf ich gelauert hatte. Ich stürzte mich sofort in die Richtung, aus der es gekommen war und schleuderte die Gestalt, die ich dort ausmachen konnte mit meiner Magie an die hinter ihr liegende Wand. Ich drückte den Fremden mithilfe meiner Magie fest dagegen, um ihn damit bewegungsunfähig zu machen. Mit großen Schritten lief ich auf ihn zu.

Verwundert starrte ich ihn an: „Du!“, rief ich überrascht. Ich konnte ganz genau den jungen Mann aus meinen Träumen erkennen. Wie war das möglich? Waren es doch Vorahnungen gewesen, mit denen mich meine Magie vor ihm warnen wollte? „Wer bist du? Was hast du hier verloren?“, fragte ich mit lauter Stimme, um meine Verunsicherung zu überspielen.

„Ich?“

Inzwischen war ich ganz nah an ihn herangetreten und hoffte, ihn damit einschüchtern zu können.

„Ähm, i-ich bin eigentlich hergekommen, um dich vor Noviomagus zu retten.“

„Das ist ja sehr nett von dir, aber wie du vielleicht gemerkt hast, brauche ich vor niemandem gerettet zu werden. Höchstens vor dir! Sag endlich, wer du bist! Und wieso habe ich von dir geträumt?“

„Von mir geträumt?“ Er kniff die Augen zusammen,

nur damit sich sein Blick im nächsten Moment wieder weiten konnte. „Du meinst deine Astralprojektion?", sagte er mit offensichtlicher Bewunderung in seiner Stimme.

„Meine was, bitte?" Es ärgerte mich zu Tode, dass dieser Kerl eindeutig besser informiert war als ich. Ich wusste nicht mehr, was ich tun oder denken sollte. Von ihm ging wohl keine Gefahr aus, aber wieso war er dann hier eingebrochen und was hatte das alles mit meinen Träumen zu tun?

„Könntest du mich vielleicht so langsam mal loslassen?"

„Nein!", antwortete ich energisch, „Zuerst beantwortest du ein paar Fragen! Was suchst du hier? Willst du die Forschung meines Dads stehlen?"

„Deines Dads?", fragte der Fremde ungläubig, „Noviomagus ist dein Dad?"

„Antworte!", befahl ich ihm.

„Ähm, nein. Natürlich nicht. Ich will seine Forschung nicht klauen. Ich gehöre zu den Guten. Wie gesagt, ich bin nur hier, um zu helfen."

„Das glaube ich dir nicht. Geh wieder dahin zurück, wo du hergekommen bist und lass dich hier nie wieder blicken!" Ich zog meine Magie zurück und ließ ihn somit los. Ich wollte nicht weiter mit diesem Fremden diskutieren. Er sollte uns einfach in Ruhe lassen. Ich würde Noviomagus erzählen, dass jemand seine Schutzzauber durchbrochen hatte, er würde sie erneuern und mein Leben konnte wieder in normalen Bahnen weiterlaufen.

Ungläubig starrte er mich an. Wir waren uns immer noch ganz nah. Seine nussbraunen Augen drohten, mich schwach werden zu lassen. Ich trat ein paar Schritte zurück und deutete zu der Tür, durch die ich selbst schon einmal unerlaubterweise gegangen war. Er stand immer noch bewegungslos an derselben Stelle und machte nicht den Eindruck, als würde er gehen wollen.

„Verschwinde!“, schrie ich, „ich will dich nicht dazu zwingen. Wir wissen beide, dass ich gewinnen würde.“ Ich wandte mich leicht von ihm ab und blickte zu Boden.

Ein kurzes Lächeln glitt über seine Lippen. „Ach, wissen wir das?“

„Ich denke schon.“, gab ich mit einer hochgezogenen Augenbraue und verschränkten Armen zurück. Doch sein Lächeln konnte ich nicht erwidern, zu mulmig war mir in dieser ungewohnten Situation. Als er sich nun doch zum Gehen in Richtung Ausgang wandte, wollte ich doch eine der vielen Unstimmigkeiten von ihm erklärt bekommen. „Warte. Du meintest, du gehörst zu den Guten und dass du deswegen Noviomagus‘ Forschung nicht stehlen würdest.“

„Ja?”

„Aber er forscht doch für das Gute?“, fragte ich, obwohl mich im selben Moment das Gefühl beschlich, die Antwort nicht hören zu wollen.

„Weißt du denn nicht, was er hier den ganzen Tag macht?“

„Er hat es mir nie genau erzählt“, antwortete ich nachdenklich. „Und ich durfte auch nie in sein Labor.“ Ich schlang schützend die Arme um mich, es half jedoch nicht, und wandte mich ihm nun komplett zu.

„Er forscht hier im Auftrag einer geheimen Organisation, die den gesamten Magiern schaden will.“

„Was? Das glaube ich nicht. Das kann nicht sein ...“,

kurz hielt ich inne. Meine Gedanken fingen an, wild in meinem Kopf umherzurauschen. Niemand von uns sagte etwas. Tatsächlich kam es mir inzwischen sehr komisch vor, was um mich herum ablief. Ich war in letzter Zeit immer misstrauischer geworden in Bezug auf die Machenschaften meines Dads. Ich musste wissen, was er all die Jahre in seinem Labor getrieben hatte.

Ich blickte wieder den Eindringling an. In der Realität sah er sogar noch besser aus als in meinen Träumen, dachte ich verlegen. Er war etwas größer als ich, doch fühlte ich mich dadurch keinesfalls eingeschüchtert. „Und wenn du *gesamte Magier* sagst, wie viele meinst du dann genau? Wie viele gibt es denn, die so sind wie wir?“ Ich hatte zwar von Noviomagus gehört, dass es mehrere Magier und auch Menschen in der Außenwelt gab. Ich konnte mir aber nicht vorstellen, wie viele genau.

„Es gibt unzählige Gemeinschaften von Magiern, die friedlich mit den normalen Menschen zusammenleben. Warst du etwa noch nie draußen?“

„Einmal, unerlaubterweise. Ich durfte nie die Außenwelt besuchen“, gab ich schüchtern zu. Was er jetzt wohl über mich dachte?

„Ich glaube es nicht. Er hält dich hier gefangen und du wehrst dich nicht mal dagegen?“

„Er sagt immer, dass er nur das Beste für mich will! Ich habe hier ein sicheres Zuhause, er unterrichtet mich und wenn ich stark genug bin, wird er mir sicher erlauben, nach draußen zu gehen“, argumentierte ich, obwohl ich dabei merkte, wie unglaubwürdig ich mich dabei anhörte. Ich seufzte und sah ihm an, dass er meine Verunsicherung bemerkt hatte. Wahrscheinlich schaltete er deshalb einen Gang zurück und sagte dazu nichts mehr. „Wo kommst du her?“, fragte ich ihn.

„Ursprünglich oder ...?“

„Nein, wo du eben gerade hergekommen bist.“

„Ich lebe in einem kleinen Dorf, das aus einem Zusammenschluss einiger älterer Magier entstanden ist, die jeden aufnehmen, der verstoßen wurde oder kein Zuhause und keine Verwandten mehr hat. Wegen solcher Gründe bin ich auch dort hingekommen“, sagte er mit gesenktem Blick, fügte jedoch hinzu, dass ich ihn dorthin begleiten könne.

„Ich kann doch nicht einfach verschwinden. Ich muss mir einiger Dinge klar werden und Noviomagus zu Rede stellen!“, sagte ich entschlossen.

„Nein, komm bitte sofort mit.“ Bei diesen Worten schritt er wieder näher an mich heran und nahm sogar meine Hand. Seine plötzliche Berührung prickelte leicht. „Er ist zu gefährlich. Denkst du nicht, dass er dann noch stärkere Maßnahmen ergreifen wird, um dich davon abzuhalten, nach draußen zu gehen, als es dir nur zu verbieten? Das solltest du nicht riskieren.“

Obwohl sich mein Innerstes dagegen sträubte, entzog ich mich seinem Griff. „Ich weiß gerade nicht, was ich denken soll. Aber ich weiß, dass ich hier jetzt noch nicht weggehen kann.“

„Okay. Aber bitte sei vorsichtig. Wie wäre es, wenn ich in zwei Nächten wiederkomme, um dich abzuholen? Natürlich nur, wenn du möchtest.“ Den letzten Satz fügte er etwas schüchtern hinzu.

Ich musste Lächeln bei seinem Gesichtsausdruck. Ich konnte nicht glauben, dass ich mich diesem Fremden jetzt schon ein wenig verbunden fühlte. Aber ich hatte das Gefühl, ihn durch meine Träume oder diese Projektion, wie er es wohl genannte hatte, schon ein wenig zu kennen. Deshalb willigte ich ein: „Okay, du kannst wiederkommen. Aber ich kann nicht versprechen, dass ich mit dir kommen werde. Vielleicht gibt es eine logische Erklärung für das alles."

Er blickte mich schief an. „Das glaubst du doch selbst nicht ..."

„Hey! Lass mich bitte erstmal mit der Situation klarkommen, dass ein Fremder bei mir einbricht und mein ganzes Leben auf den Kopf stellt!"

„Ich stelle dein ganzes Leben auf den Kopf?", fragte er lachend.

„Ja, aber im negativen Sinne", gab ich gespielt beleidigt zurück. Sein Selbstvertrauen hätte ich auch gern, dachte ich.

„Vielleicht ändert sich das ja noch", sagte er und wandte sich dann zum Gehen.

Ich warf ihm einen Blick zu, von dem ich selbst nicht ganz wusste, was er bedeuten sollte. Vielleicht Unverständnis, dass er ganz plötzlich in dieser Situation so gelassen sein konnte? Vielleicht Anerkennung, dass er in das Labor eines, seiner Meinung nach, superbösen Wissenschaftlers eingebrochen war, um eine vermeintliche Gefangene zu retten?

„Bis bald", sagte er, bevor er mit einer leichten Handbewegung den Schutzzauber löste, die Tür öffnete und in der Nacht verschwand.

Einige Minuten verweilte ich sehr irritiert genau an derselben Stelle, darüber nachdenkend, ob das alles gerade wirklich passiert war.

8. Kapitel

Als ich später im Bett lag, dachte ich über alles nach. Ich hatte den jungen Magier in meinen Träumen wohl dabei beobachtet, Gutes zu tun, dachte ich. Oder ich ließ mich viel zu schnell von den Lügen eines attraktiven jungen Mannes verwirren. Vielleicht sollten mich meine Träume davor behüten, ihm zu vertrauen? Ich wusste es nicht, aber ich nahm mir vor, dies und noch viele andere Wahrheiten nun auf eigene Faust herauszufinden.

An Schlaf war nun nicht mehr zu denken. Stattdessen grübelte ich über alles nach, was mir seit meinem vierten Lebensjahr passiert war und ob der einzige Mensch, dem ich seitdem vertraute, dieses Vertrauen auch wirklich verdient hatte.

All meine Gedanken von bedingungsloser Gehorsamkeit und Folgsamkeit fielen von mir ab. Es war, als wäre ich aus einem tiefen Schlaf erwacht. Irgendetwas spielte sich hier hinter den Kulissen ab, von dem ich nichts wissen durfte, in dem ich vielleicht sogar eine Rolle spielte, ohne es überhaupt zu wissen. Noviomagus musste noch ein anderes Ziel verfolgen, als mich nur schützen zu wollen.

Da ich vermutete, dass er noch länger fort sein würde, stapfte ich zielsicher zu seinem Labor und riss die Tür auf. Ich zauberte mir nur einen kleinen Ball aus Licht, sodass Noviomagus mich nicht so schnell entdeckte, falls er früher zurückkam. Schnell schloss ich die Tür hinter mir und begann, mich umzusehen. Ich ging die deckenhohen Regale an den Wänden entlang und durchstöberte ihren Inhalt. Ein paar der Zutaten, die er hier für seine Forschung aufbewahrte, erkannte ich aus dem Periodensystem, das auch hier im Labor aufgehängt war. Aber die meisten sah ich zum ersten Mal. Ich ging weiter die Regale entlang. *Alraunwurzel, Pfeilwurzelstärke, Maniokwurzel,* las ich flüsternd vor. *Eisenkraut, gemeiner Fingerhut, Frauenmantel.* Aber nichts, das mir Antworten lieferte. Ich blickte mich suchend um, dann erregte etwas meine Aufmerksamkeit. Auf dem großen Tisch in der Mitte lag ein Gerät, dass ich auch aus dem Abstellraum kannte. Man konnte damit Töne aufzeichnen und auf Wunsch wieder abspielen. Ich betätigte den Knopf, um das zuletzt Aufgenommene abzuhören und hoffte, etwas Interessantes darauf zu finden:

Jahr 19, Woche 24. Forschungsobjekt Nummer … Der wievielte war das? Ach ja, Nummer 1.965, der Dachs hat die Injektion überlebt und zeigt Anzeichen von Magie-Infizierung. Absorptionszauber jedoch wieder gescheitert. Änderung des Nebenbestandteils des Serums von Chlor auf Selen. Außerdem daran denken, Seetangextrakt für Magie-Unterdrückungs-Lösung für Forschungsobjekt Nummer eins nachzukaufen.

Verwirrt legte ich das Gerät wieder zurück auf den

Tisch, als die Aufzeichnung endete. Was war Magie-Infizierung? Und wer oder was war Forschungsobjekt Nummer eins? Ich blickte mich wieder in Noviomagus' Labor um. Vielleicht fand ich detailliertere Aufzeichnungen dazu. Dann fiel mir ein grauer Vorhang auf, der an der hinteren Wand etwas verdecken sollte. Ich zog ihn mit meiner Magie zur Seite, ohne mich ihm zu nähern. Ich wollte lieber einen gewissen Sicherheitsabstand wahren. Als ich sah, was sich dahinter verbarg, sog ich angeekelt Luft in meine Lungen. Mein Magen zog sich zusammen und mich überkam unweigerlich ein starker Brechreiz. Zu sehen war ein Käfig, ähnlich wie der, den ich im Wald gesehen hatte, in dem nun aber ein toter Dachs lag. Wahrscheinlich genau das Tier, an dem auch dieser Absorptionszauber gescheitert war. Sein Mund war offen und seine Augen starrten leblos in die Leere. Sofort hatte ich das Gefühl, den Geruch von Verwesung in der Nase zu haben. Bevor ich den Vorhang wieder zurückziehen konnte, um die Leiche wieder zu verdecken, ging plötzlich hinter mir die Tür zum Labor auf.

„Was tust du hier drin?" Eine Hand griff durch das Halbdunkel des Raumes und zerrte mich auf den Flur. Sofort flog die Tür wieder zu und verwehrte mir jede Möglichkeit, mehr herauszufinden.

„Oh, Dad, ich ..." Vor Schreck brachte ich kaum ein Wort hervor. Was für eine Ausrede konnte ich mir nur hierfür einfallen lassen? Was würde er jetzt mit mir tun?

„Was sollte das denn? Du weißt, dass du nicht in mein Labor darfst! Und ich habe außerdem bemerkt, dass die Schutzzauber wieder durchbrochen wurden. Hast du etwa wieder versucht, nach draußen zu gehen?"

„Nein, ich ...", ich erwähnte besser nicht, dass jemand

Fremdes hier gewesen war und stotterte daher nur: „Es t-tut mir leid.“ Ängstlich blickte ich auf den Boden.

„Was ist denn in letzter Zeit mit dir los? Du lässt mir leider keine andere Wahl“, sagte er mit ernster Stimme.

Was hatte er vor? Ich sah ihm nur wortlos zu, wie er eine kleine Kugel aus Magie formte. Jedoch hatte sie, anders als die Angriffsbomben aus dem Training, eine glatte, glänzende Oberfläche. Von innen war sie pechschwarz, genauso wie die Farbe von Noviomagus‘ Magie. Dann ließ er den Ball auf mich zuschweben. Er umrundete mich einmal und blieb dann einige Zentimeter neben mir in der Luft stehen. Ich ging einen Schritt zur Seite, um ihn genauer betrachten zu können, doch der Ball folgte mir und blieb dann auf gleicher Entfernung zu mir erneut stehen.

„Dies ist eine magische Überwachungskugel. Solltest du versuchen, sie zu zerstören, bekomme ich sofort eine Meldung. Wenn ich überprüfen möchte, was du gerade tust ...“, er ließ kurz seinen schwarzen Magienebel in seiner Hand aufwabern, „... dann kann ich das hiermit tun.“

Nun verstand ich: Diese Kugel war wie eine Art Kamera und GPS-Tracker zugleich, der mich nun zu jeder Tages- und Nachtzeit überwachte. Entsetzt blickte ich ihn an.

„Tja, es tut mir leid. Aber deine Taten bringen mich dazu, solche Maßnahmen zu ergreifen, Kleine. Eines Tages wirst du verstehen, dass ich dich nur beschützen will.“ Er machte eine kurze Pause und fügte dann hinzu: „Und dass du in mein Labor eingebrochen bist ...“, sofort unterbrach ich ihn:

„Ja, was tust du darin eigentlich? Ich habe einen toten

Dachs gesehen. Was hast du ihm angetan?“

„Kleine, verstehe bitte. Ich versuche mit meiner Forschung die Welt für uns Magier zu verbessern. Ich muss leider an Tieren Versuche durchführen. Meine Chefin hat mir die Aufgabe gegeben, eine schwere Magierkrankheit zu heilen, für die es bis heute noch keinerlei Behandlungsmöglichkeiten gibt“, sagte er mit einem besorgten Blick.

„Hm“, antwortete ich nur. Sollte ich seinen Worten Glauben schenken? Er zog mich in seine Arme. Heute fühlte sich seine Umarmung wieder falsch an. Als würde ich nicht dort hingehören. Mir lief eine Gänsehaut über den ganzen Körper.

Dann ließ er mich los und fügte noch hinzu: „Bitte geh dort nicht hinein. Das könnte sehr gefährlich werden. Vertrau mir.“

„Okay, Dad. Ich vertraue dir“, meinte ich mit gesenktem Blick, wusste aber noch nicht, ob ich auch wirklich hinter dieser Aussage stand.

„Gut. Dann geh wieder ins Bett“, sagte er mit einem sanften Lächeln auf den Lippen. Ich torkelte mit flauem Magen zurück in mein Zimmer, währenddessen beobachtete mich Noviomagus die ganze Zeit, bis die Tür hinter mir ins Schloss fiel, die magische Kugel schwebte dabei die ganze Zeit neben mir her. Kraftlos ließ ich mich auf mein Bett fallen. Hatte der junge Magier, dessen Name ich immer noch nicht kannte, recht gehabt? Oder war er der Böse in diesem Spiel?

9. Kapitel

Als am nächsten Morgen mein Wecker klingelte, schlug ich wieder nur lustlos auf ihn ein, bis er Ruhe gab. Ich war immer noch sehr nachdenklich. Außerdem hatte Dad mich gestern erneut wie ein kleines Kind behandelt. Ich musste ihm beweisen, dass ich stark genug für ein unabhängigeres Leben war. Ich blickte auf die magische Überwachungskugel, die sich in der rechten oberen Ecke meines Zimmers befand, während ich im Bett lag. Ich hatte die Hoffnung noch nicht aufgegeben, dass Noviomagus mir jemals genug vertrauen würde, um mich gehen zu lassen. Ich würde ihn heute zu einem Kampf herausfordern. Wenn ich gewann, musste er mich endlich ernst nehmen. Energisch stand ich auf, zog mir wie jeden Morgen meine Sportsachen an und sah Lolli dabei zu, wie sie ihr magisch synthetisiertes Frühstück verschlang. Dann ging ich hinunter und fing an, mich aufzuwärmen. Dabei schlich sich der gutaussehende Magier wieder in meine Gedanken, wie so oft in letzter Zeit. Ich konnte natürlich mit dem jungen Magier mitgehen, der mich bald wieder besuchen würde. Jedoch wusste ich überhaupt nicht, was mich dort erwartete, wo auch immer er mich hinbringen wollte. Vielleicht kam ich vom Regen in die Traufe und es würde an diesem neuen Ort noch schlimmer für mich sein. Vielleicht war er tatsächlich so jemand, der meine Magie ausnutzen wollte? Oder war es Noviomagus, der mich nur ausnutzte und mir schadete? Mein Kopf rauchte. Ich versuchte, mich auf mein Training zu konzentrieren und für einen Moment meine Gedanken verstummen zu lassen.

Einige angenehm ruhige Minuten später schallte Dads Stimme durch den hell erleuchteten Saal: „Ich muss gleich noch einmal einkaufen. Da ich gestern spüren konnte, dass mein Schutzzauber durchbrochen wurde, bin ich nicht mehr dazu gekommen, alle Zutaten für deinen stärkenden Saft zu kaufen. Ich trainiere jetzt eben mit dir und mache mich dann auf den Weg, während du allein weiter machst. Kontrollieren kann ich dich ja jetzt sehr gut“, sagte er und zeigte auf die pechschwarze Kugel, die dauerhaft neben mir schwebte.

„Ja“, entgegnete ich knapp und ging auf ihn zu, um mit ihm zu trainieren.

Ich gewann wieder ein wenig an Selbstvertrauen, da ich mich etwas besser schlug als sonst. Oder ging er heute sanfter mit mir um? Warum sollte er? Aus Mitleid? Vielleicht hatte er Schuldgefühle wegen der harten Kontrollmaßnahmen, dachte ich, ohne auf eine einleuchtende Antwort zu kommen.

Irgendwann hielt ich inne und forderte ihn heraus: „Du denkst, ich bin zu schwach und deshalb darf ich nicht hinaus, richtig? Dann lass uns heute ernsthaft gegeneinander kämpfen! Wenn ich dich besiege, darf ich nach draußen, wann immer ich will!“, rief ich hochmütig.

Ein spöttisches Lächeln strich kurz über seine Lippen. „Du denkst, du kannst es mit mir aufnehmen?", fragte er mit klarer Überlegenheit in der Stimme. „Na gut. Dann los!", rief er und zeichnete mit seiner Magie einen Kreis um uns herum auf den Boden. Dieser sollte unseren Kampfring markieren, interpretierte ich. „Wer auch nur einen Schritt aus dem Kreis tritt, herausgeschoben oder geschleudert wird, hat verloren. Du kannst natürlich auch aufgeben, wenn du nicht mehr kannst", fügte er noch herablassend hinzu. Er hatte schnell von fürsorglichem Elternteil zu kampflustigem Rivalen umgeschaltet.

Sofort nahm ich meine Kampfposition ein und ließ meinen schwarz-blauen Nebel meine angespannten Fäuste umspielen. Mein Blick fokussierte sich entschlossen auf meinen Gegner. In diesem Kampfring konnte man sich nicht verstecken. Selbst bei dichtestem Nebel würde ich ihn noch erkennen können. Gut, dachte ich. Ein direktes Messen von Kräften, keine fiesen Tricks.

Als Noviomagus ebenfalls seine Kampfhaltung eingenommen und mir mit einem siegessicheren Lächeln zu verstehen gegeben hatte, dass er bereit war zu kämpfen, stürzte ich mich auf ihn. Ich attackierte ihn mit meinen durch Magie gestärkten Fäusten und trat ihn in so flüssigen Abfolgen, dass ich hoffte, er würde endlich mal beim Training ins Schwitzen kommen. Doch er sprang gekonnt zur Seite, sodass ich fast von allein aus dem Ring fiel. Ich fing mich gerade noch und wich dann sofort mit einem Rückwärtssalto einem Angriff aus, der mich aus dem Kampfring geschleudert hätte. Kurz schwebte ich mit meiner Magie über dem Boden und kam dann sanft wieder zum Stehen, um mich wieder in Kampfstellung zu begeben. Das hatte Noviomagus wohl auf eine Idee gebracht. Er ließ sich von seiner Magie vom Boden heben und schwebte nun einen Meter über der Erde. Sofort fing er an, mit seinen Tritten in mein Gesicht zu zielen.

Ich wich ihm hektisch aus und rief empört: „Hey, das ist unfair!“

„Warum? Ich befinde mich doch noch im Ring“, rief er mit einem Schulterzucken.

Wenn ich versuchen würde, ihn ebenfalls aus der Luft zu bekämpfen, hatte ich einen klaren Nachteil. Schweben war eines der von mir am wenigsten geübten Techniken. Ich hatte zudem ein wenig Höhenangst, was Noviomagus natürlich genau wusste und gegen mich benutzte. Ich sprang hoch und versuchte ihn mit einem Turn-Sidekick zu treffen. Doch er schwebte nur ein paar Zentimeter zur Seite, sodass mein Fuß ins Leere flog. Ich versuchte nun doch, vom Boden abzuheben und griff ihn erneut mit einem Tritt an. Doch ich war schwebend so ungeschickt, dass ich das Gleichgewicht verlor und es Noviomagus keine Mühen kostete, mich mit einem Schlag mehrere Meter auf den Boden fallen zu lassen. Hart schlug mein Körper auf dem Betonboden auf. Ich schnappte nach Luft. Es dauerte einige Sekunden, bis meine Lunge sich wieder öffnete und Sauerstoff hineinließ. Wackelig kam ich auf die Beine. Mein ohnehin geschwächter Arm wurde schwer und schmerzte fürchterlich. Doch das musste ich nun ignorieren. Es ging hierbei um ein Stückchen meiner Freiheit.

„Gibst du auf?“, fragte mein erbarmungsloser Gegner, als er ebenfalls auf den Boden zurückgeschwebt kam.

„Nein!“, rief ich dickköpfig. Obwohl ich nicht wusste, woher ich die Kraft dazu nahm.

„Na gut. Selbst schuld", sagte er nur noch und traf mich mit einer gezielten Backfist, einem Faustschlag mit dem Handrücken und den Fingerknöcheln, ins Gesicht.

Ich taumelte zurück und brach hinter der Markierungslinie des Kampfringes zusammen. Ich schaffte es nicht wieder aufzustehen und blieb einfach kraftlos liegen. Somit hatte er gewonnen.

„Ich hatte dich gewarnt", gab er gleichgültig von sich.

Ich kämpfte weiter gegen die Bewusstlosigkeit und ächzte.

Mit Leichtigkeit synthetisierte er sich ein Handtuch und tupfte sich damit die Stirn ab. „Du hast es doch geschafft, mich zum Schwitzen zu bringen. Bravo. Aber ich hoffe, das heutige Training ist dir eine weitere Lehre", fügte er noch bitter hinzu und ließ ein weiteres Handtuch und eine Flasche Wasser neben mir entstehen. Dann schritt er zur Tür. „Ich gehe dann jetzt einkaufen", sagte er, bevor die große Eingangstür hinter ihm in Schloss fiel.

Ich sah noch, wie die Überwachungskugel spöttisch über mir in der Luft auf und ab schwebte. Wenn ich noch die Kraft gehabt hätte, würde ich sie jetzt an der Wand zerschmettern lassen. Doch dann wurde alles schwarz um mich herum.

***

Nach einer heißen Dusche, leckerem Essen und einem ausgiebigen Powernap ging es mir wieder etwas besser. Einen Blick in den Spiegel hatte ich vehement vermieden, um die schmerzenden blauen Flecken nicht sehen zu müssen. Ich konnte nicht glauben, dass Noviomagus mich derart zunichte gemacht hatte bei unserem Kampf. Er hatte mich bis zur Ohnmacht bekämpft und mich dann einfach liegen gelassen. Was war nur los mit ihm? So etwas konnte er doch nicht tun! Damit hatte er auch noch das letzte Quäntchen Hoffnung in mir erstickt. Ich blickte grimmig hoch zu der magischen Kamera, als wäre sie Noviomagus' ständiger Repräsentant. Wenn sie nicht wäre, würde ich erneut in Noviomagus' Labor einbrechen und versuchen, herauszufinden, was er noch alles für Machenschaften vor mir verbarg. Vielleicht versuchte er ja wirklich, irgendeine Krankheit zu heilen, aber warum hielt er das vor mir geheim und mich hier drin fest? Wozu brauchte er mich?

Ich schob diese Gedanken beiseite. Ich konnte mit diesem dauerhaften Begleiter an meiner Seite ohnehin nichts tun.

10. Kapitel

Nachdenklich stand ich oben am Geländer unserer Galerie und blickte zur großen Eingangstür. Eigentlich war es Zeit für den Theorieunterricht, aber Noviomagus war noch nicht zurückgekehrt. Ich setzte mich an meinen Platz in dem kleinen Raum und wartete. Nur einige Augenblicke später öffnete sich die große Tür und ich hörte plötzlich Stimmen. Die eine gehörte Noviomagus, die andere einer Frau. Er hatte noch nie fremde Personen hierhergebracht. Neugierig steckte ich meinen Kopf aus der Tür und ging langsam wieder zurück auf den Flur, als die beiden gerade die Treppe hinaufkamen.

„Ah, da ist ja das kleine Wunderkind! Entzückend!“, rief die Fremde begeistert.

Ihre schwarzen, kurzen Haare trug sie eng an den Kopf gegelt und ihre Augen schienen ebenfalls pechschwarz zu sein. Das Gesicht war wunderschön und stilvoll geschminkt, wobei ihre Lippen blutrot waren. Ihre Haut hatte die Farbe von Cappuccino und sie trug einen langen, dicken Pelzmantel und dazu schwarze Stiefel.

„Wunderkind?“, wiederholte ich fragend und blickte

zwischen ihr und Dad hin und her.

„Kleine, das ist meine Chefin, Nemetona“, stellte Dad die Fremde vor, ohne auf meine Frage einzugehen. „Sie wollte sich meine Forschung einmal vor Ort ansehen. Geh bitte auf dein Zimmer und stör uns nicht.“

„Okay“, sagte ich verlegen und wandte mich zum Gehen. Was hatte sie nur mit Wunderkind gemeint? Hatte Noviomagus ihr das so erzählt? Wohl kaum, dachte ich zweifelnd.

„Ach, nein. Warte doch. Ich möchte dich noch ein wenig kennenlernen!“, rief Nemetona mir hinterher.

Ich blieb stehen und drehte mich wieder um. Dad rollte genervt mit den Augen. Das Verhalten seiner Vorgesetzten schien ihm nicht zu gefallen, was mich ein wenig erheiterte. Ich verkniff mir ein Lächeln.

„Komm her und lass mal deine Magie sehen.“

Ich tat wie mir geheißen und öffnete meine Handflächen, in denen sich sofort Rauchschwaden meiner schwarz-blauen Magie bildeten. Unsere Besucherin drehte sich mit beeindrucktem Blick zu Noviomagus. Sie ließ ebenfalls ihre Magie erscheinen. Sie hatte die gleiche Farbe wie ihre Lippen: Blutrot. Ihre Magie wanderte zu meinen Händen herüber und vermischte sich mit meiner. Es entstand ein dreckiges, dunkles Lila, das ich nicht mochte.

„Spürst du unsere Verbindung?“, fragte sie betörend.

Ich blickte ihr lächelnd in die Augen, weil ich nicht wusste, was ich sagen sollte. Dabei bemerkte ich, dass ihre Augen sich ebenfalls dunkelrot gefärbt hatten. Wie konnte das sein? Eben waren sie noch schwarz gewesen. „Ihre A-Augen …“, sagte ich stotternd.

„Ach, das ist nur ein kleiner Nebeneffekt davon, sehr,

sehr mächtig zu sein“, gab sie lässig zurück und flüsterte noch: „Vielleicht passiert dir das ja auch irgendwann?“

„Warum sollte es?“

Fragend blickte ich zu Dad, der wieder das Wort ergriff, um die merkwürdige Stille zu füllen, die sich gerade ausbreitete: „Nun, wollen wir dann, Nemetona?“

„Noch einen Augenblick. Ich möchte wissen, wie sich die Kleine im Kampf schlägt.“ Sie blickte mich herausfordernd an.

Was hatte sie nun vor? Dad widersprach nicht, vielleicht weil er sich nicht traute, vielleicht weil er erneut sehen wollte, wie ich scheiterte. Also schritt Nemetona die Treppe hinab und bedeutete mir, ihr zu folgen. Die magische Überwachungskugel ließ Dad zu sich kommen, damit sie mich bei dem Kampf nicht behinderte.

Unten angekommen, zog sie ihren Mantel aus und drückte ihn Dad in die Hand: „Hier, halte mal kurz meinen Nerz.“

Mit einer eindrucksvoll geschwungenen Handbewegung entfachte sie ihre Magie. Sofort war sie von einem magischen, roten Schimmer umgeben. Hinter ihr verdichtete sich ihr Magienebel und bildete eine undurchdringliche Wand, sodass niemand sie von hinten angreifen konnte. Clever, dachte ich beeindruckt und merkte mir diesen Zauber für spätere Kämpfe.

Ich aktivierte ebenfalls meine Magie. Ich fühlte mich jetzt schon klein und schwach neben dieser mächtigen Magierin, doch ich würde trotzdem mein Bestes geben. Ich musste versuchen, Dad stolz zu machen. Doch allein von ihrem mystischen Antlitz war ich fasziniert. Wie viel ich wohl von ihr lernen konnte?

Als sie sah, dass ich kampfbereit war, ließ sie ihre

Hände auf Hüfthöhe von hinten nach vorn schweifen und so ihre Magie in einzelnen Schwaden in meine Richtung fließen. Diese verdichteten sich auf ihrem Weg zu mir. Sie verwandelten sich in schnell wachsende, mit Dornen besetzte Arme einer großen Pflanze, die mich verschlingen wollte. Naturmagie, dachte ich, also musste ich entsprechend kontern. Ich erschuf einige scharfkantige Steine und schnitt ihre Dornenranken in winzig kleine Stücke. Lächelnd blickte Nemetona mich an und löste ihre Magie wieder, sodass die magisch erschaffenen Dornensträucher zu Nebel zerflossen. Sie drehte sich zu Dad und sagte: „Du hast sie gut unterrichtet."

Ich lächelte zufrieden. Von mir aus konnte es weitergehen. Ich wollte zeigen, was ich noch alles in petto hatte. Nun sah ich Nemetona zu, wie sie ihre Magie in ihren Händen sammelte. Plötzlich loderten ihre Hände auf und riesige Flammen schossen in die Höhe. Das Feuer züngelte in genau dem gleichen blutrot wie ihre Magie. Entsetzt starrte ich die monströsen Ungeheuer in ihren Händen an. Ich war so erstarrt vor Angst, dass ich mich nicht bewegen konnte. Auf einmal schossen mir kurze Szenen aus meiner Kindheit in den Kopf.

Ich saß in einem kleinen Gitterbettchen, das kurz davor war, von Flammen verschlungen zu werden. In der Ferne schrie jemand. Eine Frau stürzte zur Tür hinein, sie brach im Türrahmen zusammen. Mami, dachte ich traurig. Ich blickte in ihr von Schmerz und Angst verzogenes Gesicht.

Dann wurde ich wieder in die Realität gerissen: „Nemetona!", versuchte Dad sie aufzuhalten, da er natürlich von meiner Panik vor Feuer wusste. Doch sie ließ sich nicht stoppen. Plötzlich bildete sich ein Kreis aus

Flammen um mich herum. Ich löste mich aus meiner Starre, zog eine gewaltige Menge Wasser aus der Luft und ließ es in großen Schwaden über den Feuerkreis laufen. Ein lautes Zischen war zu hören und Wasserdampf stieg vom Boden auf. Damit waren die Flammen vorerst gelöscht, doch das war sicher nicht alles. Die Flammen in ihren Händen loderten immer noch und sprühten regelrecht Funken. Ich atmete schwer. Auf meiner Stirn hatte sich Angstschweiß gebildet, doch trotzdem war mir eiskalt. Die Übung gefiel mir gar nicht. Ich war den Tränen nahe, hatte jedoch Angst, was geschehen würde, wenn ich die Attacken nicht abwehren konnte. Aus einer Kurzschlussreaktion heraus schleuderte ich die Wassermassen, die immer noch unter meiner Kontrolle standen auf Nemetona, um das Feuer im Keim zu ersticken. Dad starrte entsetzt auf die Fluten, die ihn und seine Chefin gleich überrollen würden, doch Nemetona hielt schützend ihren Unterarm senkrecht der riesigen Welle entgegen. All das Wasser prallte davon ab und schoss links und rechts an ihr vorbei. Dad bildete eine schützende, magische Kugel um seinen Körper. Er musste einige Schritte zurückweichen und sich gegen die Kraft des Wassers stemmen, konnte den gewaltigen Wassermassen jedoch standhalten. Also floss das gesamte Wasser in unsere Trainingsecke mit den Sportgeräten hinein. Ich würde sicher sehr viel aufzuräumen haben nach diesem Kampf, dachte ich resigniert.

Nun bereitete Nemetona schon ihren nächsten Angriff vor. Wann hörte dieser Albtraum endlich auf? Mein Körper hatte mittlerweile angefangen, unkontrolliert zu zittern. Zuvor hatte Dad immer das Zaubern mit Feuer aus dem Kampftraining herausgelassen. Nemetona interessierte das offensichtlich wenig. Oder wusste sie nichts über meine Vergangenheit? Plötzlich fing sie an, Feuerbälle aus ihren Händen zu schleudern. Erst etwas unkontrolliert, dann aber genau in meine Richtung. Ich baute einen Schutzschild um meiner Körper auf, doch ihre Magie war so stark, dass das Feuer meine Schutzwand durchbrach. Ich schmiss mich panisch auf den Boden und kauerte mich zusammen. Ich hörte nur, wie immer mehr explosives Feuer auf mich herabhagelte. Eine viel dichtere Schutzwand bildete sich wie von selbst um mich herum. Mein magischer Instinkt schützte mich und das Adrenalin, das gerade meinen Körper flutete, trug wohl ebenfalls seinen Teil dazu bei. Als der Lärm verstummte, kam ich langsam und zittrig wieder auf die Beine. Ich war verschwitzt und völlig außer Atem.

„Hm", machte Nemetona nur. „Du musst über den Geistern deiner Vergangenheit stehen. Sei nicht so schwach!", rief sie streng.

Also wusste sich doch Bescheid. Warum tat sie mir nur so etwas an?, dachte ich entsetzt.

„Na gut. Probieren wir etwas anderes", fuhr sie fort.

Kurz war ich erleichtert. Ich blickte Nemetona erwartungsvoll an, doch ihre Arme hingen locker an ihrem Körper herunter. War es das etwa schon? Sie stand einfach nur da und starrte mich an. Dann bemerkte ich, wie mein Kopf anfing zu schmerzen. Erst ganz leicht, doch nach kurzer Zeit immer stärker. Ich verzog das Gesicht und rieb mir die Stirn.

„Nemetona", sagte Dad mahnend zu unserer Besucherin. Dann erst verstand ich: Sie verursachte diese Schmerzen. Was konnte ich nur dagegen tun? So eine Art von Angriff kannte ich nicht. Ich versuchte eine magische Wand um mich zu bilden, aber Nemetonas Magie kam trotzdem hindurch. Der Schmerz wurde immer schlimmer. Ich erschuf einen Magieball und versuchte, sie damit zu treffen, doch sie wehrte ihn gekonnt ab und fing an, mich auf dieselbe Weise zu attackieren. Mehrere ihrer Kugeln trafen mich, ohne dass ich auch nur die kleinste Chance gehabt hätte, auszuweichen. Ich sackte auf dem Boden zusammen. Ein Schrei entwich meiner Kehle.

Erneut hörte ich Dads besorgte Stimme: „Nemetona! Das reicht!"

Doch sie hörte nicht auf. Es schien ihr Freude zu bereiten, mich leiden zu sehen. Ich stütze mich mit einer Hand auf dem Boden ab und versuchte verzweifelt, meine Gegnerin mit irgendetwas zu treffen. Ich wollte nur, dass dieser unerträgliche Schmerz aufhörte. Erneut schleuderte ich eine Magiekugel auf sie, doch sie antwortete mit einem doppelt so schweren Gegenangriff. Als ich kurz davor war, bewusstlos zu werden, verstummte plötzlich das Leiden in meinem Kopf. Noviomagus hatte Nemetonas Hand ergriffen und sah sie wütend an. Stöhnend stand ich auf und stolperte zu der nächsten Holzkiste, um mich daran abzustützen.

„Du hast sehr gut gekämpft, Kleine. Dein Lehrer hat dir einiges beigebracht. Deine Kräfte sind für dein Alter sehr weit ausgeprägt", sagte sie mit ernst gemeinter Bewunderung.

„Nein, sie ist zu schwach. Vergiss nicht das Fiasko mit dem Frosch", setzte Dad entgegen. Enttäuscht blickte ich zu Boden. Hatte er etwa seiner Chefin davon erzählt? Warum bloß?

„Hm." Nemetona nahm nachdenklich eine Hand an ihr Kinn, wobei ihre langen, krallenartigen Fingernägel mich anblitzen. Sie betrachtete mich eingehend. „Wie dem auch sei. Lass mich nun deine Forschungsergebnisse sehen. Dafür bin ich schließlich hier."

„Ja, sehr gerne. Kleines, du gehst in dein Zimmer und beschäftigst dich bitte allein. Theorie fällt heute aus. Deinen Saft bringe ich dir später."

„Ja, Dad", gab ich gehorsam zurück und verabschiedete mich höflich von Nemetona. Langsam ging ich in mein Zimmer zurück und legte mich erschöpft in mein Bett. Ich fühlte mich schlecht, dass ich Dad erneut so enttäuscht hatte. Ich hatte mich nicht gegen Nemetona wehren können und mich ziemlich schnell von ihr besiegen lassen. Was die beiden wohl nun besprachen? Es musste etwas Wichtiges sein, wenn Dad seine Chefin persönlich hierher einlud. Oder war die Initiative von ihr ausgegangen? Wie gern würde ich die beiden in Dads Labor belauschen, aber die magische Überwachungskamera folgte mir immer noch auf Schritt und Tritt. Ich verkroch mich unter meiner Decke. Hier konnte sich mich wenigstens nicht beobachten.

Plötzlich kam mir eine Idee. Ich hatte im Abstellraum in einem Bastelbuch für Kinder einmal einen Apparat gesehen, der sich Schnurtelefon nannte. Man konnte darüber mit jemandem sprechen, der sich nicht im selben Raum befand wie man selbst. Konnte ich etwas Ähnliches vielleicht mit meiner Magie erschaffen? Von hier unter der Bettdecke, wo mich die magische Kugel nicht sehen konnte? Dad hatte mir mein Leben lang eingetrichtert, mich nicht von den Zaubern, die bereits existierten, und von irgendwelchen alten Leuten in

Büchern niedergeschrieben waren, einschränken zu lassen, sondern mir selbst welche auszudenken. Also probierte ich es aus: Ich überlegte kurz, welche Runen dazu passen könnten. Da der Schall durch die Luft übertragen wurde, konzentrierte ich mich auf Runen, die zu diesem Element passten. Ich formte eine Kugel, die ich in zwei kleinere zerteilte. Ich belegte sie dabei mit einem Zauber, sodass die Luft in ihnen eingeschlossen blieb. Ich nannte sie *Zwillingskugeln*. Sie waren so miteinander verknüpft, dass das, was die eine Kugel hörte, ebenfalls in der anderen zu hören war. Also ließ ich die eine Kugel durch mein Zimmer schweben, natürlich nah am Boden unter den Möbeln hindurch, sodass die Überwachungskugel sie nicht wahrnahm. Dann quetschte ich sie unter der Tür hindurch und ließ sie weiter schweben bis zu Noviomagus' Labor. Dort drückte ich die Kugel an die Tür und hielt mir die andere Zwillingskugel an mein Ohr. Es funktionierte tatsächlich. Nun konnte ich alles hören, was die andere Kugel auch hörte:

Ich will Ergebnisse sehen, Noviomagus. Du forschst nun seit Jahren, sogar schon Jahrzehnten, an Magie-Absorption herum und kannst kaum etwas vorweisen, das uns weiterbringt. Du beschmutzt Asparius' Erbe! Ich kann es nicht mehr lange vor dem Rat rechtfertigen, dir noch Gelder für deine Forschung zur Verfügung zu stellen.

Ich weiß, Nemetona. Aber es ist nicht so einfach. Ich kann inzwischen mit einem bestimmten Serum gewöhnlichen Lebewesen für kurze Zeit Magie verleihen, die sich dann in dem Organismus ausbreitet und vermehrt, doch bei dem Versuch, die Magie zu entziehen, sterben die Versuchsobjekte und die Magie geht wieder verloren.

Was ist denn mit deiner Kleinen? Du ziehst sie ja nicht umsonst zu einer mächtigen Magierin heran. Wie wäre es, wenn du aufhörst, ihr diese Lösung zu geben, die ihre magischen Kräfte hemmt? Wenn sich ihre Kräfte so entfalten, wie wir vermuten, wäre das sicher sehr aufschlussreich für deine Forschung. Vielleicht könnten wir sie auch einsetzen, um gewaltsam unsere Ziele zu erreichen.

Nein, du weißt doch, ihre Eltern waren beide so mächtig, sie hätten gar kein Kind bekommen dürfen. Wenn ich ihr nicht mehr täglich diese Lösung gebe, wäre es zu gefährlich. Sie wäre zu gefährlich. *Sie hat gerade eine rebellische Phase, hat sich sogar schon nach draußen geschlichen. Ich darf nicht die Kontrolle über sie verlieren. Wenn meine Forschung Erfolg hat, kann ich diese benutzen, um sie bei ihr anzuwenden und unser Ziel zu erreichen, aber dafür brauche ich Zeit! Und wenn sie weiterhin so schwach ist, können wir die Kleine ohnehin nicht gebrauchen!*

Verstört nahm ich die magische Blase von meinem Ohr und ließ beide zerplatzen, um nicht doch noch erwischt zu werden. Was hatte ich da gerade gehört? Der Saft zur angeblichen Stärkung hemmte eigentlich meine Kräfte? Und was hatten meine Eltern damit zu tun? Warum wäre ich gefährlich? Wären meine Kräfte ohne den Saft so stark, dass ich sie nicht mehr kontrollieren könnte? Das konnte ich mir nicht vorstellen. Wenn meine Kräfte stärker wurden, würde ich einfach nur zu mehr fähig sein als zuvor. Der Einzige, der mich dann nicht mehr kontrollieren, der nicht mehr seinen Willen durchsetzen konnte, war allein Noviomagus. Was hatte er nur mit mir vor? Was genau war das Ziel seiner Forschung? Die Situation wurde immer brenzliger. *Asparius' Erbe* hatte er gesagt, das konnte nichts Gutes bedeuten. Ich hatte das Gefühl, alles sofort herausfinden zu müssen, doch der junge Magier würde bald wiederkommen, um mich hier herauszuholen. Es war eindeutig zu gefährlich für mich, weiter hier zu bleiben. Wer wusste schon, was Noviomagus noch mit mir vorhatte? Wahrscheinlich blieb keine Zeit mehr, etwas über seine Pläne herauszufinden. Ich war froh darüber, schon bald von diesem Ort verschwinden zu können. Ich wusste zwar nicht, was mich in meinem nächsten Zuhause erwarten würde, aber die Wahrscheinlichkeit war hoch, dass es dort besser und sicherer für mich sein würde.

Nur noch vierundzwanzig Stunden, dachte ich. Dann würde er mich holen kommen. Verträumt starrte ich Löcher in die Luft. Ob er wirklich wiederkommen würde? Natürlich würde er wiederkommen! Er hatte es doch gesagt. Am liebsten hätte er mich ja schon bei seinem ersten Einbruch mitgenommen. Ich vertraute ihm, zumindest mehr als Noviomagus.

11. Kapitel

In dieser Nacht schlief ich sehr unruhig und traumlos. Gerne hätte ich den Magier in einem Traum wiedergesehen, doch dieser Wunsch blieb unerfüllt. Je näher unser Wiedersehen rückte, desto ungeduldiger wurde ich.

Mitten in der Nacht wurde ich von weit entfernten Schreien geweckt. Erst dachte ich, es wäre nur ein Traum gewesen, doch als ich die Augen aufschlug und sich mein Bewusstsein zurück an die Oberfläche kämpfte, konnte ich sie klar hören. Es waren Schmerzensschreie einer jungen Frau. War Nemetona etwa noch da? Ängstlich stand ich auf und schlich den Flur entlang. Vor Noviomagus‘ Tür blieb ich stehen.

Nun hörte ich die Frau: „Nein, bitte. Was wollen Sie von mir?“, rief sie verzweifelt und fing an zu weinen.

Es war eindeutig nicht Nemetona. Doch wer konnte das sein? Hatte Noviomagus etwa jemanden gekidnappt und forschte nun an Menschen? Wie konnte er nur? Sollte die junge Frau etwa das gleiche Schicksal erleiden wie der Dachs, den ich das letzte Mal dort gefunden hatte? Ich riss die Tür auf. Ich wusste nicht genau, was ich vorhatte, aber ich konnte nicht tatenlos wegsehen, während diese Frau leiden musste.

„Was tust du hier?!“, schrie ich meinen Dad an.

„Kleine!“, rief er erschrocken und drehte sich panisch um. Die junge Frau befand sich tatsächlich in dem Käfig, in dem ich zuvor den Dachs gesehen hatte. Ihre Haut war fahl und schien von Noviomagus‘ Magie bedeckt zu sein. Als wäre sie von Noviomagus‘ Magie bedeckt. Entsetzt starrte ich ihn an. Panisch entfachte er seine Magie und bevor ich reagieren konnte, belegte er mich mit einem Paralyse-Zauber. Als Folge davon konnte ich mich weder bewegen noch meine Magie einsetzen.

Er fing an, hektisch hin und her zu laufen und flüsterte vor sich hin: „Das hätte nicht passieren dürfen. Ich verliere langsam die Kontrolle. Ich muss schneller zu Ergebnissen kommen. Was mache ich jetzt bloß?“ Dann drehte er sich ruckartig zu einem der Regale um und holte ein Glas mit aschfarbenem Pulver hervor. „Ich weiß, das könnte dir jetzt schaden, aber ich habe keine andere Wahl. Ich verspreche, dass ich das nicht anwenden würde, wenn es nicht unbedingt nötig wäre“, sagte er entschlossen.

Er griff in das Glas hinein, bedeckte seine Finger mit dem mir unbekannten Pulver und pustete es mir direkt ins Gesicht. Meine Augen und Schleimhäute in Nase und Mund fingen an, zu brennen. Was war das für ein Zeug? Ich konnte mich immer noch nicht bewegen, egal wie sehr ich es auch versuchte. Der Hustenreiz wurde unerträglich. Dann verblasste meine Erinnerung der letzten Minuten und Stunden. Alles wurde schwarz um mich herum und ich sank in einen tiefen Schlaf.

***

Am nächsten Morgen stand ich ächzend auf. Etwas lädiert vom gestrigen Tag streckte ich meine geschundenen Muskeln. Ich hatte immer noch leichte Kopfschmerzen. Ich gähnte ausgiebig und musste plötzlich fürchterlich husten. Woher kam das denn gerade? Wurde ich etwa krank? Bis jetzt war ich kaum krank gewesen in meinem Leben. Das war wohl der Vorteil, dass ich nie Kontakt zu anderen Menschen hatte außer Noviomagus. Was war gestern nur alles passiert? Ich hatte sehr viele Niederlagen kassieren müssen, aber zum Glück waren Abend und Nacht ruhig verlaufen. Oder etwa doch nicht? Ich versuchte mich zu erinnern, doch ich konnte nicht. In meinem Kopf herrschte gähnende Leere. Seitdem ich gegen Nemetona verloren hatte, konnte ich mich an nichts mehr erinnern. Das Kämpfen mit ihr musste mich wohl sehr müde gemacht haben. Vielleicht war ich beim Lesen eingeschlafen? Aber es lag kein Buch auf meiner Bettdecke. Merkwürdig, dachte ich nachdenklich. Achselzuckend zog ich mich an und ging hinunter in die große Halle, um mein Training zu starten. Wie jeden Morgen kam Dad die Treppe hinunter, nur hatte er den magischen Saft in der Hand.

„Wie geht es dir?“, fragte er. Machte er sich Sorgen, dass ich mich gestern überanstrengt hatte?

„Gut, denke ich“, antwortete ich verwundert. „Gestern Abend ist etwas verschwommen. Bin ich eingeschlafen?“

„Äh, ja. Bist du, Kleines. Nachdem Nemetona gegangen war, habe ich noch nach dir gesehen und da warst du schon, äh, eingeschlafen“, entgegnete er schnell.

„Ist das mein Saft?“, frage ich und deutete auf das Glas in seiner Hand.

„Ach so, ja. Es ist heute die doppelte Dosis. Ich habe ihn gestern irgendwie vergessen. Hier.“

„Danke, ich habe fast schon Entzugserscheinungen“, sagte ich lächelnd. „Wenn ich ihn nicht jeden Tag trinke, fühle ich mich irgendwie komisch.“ Ich kippte das Glas in einem Zug hinunter und fühlte mich sofort gestärkt.

„Sehr gut. Ich muss leider wieder in mein Labor. Nemetona hat mir eine Tonne Aufgaben dagelassen. Trainiere bitte heute wieder allein und mach die Trainingsecke sauber, die du gestern geflutet hast.“

„Ja, Dad. Wird gemacht“, sagte ich pflichtbewusst, um den Schein zu wahren.

Er durfte nicht bemerken, was ich heute noch geplant hatte. Als ich dabei war, mit meiner Magie vorsichtig das Wasser aus den Geräten zu ziehen und wieder an die Luft abzugeben, kam ich ins Grübeln. Hatte sich Dad eben merkwürdig verhalten? Es kam mir so vor. Ich hatte immer noch das Gefühl, dass er mich für irgendetwas brauchte, mich sogar ausnutzen wollte. Egal, was noch passierte, heute Abend würde ich von hier verschwinden. Es war mir zu riskant, am eigenen Leibe zu erfahren, was Noviomagus für Pläne schmiedete. Deshalb trainierte ich heute auch nur halbherzig und holte mir schon früh meinen kleinen täglichen Snack, den ich in meinem Zimmer verzehrte. Ich fing an, mir Gedanken zu machen, welche Dinge ich heute Abend mitnehmen würde. Plötzlich kam Dad herein.

„Schon fertig für heute?“, fragte er mit gerunzelter

Stirn.

„Ja, mir tut noch alles weh von gestern“, sagte ich wahrheitsgemäß.

„Na gut. Aber dann wird heute länger Theorie gelernt! Ich werde dir heute nur ein Buch geben, welches du lesen sollst. Ich habe leider wieder keine Zeit, dich zu unterrichten. Meine Arbeit lässt mich nicht los“, sagte er bedauernd.

„Okay, Dad“, entgegnete ich. Das kam mir sogar recht gelegen. Ich hätte ohnehin keine Motivation gehabt, etwas von ihm zu lernen.

Als ich zur üblichen Zeit in den Unterrichtsraum kam, stand Noviomagus vor dem Bücherregal und suchte gerade ein passendes Buch für mich heraus. „Ach, hier ist es“, er drehte sich zu mir um, „das hier kannst du mit in dein Zimmer nehmen. Eine kleine Wiederholung zu Naturmagie.“

Ich nahm kommentarlos das Buch und nickte ihm gehorsam zu. Schnell ging ich zurück in mein Zimmer und pfefferte das Buch auf mein Bett. Ich ging zu meinem Kleiderschrank und suchte mir einige Sachen aus, die ich mitnehmen wollte. Dann synthetisierte ich mir in meinem Kleiderschrank, als Sichtschutz vor der Überwachungskugel, die mich immer noch verfolgte, einen Rucksack, in dem ich alles verstaute. Für meinen Beobachter musste es so aussehen, als würde ich nur einige Sachen umräumen. Oben auf legte ich das Bild meiner Eltern, dann verschloss ich den Reißverschluss und ließ den Rucksack bis heute Abend im Schrank. Mein Blick fiel auf Lollihop. Ich konnte sie unmöglich hierlassen. Kurz überlegte ich, dann kam mir eine gute Idee. Ich würde sie bei meiner Flucht im Wald aussetzen. So würde sie, genauso wie ich, die Freiheit erlangen.

Ich ging in die Küche, um mir etwas zu Essen zu synthetisieren. Ich wollte gestärkt sein, wenn ich heute Abend hier verschwinden würde. Zuerst lugte ich in den Kühlschrank. Noviomagus hatte wohl keine Zeit gehabt, etwas vorzubereiten. Ich zauberte mir also selbst eine leckere Lasagne. Von ihr konnte ich einfach nicht genug bekommen! Ich aß wie gewohnt in meinem Zimmer, musste mir ein Leibgericht aber regelrecht den Hals hinabzwängen. Ich war so aufgeregt, das mir fast schlecht wurde. Würde alles gut gehen? Würde Noviomagus uns erwischen und versuchen, uns aufzuhalten? Aufgrund meiner letzten Misserfolge würde es ihm sicher gelingen, mich gewaltsam davon abzubringen, zu fliehen. Dann würde mein Leben hier in Zukunft sicherlich anders aussehen. Und was würde er mit dem jungen Magier tun? Ich erinnerte mich an meinen letzten Traum. Vielleicht war das eine schreckliche Vorahnung gewesen? Vielleicht würden wir es nicht schaffen und Noviomagus würde meinen Retter tatsächlich umbringen? Letztes Mal hatte Noviomagus auch bemerkt, dass der Schutzzauber an der Tür durchbrochen worden war. Er würde es heute Abend sicher wieder bemerken. Wie konnte ich das nur verhindern? Nachdenklich sah ich mich um. Dann fiel mein Blick auf die magische Überwachungskamera. Um dieses Ärgernis würde ich mich kurz vor meiner Flucht auch noch kümmern müssen.

Dann war es endlich so weit. Es war später Abend geworden und gleich würde es genau die gleiche Uhrzeit sein wie letztes Mal, als der Magier bei uns eingebrochen war. Noviomagus dachte, dass ich zu dieser Stunde längst schlief und war, wie jede Nacht, in seinem Labor beschäftigt.

Ich formte eine dichte magische Wand um die Überwachungskugel herum und hoffte, dass Noviomagus nicht alle fünf Minuten die Aufzeichnungen der Kugel überprüfte, sonst würde der ganze Plan schon vor seiner Umsetzung ins Wasser fallen. Ich pokerte darauf, dass er immer noch viel zu tun hatte und sich nicht ablenken lassen würde. Ich setzte mir meinen gepackten Rucksack auf und lief hinunter in die große Halle. Plötzlich wurde ich ein wenig melancholisch. Schließlich hatte mein Dad mich aufgenommen, als ich jeden verloren hatte, den ich liebte und mir ein Zuhause gegeben. Ich konnte ihn doch jetzt nicht einfach verlassen. Dann hörte ich leise die quietschenden Scharniere der Seitentür. Er war tatsächlich zurückgekommen. Ich blickte mich suchend um. Dann trat er endlich in mein Sichtfeld. Ich hatte den Eindruck, als wäre er noch attraktiver als letztes Mal. Seine braunen Haare waren wie immer etwas zerzaust und seine nussbraunen Augen glitzerten vor Aufregung. Als er mich sah, lächelten mich seine Grübchen freundlich an.

„Hi“, sagte er verträumt.

„Hi“, entgegnete ich wie ein verliebtes Schaf. Hatte er mich ebenso vermisst wie ich ihn?

„Du bist bereit, mit mir zu kommen?“

„Ja, ich denke, schon.“ Traurig blickte ich mich zu der Tür des Labors um, die immer noch die leichten Brandspuren aufwies. Kurz hatte ich Angst, dass Noviomagus sie öffnen und uns erwischen würde, doch sie blieb verschlossen.

„Du denkst schon? Warum? Was hält dich hier?“,

fragte er und blickte mit ehrlicher Besorgnis durch meine Augen direkt in meine Seele.

„Na ja, er ist doch mein Dad. Vielleicht ...“, ich stoppte mich selbst. Mir war bewusst, dass ich hier wegmusste. Aber trotzdem hatte ich Zweifel. Was würde mich dort erwarten, wo er mich hinbringen wollte? Gab es doch eine logische Erklärung für Dads Verhalten?

„Überleg doch mal, Noviomagus ist als böse bekannt. Er lässt dich nicht nach draußen gehen, experimentiert hier an irgendetwas herum. Vielleicht auch an dir, ohne dass du es überhaupt weißt.“

Dann dachte ich an all die merkwürdigen Sachen wie das Feuer, das Noviomagus verursacht hatte, ohne mir den Grund zu verraten, an den Befehl, Lolli zu töten, die Stimmaufzeichnung, die ich gefunden, aber nicht richtig verstanden hatte. All das erzählte ich dem attraktiven Magier.

„Siehst du! Alles, was du bis jetzt herausgefunden hast, reicht doch als Grundlage, um hier zu verschwinden! Bitte komm mit mir. Ich könnte es mir nie verzeihen, dich hierzulassen.“ Er streckte nun die Hand nach mir aus. Dabei fiel mir Lollihop wieder ein.

„Warte! Mein Frosch! Ich kann sie nicht hierlassen! Warte hier, ich bin gleich zurück.“ Schnell rannte ich hoch in mein Zimmer und ließ den jungen Mann mit einem sehr verdutzen Gesicht zurück. In meinem Zimmer angekommen, erschuf ich schnell eine kleine Kugel um Lolli herum, die ich in meinem Rucksack verstaute. Wie hatte ich nur meinen Frosch vergessen können?

Ich sprintete schnell die Treppe herunter. Doch dort fand ich meinen schlimmsten Albtraum vor. Noviomagus hatte bemerkt, dass der Schutzzauber an der Tür durchbrochen worden war und stand nun gegenüber des Eindringlings. Schwer atmend kam ich zum Stehen. „Dad, Stopp!“, schrie ich verzweifelt.

„Kleine, geh wieder schlafen. Ich kümmere mich um den Einbrecher!“, rief er mit vor Hass und Entschlossenheit triefender Stimme, ohne sich zu mir umzudrehen. Ich hatte diese Tonlage noch nie von ihm gehört. Sie machte mir eine panische Angst.

Noviomagus fing an, Magiebomben auf den Eindringling zu feuern. Dieser wehrte sie ab. Doch Noviomagus paralysierte den jungen Magier und machte ihn damit bewegungsunfähig. Er hatte keine Chance. Panisch dachte ich an meinen Traum zurück. Er wurde wirklich wahr. Wie konnte das nur passieren? Das konnte ich nicht zulassen. Ich musste etwas tun!

Dann formte Noviomagus einen brennenden, von innen pechschwarzen Magieball, während er näher an sein Opfer herantrat. Er blickte den Jüngeren herablassend an. „Du ruinierst mir nicht meinen Plan“, sagte Noviomagus bitter.

Ich dachte fast, ein Déjà Vu zu durchleben, doch dieses Mal würde es anders enden! Ich formte den mächtigsten, brennenden Magieball, den ich jemals erschaffen hatte und feuerte ihn auf Noviomagus.

„Stopp!“, rief ich so schrill und laut wie noch nie.

Die Bombe traf ihn unvorbereitet und er flog einige Meter durch die Luft. Doch sofort rappelte er sich wieder auf. Wild sah er mich an. Dabei bemerkte er meinen vollen Rucksack.

„Was ist denn hier los?“, schrie er mit sich überschlagender Stimme.

Ich antwortete nicht. Stattdessen schleuderte ich nur noch mehr Angriffe auf den Menschen, dem ich einst vertraut hatte. Zwar wehrte er viele der Attacken ab, doch ein paar trafen ihn hart. So gut hatte ich mich noch nie gegen ihn geschlagen, dachte ich triumphierend. Angespornt von meinem Adrenalin griff ich weiter an. Ich musste es schaffen, mich gegen ihn zur Wehr zu setzen, sonst war es aus. Ich verpasste ihm noch einige gezielte magische Schläge, dann hielt ich inne. Der junge Magier hatte sich aufgerappelt und deutete panisch zum Ausgang. Der Paralyse-Zauber hatte sich durch meine Angriffe gelöst. Er streckte seine Hand nach mir aus. Schnell ergriff ich sie und zusammen entflohen wir in die Nacht. Die beiden Schutzzauber eliminierte der junge Magier, wie beim letzten Mal, mit Leichtigkeit. Wir rannten so schnell wir konnten in den wunderschönen Wald hinein, der mein bisheriges Zuhause umgab, bis wir völlig aus der Puste waren. Ich blickte mich um. Als ich weder einen Verfolger noch die große Lagerhalle ausmachen konnte, wurde ich langsamer und blieb schließlich stehen. Schnell holte ich Lolli aus meiner Tasche, löste die Kugel um sie herum auf und entließ sie in die Freiheit.

„Wow, du meintest also einen echten Frosch“, sagte er fasziniert.

„Ja, ich habe sie vor Noviomagus gerettet“, erzählte ich stolz.

Er nickte anerkennend.

Schnaufend blickte ich meinen Retter an. „Danke“, hauchte ich lächelnd.

„Wir haben es noch nicht geschafft“, sagte er und formte eine Kugel aus seiner smaragdgrünen Magie um uns herum. Darin erschuf er auch eine kleine Bank. „Setz dich und genieß den Flug."

Die Kugel hob vom Boden ab und wir schwebten über die Baumwipfel. Mit quiekender Stimme brachte ich hervor: „A-Aber ich habe Höhenangst!"

„Oh, warte", sagte er verständnisvoll und verdichtete die untere Hälfte der Kugel, sodass ich nicht mehr den weit entfernten Boden unter meinen Füßen, sondern nur noch den vor uns liegenden Horizont mit der untergehenden Sonne sehen konnte.

„Wow!", stieß ich erleichtert hervor und schaffte es tatsächlich, mich zu entspannen. Er nahm erneut meine Hand und fing an, sie zu streicheln. Ich wollte, dass er sie nie wieder losließ.

„Hey", fragte er in die Stille hinein, „wir haben uns einander noch gar nicht vorgestellt. Mein Name ist Dayven." Seine Stimme klang warm und vertrauensvoll.

Ich lächelte und entgegnete: „Ich heiße Allison."

12. Kapitel

Wir landeten auf einer weitläufigen Wiese, links von uns begann ein Waldstück und vor uns stand ein riesiger Baum, der mich mit seinen langen, fadenartigen Zweigen an eine Trauerweide erinnerte. Von hier aus konnte man nicht sehen, was sich zu seinen Wurzeln verbarg. Die fliegende Blase um uns herum löste sich auf und wir kamen sanft auf dem Erdboden zum Stehen.

Wir waren nur wenige Meter von dem Blättervorhang des wunderschönen Baumes entfernt, als Dayven mich zurückhielt: „Allison, wir leben hier ganz anders, als du es wahrscheinlich aus deinem früheren Leben kennst."

„Ja, das weiß ich. Ich bin gespannt zu sehen, wie ein normales Leben aussieht", gab ich voller Vorfreude zurück.

„Na ja, normal ...", sagte Dayven und lachte kurz. Dann trat er einen Schritt zur Seite und schob den Blättervorhang für mich beiseite. Was sich mir nun offenbarte, war einfach unglaublich. Der dicke Baumstamm mit seiner starken, braunen Rinde stand viele Meter von uns entfernt. Riesige Wurzeln ragten überall aus der Erde und schufen so verschiedene Ebenen, auf denen viele kleine Hütten aus den unterschiedlichsten Naturmaterialien gebaut waren. Ich sah Hütten aus Stroh, einige aus Holz und andere, die nur aus Blättern zu bestehen schienen. Fasziniert blickte ich mich um und schlüpfte unter dem Vorhang hindurch. Die Luft roch hier plötzlich anders, nach feuchter Erde und frisch gemähtem Gras. Ich liebte es.

Dayven nahm meine Hand und führte mich zu einer kleinen Hütte, die direkt auf dem saftigen Gras erbaut war und sich am Rande des Trubels befand, der um den dicken Baumstamm herum herrschte. Am Fuße des Baumes schien es einen Eingang zu geben, der in sein Inneres führte. Ich freute mich schon darauf, die Geheimnisse dieses Ortes zu entdecken.

Als wir bei Dayvens Hütte ankamen, öffnete er mir die Tür und bedeutete mir hineinzugehen. Ich stand in einem kleinen rechteckigen Raum. Hinter der Tür befand sich ein winziges Badezimmer, es gab kleine Fenster geschmückt mit niedlichen bunten Vorhängen. Außerdem gab es eine kleine Kochnische mit einem Esstisch. In den beiden hinteren Ecken des Zimmers stand jeweils ein Bett. Ich runzelte die Stirn.

„Wohnt hier noch jemand?“, fragte ich verwirrt.

„Nein“, antwortete er lächelnd, „nur du und ich. Das Bett habe ich schon für dich vorbereitet.“

„Was hättest du getan, wenn ich nicht mit dir gekommen wäre?“, fragte ich.

„Irgendwie wusste ich, dass du nicht anders kannst“, sagte er und lächelte verschmitzt.

Ich verdrehte lächelnd die Augen und setzte mich auf mein neues Bett. Passend zum Rest des Hauses sah es so aus, als hätte er es aus Naturmaterialien selbst zusammengebaut. Ich legte den Rucksack ab, den ich immer noch auf dem Rücken trug, holte das Foto von meinen Eltern und mir als Baby hervor und stellte es auf meinen Nachttisch. Dayven setzte sich zu mir.

„Sind das deine richtigen Eltern?“, fragte er mit Mitgefühl in der Stimme.

„Ja, das sind sie.“ Ein trauriges Lächeln schlich sich über meine Lippen.

Dayven beugte sich vor und betrachtete es mit gerunzelter Stirn.

„Was ist los?“, fragte ich.

„Nichts. Ich, äh, wollte es mir nur genauer ansehen.“

Eine seltsame Pause entstand, bis er wieder das Wort ergriff.

„Du siehst deiner Mutter sehr ähnlich.“

„Wirklich?“ Ich lächelte.

„Ja“, sagte er und sah mir tief in die Augen.

Dann war es wieder still zwischen uns.

Ich räusperte mich: „Muss ich noch etwas wissen, wenn ich hier bei euch leben möchte?“

„Nicht direkt. Du wirst morgen alles erfahren, aber jetzt sollst du erst einmal in Ruhe ankommen. Abends, wenn es dunkel wird, gibt es ein gemeinsames Treffen, damit sich alle kennenlernen können. Das machen wir immer, wenn wir Neuankömmlinge hier begrüßen. Wir setzen uns in einen großen Kreis und jeder, der möchte, erschafft eine leuchtende Magiekugel und lässt sie in der Mitte schweben.“

„Wow, das klingt aber schön“, sagte ich begeistert. „Erzähl mir mehr!“, bettelte ich.

„Jeden Tag in der Woche haben wir Unterricht. Wir

treffen uns in kleinen Gruppen auf der Wiese vor dem Lebensbaum und üben ein paar Zauber. Nach ein oder zwei Stunden kümmern wir uns gemeinsam um den Garten und das Essen, welches für alle zubereitet wird."

Ich war fasziniert. Hier war es viel entspannter, als ich es gewohnt war. Nur ein bis zwei Stunden Training am Tag und ein gemeinsames Essen. „Der Lebensbaum ist also der Baum, unter dem wir hier leben?"

„Ja, der Lebensbaum ist unser Zuhause, er beschützt uns."

„Und warum habt ihr einen Garten? Ihr könnt euch doch Essen mithilfe von Magie synthetisieren."

„Wir kochen unser Essen selbst und essen es auch gemeinsam. Das stärkt die Gemeinschaft. Immer abwechselnd darf eine Gruppe für alle kochen. Um den riesigen Garten muss sich aber jeder kümmern. Außerdem üben wir an den Pflanzen Naturmagie."

Er lächelte mich warmherzig an. Ich konnte spüren, dass er sich freute mich hierzuhaben. Gedankenverloren strich er mir eine Haarsträhne aus dem Gesicht. Ich genoss seine Berührung. Das Warten auf ihn war mir wie eine Ewigkeit vorgekommen, doch jetzt waren wir hier, zusammen.

Dayven erzählte mir immer mehr von seiner bisherigen Zeit hier und ich hörte ihm weiter gespannt zu, bis ich plötzlich aufhorchte.

„Was ist das für ein Geräusch?", fragte ich.

Dayven hatte meine Verwirrung bemerkt und lächelte. „Geh doch mal raus und sieh nach", ermutigte er mich.

Ich ging zur Tür und lugte vorsichtig hinaus, dem hellen rhythmischen Geräusch folgend. Ich konnte nicht ausmachen, woher es kam, also trat ich hinaus und schaute mich um wie ein kleines Kind, das noch nie die Welt gesehen hatte.

„Was ist das?", fragte ich erneut, als ich die Quelle des schönen Klangs nicht ausmachen konnte.

„Das? Das ist der Regen", erlöste er mich aus meiner Ratlosigkeit.

„Aber", setzte ich verwundert an, „so etwas habe ich noch nie gehört. Noviomagus hatte einen Schutzzauber um das ganze Gebäude gespannt, um uns vor äußeren Einflüssen zu *schützen*." Das letzte Wort spuckte ich nur spöttisch aus. „So hört es sich also an, wenn der Regen auf die Blätter der Bäume fällt?"

„Ja." Dayven lächelte jetzt noch breiter.

„Wow, das ist wunderschön." Fasziniert schloss ich die Augen, lauschte dem meditativen Geräusch des Regens auf dem schützenden Blätterdach über uns und atmete die frische, nach purer Natur duftende Luft tief in meine Lungen ein. Dayven trat langsam an mich heran und legte von hinten die Arme um meine Taille. Ab und zu landete ein kleiner Regentropfen auf mir und ich genoss die kurze überraschende Abkühlung.

„Danke", sagte ich.

„Wofür?", fragte er, während ich das Lächeln in seiner Stimme noch immer hören konnte.

„Danke, dass du mich vor dem bösen Wissenschaftler gerettet hast, der mich gefangen hielt."

Er lachte kurz, erwiderte ein *Gern geschehen* und zog mich noch fester an sich, so dass es sich anfühlte, als würde er mich für immer beschützen, so wie die Blätter des Baumes uns beide vor dem Regen beschützten und vor allem, was noch kommen mochte.

13. Kapitel

Als die Sonne kurz davor war unterzugehen, hörten wir das melodische Läuten einer Glocke. Dayven stand auf.

„Komm, die Zeremonie beginnt“, sagte er aufmunternd und bedeutete mir ihm zu folgen.

Gemeinsam gingen wir durch die Tür der niedlichen Hütte, die ich nun mein Zuhause nennen durfte, und liefen über die Wiese unter dem Lebensbaum. Auf einer großen Fläche, etwas weiter von den Hütten entfernt, hatten sich schon einige Magier versammelt, es waren überwiegend Jugendliche und Kinder. Sie saßen in kleinen Gruppen zusammen und mit jedem, der dazukam, bildete sich ein immer schönerer Kreis.

Wir suchten uns eine kleine Lücke und setzten uns dazu. Dayven begrüßte ein paar Jugendliche neben uns und formte einen Ball aus leuchtender Magie, um ihn in die Mitte des Kreises zu senden. Seine wunderschöne grüne Kugel läutete den Beginn der Zeremonie ein. Ich tat es ihm gleich und formte ebenfalls eine Lichtkugel. Jedoch leuchtete sie nicht so schön, denn seit ich denken konnte, hatte meine Magie eine schwarz-blaue Farbe. Dayven lächelte mir ermutigend zu, somit ließ ich meine magische Laterne frei und schon nach kürzester Zeit war die Fläche in unserer Mitte durch die bunten Farben hell erleuchtet. Ab und zu stupste jemand spielerisch eine der fliegenden Kugeln an, so dass sie wieder in Bewegung gesetzt wurden. Es offenbarte sich ein Farbenspiel, das ich mir in meinen schönsten Träumen nicht hätte vorstellen können.

Plötzlich flogen die Kugeln höher, als eine Gestalt in den Kreis der Magier trat. Sie hatte ein langes weißes Gewand um ihre Schultern gelegt, welches ebenso schön schimmerte wie ihr weißes Haar. Ihre Hände hatte sie vor dem Körper gefaltet und obwohl sie leise sprach, konnte ich sie deutlich verstehen.

„Heute dürfen wir wieder ein paar Neulinge in unserer Mitte begrüßen. Bitte behandelt sie mit Respekt und heißt sie hier in unserer Zuflucht willkommen. Denaya, Ava, Allison, kommt bitte kurz nach vorne."

Schüchtern stand ich auf und ging auf die ältere Dame zu. Als wir drei bei ihr angekommen waren, ergriff sie wieder das Wort: „Hallo, ich bin Yuquma, eine der Ältesten in unserer Unterkunft hier. Ich leite den täglichen Unterricht. Wenn ihr Fragen oder Probleme habt, kommt bitte immer zu mir."

„Danke", sagte Ava schüchtern.

Die Älteste lächelte uns aufmunternd an und ich freute mich über die nette Begrüßung. Nur zu unseren Ehren wurde diese Zeremonie abgehalten. Ich nickte dankbar und wir gingen zu unseren Plätzen zurück.

Yuquma wandte sich Ava zu. „Ava, möchtest du dich uns anvertrauen? Manchmal heilen Wunden besser, wenn man darüber spricht."

Ava blinzelte unsicher und räusperte sich dann. Auch

sie konnte ich klar und deutlich verstehen, obwohl sie auf der anderen Seite des Kreises Platz genommen hatte. Das musste wohl an einem Zauber liegen, den ich noch nicht kannte.

„Ich bin froh, jetzt hier zu sein. Dayven hat mich gefunden und hierher gebracht. Hier kann ich sein, wer ich wirklich bin und muss mich nicht verstecken. Meine Adoptiveltern haben durch Zufall herausgefunden, dass ich magische Kräfte besitze. Damals konnte ich mir selbst nicht erklären, was genau mit mir geschah. Ich habe versucht, meinen Adoptiveltern zu zeigen, dass meine Kräfte ungefährlich sind. Aber sie sperrten mich in den Keller und versuchten mir auf unterschiedlichste Weise den Teufel auszutreiben, von dem sie glaubten, dass er von mir Besitz ergriffen hatte. Sie hielten mich im Keller gefangen, weil sie nicht verstanden, was mit mir passierte. Ich habe heute noch Narben davon. Ich bin weggelaufen und irrte umher, bis Dayven mich fand."

Sie zog ihren Ärmel hoch. Selbst auf die Entfernung konnte ich sehen, wie tief die Wunden gewesen sein mussten. *Schrecklich,* dachte ich. Offensichtlich hatte Dayven nicht nur mir geholfen, hierher zu fliehen. Tat er so etwas öfter? Ich sah ihn nachdenklich an.

Nun erteilte Yuquma mir das Wort. Ich erzählte schüchtern, dass meine Eltern bei einem Brand ums Leben gekommen waren und ich daher bei meinem Onkel aufgewachsen war, der mich bei sich zuhause festgehalten hatte. Aber ich fühlte mich nicht wohl dabei, ins Detail zu gehen. Dayven lächelte und legte seinen Arm tröstend um meine Schultern.

Als Denaya an der Reihe war, fiel mein Blick auf die drei Jungen neben ihr, die sich kichernd unterhielten, dann aber brav zuhörten, als Yuquma ihnen einen bösen Blick zuwarf. Woher kannte ich diese Jungs nur? Ich wusste, ich hatte sie schon einmal gesehen. Als es mir wieder einfiel, sog ich scharf die Luft ein und blickte ruckartig zu Dayven.

„Was ist denn los?“, fragte er verwirrt lächelnd.

„D-Die ... die kenn ich doch! Du h-hast ... im Wald“, stotterte ich und brach ab.

Ich konnte keinen klaren Gedanken fassen. Diese Kinder hatte ich in meinem Traum gesehen! In einem der Träume, in denen mir auch Dayven begegnet war. Ich hatte gedacht, dass meine Magie mich auf Dayven vorbereiten wollte und ich ihn deshalb immer gesehen hatte. Aber nun tauchten noch mehr Menschen aus meinen Träumen in der Realität auf. Was war nur los?

„Du meinst, du hast sie während deiner Astralprojektion gesehen?“, fragte er schmunzelnd.

„Meine was?“

„Deine Astralprojektion. Wenn du deinen Geist an einen Ort schickst, dein Körper aber an Ort und Stelle bleibt. Weißt du denn gar nicht, dass du das kannst?“

„Ich weiß doch nicht einmal, was ich da getan habe. Für mich waren es Träume. Wie ist das möglich?“

„Vielleicht kannst du es nicht kontrollieren. Kräfte können sich anfangs auch unterbewusst manifestieren.“

Ich verstand gar nichts mehr. Also hatte ich mich tatsächlich in der Gasse befunden und auch im Wald?

„Ich fand deinen Schlafanzug, den du im Wald getragen hast, sehr süß. Da waren so schöne rosa Blümchen drauf.“ Dayven lächelte verschmitzt.

Ich lief knallrot an. Das war kein Traum gewesen?! Ich wollte vor lauter Peinlichkeit im Boden versinken.

Zum Glück hatte niemand unser Gespräch belauscht.

„Können wir später darüber reden?“, fragte ich immer noch peinlich berührt.

„Natürlich, Blümchen.“

„Sei still“, zischte ich. Für diesen lächerlichen Spitznamen kniff ich ihn in den Oberarm, musste aber im selben Moment ebenfalls lächeln.

Als Denaya geendet hatte und Yuquma sich nach einer kurzen Verabschiedung zurückzog, lebten die Gespräche unter den Jugendlichen wieder auf und das Summen der Stimmen wurde nur noch übertönt vom Zirpen der Grillen. Einige kamen bei uns vorbei und stellten sich mir vor, andere warfen nur interessierte Blicke zu uns hinüber. Ich lächelte stets freundlich, um einen guten Eindruck zu hinterlassen.

Als es später wurde, standen die ersten auf und gingen zum Schlafen zurück in Ihre Hütten. Ihre Lichtkugeln erloschen langsam und bald war es auch für mich Zeit ins Bett zu gehen. Ich hatte heute so viel erlebt, dass ich kaum die Augen offen halten konnte. Dayven bemerkte meine Müdigkeit und brachte mich zu unserer Hütte zurück. Wie wunderschön diese Worte klangen: *unsere Hütte*. Als sich die Tür hinter uns schloss, fiel ich sofort in mein Bett. Es war gemütlich und angenehm kühl.

„Wie viele Hilfsbedürftige hast du eigentlich schon hierher gebracht?“, fragte ich schüchtern.

„Ein paar. Die Ältesten spüren sie mit einem bestimmten Zauber auf und wir erwachsenen Magier brechen auf, um sie zu finden und zu prüfen, ob sie tatsächlich Hilfe benötigen“, antwortete er, während er sich neben mich setzte.

„Also bin ich für dich nur eine von vielen? Irgendein Ältester hat dir befohlen, nett zu mir zu sein und mich zu befreien?“, fragte ich mit gesenktem Blick. Während der Zeremonie hatte ich das Gefühl bekommen, nichts Besonderes für ihn zu sein. Dass er öfter hübsche Magierinnen rettete, die sich ihm dann an den Hals warfen, so wie ich.

„Nein.“ Er lächelte liebevoll, als würde ihn meine eifersüchtige Fragerei nicht stören. „Ich wurde in den Wald geschickt, in dem sich die Halle von Noviomagus befindet, um die Kinder dort herauszuholen, die du gerade bei der Zeremonie wiedergesehen hast. Aber durch meine magischen empathischen Fähigkeiten konnte ich spüren, dass auch du Hilfe brauchst. Die Ältesten wollten nicht, dass ich mich weiterhin mit bösen Magiern anlege, aber ich konnte einfach nicht anders. Wie du in deinem Traum gesehen hast, verfolge ich Mitglieder des Bösen Rates, wie wir ihn nennen, und versuche ihre Machenschaften zu verhindern. Was auch immer sie vorhaben.“

Er hielt kurz inne und blickte mir nachdenklich ins Gesicht. Unsicher strich ich mir eine Haarsträhne hinters Ohr und lächelte schüchtern.

„Ich glaube, wenn du nicht freiwillig mitgekommen wärst, hätte ich dich einfach gepackt und mitgeschleift“, sagte er schmunzelnd.

Ich lächelte zurück und blickte in seine wunderschönen Augen, wie damals in meinem Traum, von dem ich nun wusste, dass er Wirklichkeit war. Plötzlich kam er mit seinem Gesicht so nah an meines heran, dass ich seinen Körpergeruch wahrnehmen konnte. Er roch süß, nach Pfannkuchen mit Ahornsirup.

Dann kam er noch näher, stockte dann aber und blickte mir fragend in die Augen. Ich lächelte und vollendete, was er begonnen hatte: meine Lippen trafen sanft auf seine und für einen kurzen Moment stand alles still. Seine Lippen waren ganz weich und ich konnte spüren, wie mein Körper mit Glückshormonen geflutet wurde. Dann war es auch schon vorbei. Ich lächelte verträumt und kuschelte mich an ihn. Einige Zeit verharrten wir so.

Da fiel mir auf, dass wir noch nicht über meine, wie er es nannte, Astralprojektion gesprochen hatten. Aufgeregt erzählte ich ihm alles, was ich darüber wusste.

„Wie ich vermutet hatte. Deine Kräfte entwickeln sich vielleicht gerade erst. Versuch doch mal, dich jetzt zu projizieren." Ermutigend sah er mich an.

Ich setzte mich auf, schloss die Augen und konzentrierte mich auf die Wiese vor unserer Hütte, auf die ich mich nun projizieren wollte. Nichts geschah. Ich ballte die Hände zu Fäusten und kniff die Augen noch fester zusammen. Wieder passierte nichts.

„Ist nicht schlimm. Yuquma kann dir zeigen, wie du deine Kräfte besser kontrollieren kannst."

Enttäuscht gab ich auf. Warum funktionierte es nicht? Wenn ich es sogar im Schlaf schaffte, warum dann nicht auch jetzt? Ich musste gähnen. Trotz der vielen offenen Fragen war es Zeit ins Bett zu gehen. Morgen war auch noch ein Tag.

Als wir beide in unseren Betten lagen und ich in der Stille nur noch Dayvens gleichmäßige Atmung hörte, fühlte ich mich doch ein wenig verloren in dieser neuen Welt. Was würde mich morgen erwarten? Würde es mir hier überhaupt gefallen? Wohin sollte ich gehen, wenn nicht? Plötzlich kamen mir die Tränen. Alles war so neu hier. Ich wusste mich überhaupt nicht zurecht zu finden. Ich schniefte, überwältigt von so vielen neuen Gefühlen, die auf mich einstürmten. Da spürte ich, wie sich meine Bettdecke hob und die Matratze unter Dayvens Gewicht ein wenig nachgab.

„Hey“, sagte er beruhigend und kuschelte sich neben mich.

Sofort schlang ich meine Arme um ihn und er drückte mich an seine starke Brust. Ich fuhr mit meiner linken Hand unter sein T-Shirt und streichelte seine nackte Haut. Sie war so schön warm, fast tröstlich. Ich hatte gar nicht gemerkt, wie kalt mir geworden war.

„Was hast du denn?“, fragte er besorgt.

„Nichts“, sagte ich schniefend, „ich habe mich nur gefragt, ob es mir hier gefallen wird. Was ist, wenn nicht?“ Ich hob meinen Kopf und sah ihm durch das Halbdunkel des Raumes direkt in die Augen.

„Ich bin sicher, es wird dir gefallen. Falls du Probleme hast dich einzugewöhnen, können wir auch zu Yuquma gehen. Sie ist immer sehr hilfsbereit und möchte, dass sich jeder hier wohl fühlt.“

„Okay“, murmelte ich zufrieden.

In seinen Armen fühlte ich mich so geborgen, wie noch nie zuvor. Auf einmal war die Welt wieder in Ordnung und es fiel mir leichter einzuschlafen. Ich sank in einen ruhigen Schlaf, der mich sanft bis zum frühen Morgen trug.

14. Kapitel

Ich wurde geweckt durch ein sanftes Klopfen an unserer Tür. Verschlafen stand ich auf und öffnete. An unserem Türknauf hing ein kleiner Beutel aus Jute, gefüllt mit frischen Brötchen. In einigen Metern Entfernung sah ich einen braunhaarigen Jungen, dem viele solcher Beutel auf magische Weise hinterherflogen. Das muss der Brötchenbote sein, dachte ich überrascht und ging zurück in die Hütte. Dabei stellte ich erstaunt fest, dass die Sonne schon längst aufgegangen war. Wie spät war es? Normalerweise war ich noch vor meinem Wecker um 5 Uhr morgens aufgewacht und hatte meine Routine begonnen. Gestern Abend war es wohl doch etwas später geworden als gedacht.

Plötzlich wurde mir schwindelig. Was war auf einmal los? Wurde ich etwa krank? Mein Herz begann, wie wild zu Pochen und ich atmete schwer. Meine Knie wurden weich wie Pudding. Mit einem dumpfen Knall kam ich auf dem hölzernen Boden auf. Ich ächzte. Was passierte nur mit mir? Ich fing an zu schwitzen und mir wurde speiübel. Jetzt war auch Dayven wach geworden und kam sofort zu mir.

„Allison, was ist los?“, fragte er besorgt.

„Ich weiß es nicht“, brachte ich gequält hervor und hielt mir den schmerzenden Bauch. Ich konnte nicht ausmachen, welcher Teil meines Körpers mir gerade nicht wehtat.

„Komm, ich bringe dich zu Yuquma.“

Mit diesen Worten zog er mich hoch und legte meinen Arm um seine Schultern, damit ich mich beim Laufen auf ihn stützen konnte.

Was war nur geschehen? Warum musste die schöne Zeit hier so ein jähes Ende finden? Was würde passieren, wenn mir nicht einmal die Älteste helfen konnte? Daran mochte ich nicht denken. Dayven schleppte mich zu einer der großen Wurzeln, an deren Fuße Yuquma ihre Hütte erbaut hatte. Hastig klopfte er an.

„Yuquma, wir brauchen deine Hilfe! Allison geht es nicht gut“, sagte er viel zu laut.

„Kommt rein.“, sagte die ältere Dame hastig als sie öffnete.

Sie trug noch ihr Nachthemd und ihr Haar war zerzaust. Sofort ging sie einen Schritt zur Seite, damit wir eintreten konnten. Ihre Hütte war viel größer als unsere. Sie hatte ein Sofa und eine kleine Ecke im hinteren Teil, die aussah wie eine Art Leseecke, die von vielen umherwuchernden Kräutern und Heilpflanzen geziert war.

Ich ließ mich auf dem Sofa nieder und ächzte erneut.

„Weißt du, was sie hat, Yuquma?“, fragte Dayven besorgt. Flehend sah er sie an.

„Ich habe eine Vermutung“, raunte sie und verzog nachdenklich ihr Gesicht.

Sie ging zu den Kräutern im hinteren Teil der Hütte und rupfte einige Zweige von den kleinen Pflanzen, die sie dann in der Hand zerrieb und mir überreichte.

„Kauen“, sagte sie nur und verlieh ihren Worten mit ihrem ausgestreckten Zeigefinger noch mehr Nachdruck, als ich sie skeptisch ansah.

Ich seufzte und nahm die Pflanzenfetzen in den Mund. Es schmeckte widerlich bitter, als der Pflanzensaft meine Kehle hinabrann. Sie kniete sich nun neben mich und ließ ihre Magie über mich fließen und sich auf meiner Haut verteilen. Jetzt begann sie zu summen. Was tat sie da? Ich blickte fragend zu Dayven. Er nickte mir aufmunternd zu. Ein leichtes Kribbeln durchfuhr meinen Körper und dann, ganz plötzlich, war der Schmerz verschwunden. Meine verkrampften Muskeln entspannten sich und ich setzte mich wieder auf. Die Kräuter spuckte ich in eine Schale, die Yuquma mir reichte.

„Der Schmerz ist weg. Danke“, sagte ich erleichtert.

„Gern geschehen, mein Kind.“

„Weißt du, woher diese Schmerzen gekommen sind?“, fragte Dayven, wahrscheinlich mit der gleichen Befürchtung wie ich, dass die Schmerzen wiederkommen könnten.

„Manche überbesorgten Eltern wollen nicht, dass ihre Kinder zu lange zu weit von ihnen entfernt sind. Deswegen belegen sie sie mit einem speziellen Zauber. Dein Onkel muss dasselbe zuvor einmal mit dir gemacht haben. Mein Reinigungsritual musste ich leider schon oft an Neuankömmlingen durchführen.“

Erstaunt sah ich sie an. Noviomagus hatte mir das angetan, um sicherzustellen, dass ich nicht weglief? Wie krank konnte ein Mensch sein? Dayven hockte sich neben das Sofa und drückte mich fest an sich. Ich genoss seine Umarmung, er musste meine Beunruhigung gespürt haben.

„Ruh dich noch ein wenig aus. Aber jetzt sollte alles wieder gut sein. Wir sehen uns später beim Unterricht“, verabschiedete uns Yuquma.

Tatsächlich fühlte ich mich so gut, als wäre nichts gewesen. Vergnügt lief ich zur Hütte zurück, erleichtert, von diesem unerträglichen Schmerz und dem Grund, weshalb ich ihn hatte erleiden müssen, befreit zu sein. Dayven hielt meine Hand ganz fest und lächelte mich an.

Später klopfte es an unserer Tür.

„Yuquma“, begrüßte Dayven die Älteste.

„Dayven, geh du doch schonmal los und bereite den Unterricht für deine Gruppe vor. Ich möchte noch kurz mit Allison reden. “

Dayven nickte bestätigend. Er lief dorthin, wo gestern die Lichterzeremonie stattgefunden hatte. Durch das Fenster konnte ich weitere Magier sehen, die sich frühzeitig zum Unterricht eingefunden hatten.

Yuquma sah mich an. „Freust du dich schon auf deine erste Unterrichtsstunde?“, fragte sie.

„Ja, sehr. Es wird bestimmt nicht so schmerzhaft wie bei meinem Onkel“, erwiderte ich wahrheitsgemäß.

Neugierig sah sie sich um und betrachtete die wenigen Sachen, die ich hierher mitgebracht hatte. Dabei fiel ihr Blick auf das Foto meiner richtigen Eltern. Langsam ging sie zu meinem Nachttisch und nahm es hoch. Bedächtig sah sie es an.

„Also, doch. Ich hatte so eine Vermutung ...“, murmelte sie.

„Was?“, fragte ich, ohne eine Ahnung zu haben, dass

ich mich im Auge eines aufziehenden Sturms befand.

„Du bist Allison Soah“, sagte die Alte und blickte mich nachdenklich an.

„Wie bitte?“

Was meinte sie damit? Ich hatte nie einen Nachnamen gehabt. Ich war immer nur Allison gewesen und Noviomagus war immer Noviomagus gewesen. Auf einmal kam es mir doch komisch vor. Jeder hatte einen Nachnamen, oder? Warum sollte ich nicht auch einen haben oder gehabt haben?

„Ich erkenne deine Eltern wieder. Sie waren einst mächtige Magier und haben sehr viel für Gemeinschaften wie unsere getan.“

„Aber ... wie kann das sein? Haben sie hier in der Nähe gelebt?“, fragte ich erstaunt. Yuquma hatte meine Eltern gekannt? Ich konnte es nicht glauben.

„Das weiß ich leider nicht, aber ich habe sie oft gesehen. Sie waren großartige Menschen“, sagte sie und ein trauriges Lächeln schlich dabei über ihr Gesicht. Nachdenklich starrte sie ins Leere und schien dann wieder zur Besinnung zu kommen: „So, genug davon. Ich wollte dir noch ein wenig von unserem Unterschlupf hier erzählen.“

Ich war sehr enttäuscht, dass sie nicht mehr von meinen Eltern erzählte, aber wahrscheinlich schmerzte sie es ebenso, an die beiden zu denken.

Wir setzten uns einander gegenüber und sie fing an zu erzählen. Alle Ältesten, die hier lebten, leiteten einen unterschiedlichen Bereich. Einer war für die Bibliothek zuständig, der andere wiederum für den Garten, sowie die Küche und Yuquma zum Beispiel für den Unterricht. Sie behielt den Überblick über die älteren Jugendlichen, die die jüngeren Magier in kleinen Gruppen unterrichteten. Sie sorgte auch dafür, dass der Unterricht abwechslungsreich und sicher gestaltet wurde.

Zudem gab es Magier, die ihr übergeordnet waren. Sie wurden das Gremium genannt. Ihre Aufgabe war es, sich um die gesamte Organisation dieses Unterschlupfes zu kümmern, neue Magier zu finden, die in Not waren und Kontakt zu anderen Zufluchtsorten zu halten.

Als sie geendet hatte, schlug sie sofort ein neues Thema vor: „Nun, zeig mir bitte deine Magie, mein Kind."

Ich tat wie mir geheißen und entfachte meine Magie in meinen beiden ausgestreckten Handflächen. Sie wirbelte umher in ihrer dunkelblauen, fast schwarzen Schönheit.

„Hm." Yuquma nickte und ließ auch ihre Magie auflodern. Sie war von reinem Weiß.

Ich hatte einmal gehört, dass die Farbe der Magie eines Magiers das Innerste seiner Seele widerspiegelte. Aber wenn das stimmte, was bedeutete das dann für meine Seele?

Die Älteste ergriff erneut das Wort: „Hat dein Onkel noch etwas anderes mit dir gemacht? Überlege bitte. Etwas, das dich ähnlich beeinflusst haben könnte wie der Bindungszauber, den ich von dir gelöst habe." Sie sah mich abwartend an und blickte mit ihren hellblauen Augen tief in meine Seele hinein. Es wäre mir unmöglich, sie jemals anzulügen.

„Ich weiß es nicht. Ich ...", stotterte ich. Doch plötzlich traf es mich wie ein Schlag. Natürlich! Dieser seltsame chemische Saft, den ich täglich hatte trinken müssen. Warum war ich nicht früher darauf gekommen? Wenn

Noviomagus mich sogar mit einem Bindungszauber belegt hatte, wieso sollte dann diese chemische Flüssigkeit nicht auch negative Auswirkungen haben? Sicher hatte er mich diesbezüglich ebenfalls belogen, wie bei so vielen anderen Dingen. Ich erzählte ihr sofort davon.

„Ja“, sagte sie nachdenklich und rieb sich das Kinn, „das könnte etwas sein, aber du weißt nicht, welche Auswirkungen diese Flüssigkeit auf dich gehabt haben könnte?“

„Nein, leider nicht. Noviomagus meinte, es würde mir Kraft geben“, musste ich frustriert zugeben.

„Vielleicht habe ich dazu schon eine Idee. Es ist gut, dass du diesen Saft nicht mehr trinken musst. Vielleicht bemerkst du ja Veränderungen an dir? Aber warten wir erst einmal ab. Wenn du wieder Probleme haben solltest, komm einfach zu mir. Und nun: Ab zum Unterricht!“, sagte sie nun mit ganz anderer, fröhlicherer Stimmlage.

Im selben Moment vernahm ich das Läuten der Glocken, die den Beginn des Unterrichts ankündigten. Ich sprang fröhlich auf. Mit Yuquma als helfender Hand konnte uns hier nichts Schlimmes passieren.

15. Kapitel

Gerade rechtzeitig kam ich bei Dayven an. Eine Gruppe Zehn- bis Fünfzehnjähriger umzingelte ihn.

„Wir wollen mal etwas Schwierigeres machen!“, rief einer.

„Ja!“, stimmten die anderen zu.

„Zeig uns mal was Cooles!“, rief die andere.

„Ihr wisst doch, ich bestimme nicht, was wir im Unterricht machen. Außerdem müsst ihr noch mehr üben!“, musste Dayven schweren Herzens entgegnen. Man hörte es in seiner Stimme, dass er den jungen Magiern gerne noch mehr gezeigt hätte. Aber die Sicherheit hatte nun mal Vorrang.

„Och, menno“, riefen sie nun fast im Chor.

Allen voran stand ein kleines Mädchen. Sie war vielleicht elf Jahre alt. Ihre Haut war schwarz wie die Oberfläche eines tiefschwarzen Onyx, ein Schutzstein für gute Magier. Ihr lockiges Haar war zu einem Zopf gebunden. Einer ihrer vorderen Milchzähne war ihr wohl vor kurzem herausgefallen, was ihr Lächeln nur noch bezaubernder machte. Mit ihren großen dunklen Augen sah sie mich nun an.

„Wer bist du?“, fragte sie interessiert.

„Ich bin Allison. Ich war gestern bei der Lichterzeremonie“, antwortete ich.

„Hallo Allison, schön dich kennen zu lernen! Ich bin Nauré! Bringst du uns etwas Spannendes bei?“, fragte sie und ihre Augen blitzten vor lauter Vorfreude.

„Hallo Nauré. Nein, ich werde euch nichts beibringen. Ich bin ein Schüler, genau wie ihr“, sagte ich und wusste schon, dass ich ebenfalls bald vom Unterricht gelangweilt sein würde.

Dann ergriff Dayven wieder das Wort: „So, heute werden wir üben, eine ganz besondere Pflanze wachsen zu lassen. Ein Vergissmeinnicht. Es ist sehr wichtig für uns Magier, weil es Bestandteil von vielen Zaubern sein kann, wenn man weiß, wie man es richtig verwendet.“

Er hockte sich auf den Boden und ließ seine leuchtend grüne Magie in die Erde fließen, dann hob er sie wieder hinauf und daraus wuchs ein kleines Pflänzchen mit zarten blauen Blüten.

Ich staunte, so etwas Schönes hatte ich zuvor noch nie mit meiner Magie erschaffen. Sofort wollte ich es ausprobieren, doch Dayven hielt mich zurück: „Zuerst aktivieren wir alle unsere Magie.“

Schon begannen die Kinder ihre Magie zu wirken. Sie kicherten vor Freude und zappelten auf ihren flinken Füßen umher. Es gab wunderschöne Farbabstufungen von Rot und Rosa. Unterschiedliche Blautöne und natürlich das Smaragdgrün von Dayven. Bald stand ich in einem Meer aus leuchtenden Regenbogenfarben. Dann forderte mich Dayven auf, auch meine Magie zu aktivieren. Etwas schüchtern öffnete ich meine Handflächen und mein blauschwarzer Nebel kroch daraus hervor.

Plötzlich stand Yuquma hinter mir und flüsterte mir ins Ohr: „Hatte die Magie deines Onkels eine schwarze Farbe?“

Ich zuckte leicht zusammen und musste ihre Frage traurig bejahen. Ob diese Farbmischung für immer so bleiben würde?

Als hätte sie meine Gedanken gehört, antwortete Yuquma: „Nein, Liebes. Ich denke, deine Magie muss sich erst ein wenig reinigen und von der Tortur erholen, die ihr beide durchlebt habt.“ Ihre Augen blickten mich vertrauensvoll an.

Ich nickte nur und konzentrierte mich weiter darauf, meine Magie fließen zu lassen. Dann durfte ich mich endlich an der heutigen Aufgabe versuchen. Ich probierte jede erdenkliche Technik aus, meine Muskeln verkrampften sich und meine Stirn legte sich in Falten. Doch ich hatte immense Probleme mit so einem leichten Zauber. Als ich mich umsah, bestaunten andere Kinder schon ihre Werke und machten einen Wettbewerb daraus, welche Pflanze sie höher wachsen lassen konnten. Frustriert gab ich auf.

Dayven bemerkte meine Verzweiflung und kam zu mir. „Hey“, sagte er ruhig. „Was ist denn los?“

„Ich bekomme es einfach nicht hin. Warum funktioniert es bei mir nicht?“, fragte ich traurig.

„Ich denke, du bist zu verkrampft. Hier geht es um Spaß, nicht um Leistung. Entspann dich, schließ die Augen und versuch es nochmal“, sagte Dayven beruhigend und strich mir mit seiner warmen Hand über meinen Rücken.

Ich ließ meine verbissenen Gedanken los, lockerte meine Muskeln ein wenig und streckte nun erneut meine

Hände aus. Schon nach kurzer Zeit hörte ich ein Raunen durch die Reihen der Magier wandern. Als ich die Augen öffnete, sah ich, dass ich in kürzester Zeit die größte Pflanze von allen erschaffen hatte.

„Es hat funktioniert!", rief ich stolz.

„Sehr gut!", rief auch Dayven und lächelte mich an.

Aus der Ferne konnte ich sogar Yuqumas stolzen Blick erkennen.

Langsam legte sich der Trubel wieder und wir übten weiter, die kleinen Blumen wachsen zu lassen. Nach einiger Zeit bemerkte ich einen Jungen, der zu einer anderen Lerngruppe gehörte. Er stand etwas abseits von den anderen und bewegte seine Hände auf eine merkwürdige Art und Weise. Was hatte er vor? Auf einmal sah ich eine kleine Flamme auf dem Boden auflodern. Was tat er denn da? Das war viel zu gefährlich! Der ältere Magier, der diese Gruppe unterrichten sollte, half gerade einem Mädchen mit ihrem Vergissmeinnicht, so dass er von dem Jungen nichts mitbekam. Dayven stand ebenfalls zu weit weg. Die Flamme wurde nun immer größer. Merkte das denn niemand außer mir? Ich musste handeln! Jemand konnte ernsthaft verletzt werden, wenn dieses Feuer außer Kontrolle geriet! Panisch sog ich eine gewaltige Menge Wasser aus der Luft und schleuderte es unkontrolliert auf den kleinen Jungen, der sofort aufschrie. Der kleine Feuerteufel wurde prompt von den Füßen gerissen und landete unsanft auf dem durchnässten Boden. Er war von Kopf bis Fuß mit Wasser bedeckt und die Flamme war zum Glück gelöscht.

Schweißgebadet stand ich da. Ich war wie erstarrt und mein Herz pochte wie wild in meiner Brust. Ich konnte nur zusehen, wie alle zu dem Jungen liefen, ihm aufhalfen und versuchten, ihn mit Magie ein wenig zu trocknen. Die Älteste blickte nachdenklich zu mir hinüber. Dayven bemerkte ihren Blick und kam zu mir gelaufen.

„Warst du das etwa?“, fragte er überrascht.

„Ja, der Junge hat mit Feuer gespielt!“, sagte ich empört.

„Aber Allison, das durfte er. Er war mit der heutigen Aufgabe fertig.“

„Was?“, fragte ich fassungslos.

„Er besitzt noch gar nicht genug Kraft, um ein Feuer zu erschaffen, das uns gefährlich werden könnte. Ein magisches Feuer ist nur so gefährlich wie der Magier, der es erschaffen hat“, sagte er und seine Augen blickten mich mitleidig an.

„Oh, das wusste ich nicht“, flüsterte ich heiser. Seine Worte hallten in meinem Kopf wider: *Ein magisches Feuer ist nur so gefährlich wie der Magier, der es erschaffen hat.* Meine Gedanken wanderten zu dem Hirngespinst aus Unwissenheit und Noviomagus‘ Halbwahrheiten, das sich seit Jahren um den Tod meiner Eltern gesponnen hatte. Was hatte das zu bedeuten?

Ich ging zu der Gruppe von Magiern und entschuldigte mich bei dem kleinen Jungen. Er nahm es mit Humor: „Hey, ist doch nicht schlimm. Wir machen alle mal Fehler.“

Die Traube von Magiern löste sich schnell wieder auf. Zum Glück hatte kaum jemand bemerkt, dass ich der Auslöser des ganzen Trubels gewesen war. Wir fuhren mit dem Unterricht fort und die Kinder bekamen eine andere Aufgabe, an der sie sich versuchen sollten. Ich hatte jedoch für heute genug und sah vom Rand aus zu.

Da kam Nauré auf mich zu und lächelte ihr süßes Kinderlächeln, durch das es mir gleich besser ging.

„Hey“, sagte sie zur Begrüßung.

„Hey“, entgegnete ich mit einem gezwungenen Lächeln.

„Du warst das vorhin mit dem riesigen Wasserfall, stimmt's?“, fragte sie neugierig.

„Ähm ... ich ...“, begann ich zu stottern. Das war wohl Antwort genug.

„Keine Sorge, ich werde es keinem verraten. Aber dann darfst du auch niemandem erzählen, was ich jetzt mache.“

Sie lächelte verschmitzt und streckte eine Hand nach mir aus. Skeptisch blickte ich sie an, ließ dann aber ihre Berührung zu. Sanft legte sie ihre Handfläche auf meinen Arm und schloss die Augen. Einige Sekunden passierte nichts, doch dann hatte ich das Gefühl, dass mir schwindlig wurde. Ich blinzelte ein paar Mal unkontrolliert und als ich aufblickte, sah ich etwas Wunderschönes.

Ich befand mich in einem bunt eingerichteten Wohnzimmer. Nauré und ich saßen auf einem dunkelroten Sofa und eine Frau mit dunkler Haut und einem Lächeln, genauso schön wie das von Nauré, kam mit selbstgebackenen Keksen herein. Sie fragte etwas, das ich nicht verstand und hielt uns den Teller mit dem Gebäck unter die Nase. Dabei schien die Sommersonne durch das Fenster hinter ihr und blendete mich.

Dann verblasste die Vision und ich befand mich wieder auf der Wiese unter unserem Lebensbaum.

Staunend blickte ich Nauré an. „Was war denn das?“

„Das war meine besondere magische Fähigkeit. Aber

wir dürfen sie leider nicht benutzen. Ist angeblich zu gefährlich. Ich kann anderen meine Erinnerungen zeigen. Das eben war meine Mutter, bevor sie ...“, ihre Stimme brach und sie schloss den Mund, bevor sie den Satz beenden konnte.

„Meine Eltern sind auch von uns gegangen“, sagte ich vorsichtig.

„Wirklich?“, fragte sie und blickte mir direkt in die Augen, als könnte sie in mich hineinsehen und so herausfinden, ob ich die Wahrheit sagte.

„Ja, wirklich. Sie sind in einem Feuer gestorben als ich vier Jahre alt war.“

„Oh, das tut mir leid“, sagte sie mit echtem Mitgefühl.

„Danke“, sagte ich und lächelte traurig.

„Na ja“, sagte sie dann und ihr Blick erhellte sich, „kann man nicht ändern. Wir müssen damit leben. Was ist denn deine besondere Fähigkeit?“

„Ich, ich glaube, ich habe keine. Hat denn jeder eine?“

„Also, ich habe eine, der Junge da drüben, kann Portale erschaffen. Darf er aber nicht, ist auch zu gefährlich. Und natürlich Dayven, der spüren kann, wenn jemand in der Nähe traurig ist. Viele, die die Magie gut beherrschen, haben solche Fähigkeiten. Weißt du, es gibt Magier, die haben nur die Basics und dann gibt es diejenigen, die auch noch die schwierigeren Zauber beherrschen können. Die haben meistens auch noch eine besondere Fähigkeit oder können eine erlernen“, erklärte sie.

„Hm, ich habe wohl keine“, entgegnete ich ein wenig enttäuscht.

„Ach, vielleicht musst du sie nur finden! Ich bin sicher, du hast auch eine, ganz tief in dir“, sagte sie und tippte mit den Fingerspitzen ihrer rechten Hand auf die Mitte ihrer Brust. Dann warf sie mir einen aufmunternden Blick zu.

Ich war beeindruckt von diesem kleinen Mädchen. Wie leicht sie durchs Leben ging, trotz der Dinge, die sie schon erlebt hatte.

Sie kicherte kurz und öffnete dann ihre Handfläche, um mit ihrer Magie zu spielen. Ich fühlte mich schon etwas besser und tat es ihr deshalb gleich. Als ich meine Hand öffnete und erwartete, den dreckigen blauen Nebel zu sehen, erschrak ich.

„Wow, schau mal!“, rief nun auch Nauré.

Die Farbe meiner Magie hatte sich verändert. Das rauchige Schwarzblau war verschwunden und ich starrte nun ungläubig auf einen wunderschönen mitternachtsblauen Magiewirbel in meiner Hand.

„Meine Magie hat doch eine eigene Farbe!“, rief ich begeistert.

Ich blickte mich um und machte jemanden aus, der mich aufmerksam beobachtete. Es war Yuquma. Sie hatte recht gehabt. Vielleicht hatte Noviomagus auch hier seine Hände im Spiel gehabt und nun, da ich von ihm befreit war, konnte sich auch meine Magie frei entfalten.

Vor Freude stieß ich eine riesige Wolke meiner leuchtend blauen Magie in die Luft und tauchte die ganze Wiese in einen magischen Nebel, der im Sonnenlicht glitzerte. Einige Kinder quiekten vor Freude auf und auch viele der unterrichtenden Magier brachen in fröhliches Gelächter aus.

Zur Feier meiner Freude mischten alle anderen ebenfalls ihren Magienebel in meinen und die ganze Wiese erblühte in leuchtenden Farben. Im selben Augenblick ertönten die Glocken, die den Unterricht beendeten. Viele Magier blieben noch auf der Wiese, um sich zu unterhalten oder das magische Farbenspiel zu genießen, das sich langsam auflöste, genau wie all meine Sorgen und schlechten Gedanken, die ich fast mein ganzes Leben mit mir herumgetragen hatte.

„Allison!“ Die Älteste holte Dayven und mich schnell ein, als wir nach dem Unterricht auf dem Weg zu unserer Hütte waren.

„Ja?“

„Wie hat dir der Unterricht heute gefallen? Schön, dass deine Magie zu ihrer natürlichen Farbe zurückgefunden hat, nicht wahr?“, sagte Yuquma mit einem Lächeln auf den Lippen.

„Das ist wirklich schön, ja. Und nachdem Dayven mir geholfen hat, habe ich die heutige Aufgabe doch noch meistern können“, erzählte ich stolz.

„Ja, das habe ich gesehen. Du hast deine Magie sehr gut unter Kontrolle, wenn du nicht zu verbissen bist. Ich bin sicher, schwerere Zauber werden dir ebenfalls leichtfallen.“

„Das denke ich auch. Ob Basic oder Advanced Magic … Das fällt mir alles sehr leicht. Bei meinem Onkel habe ich die letzten Jahre nur noch Advanced Magic trainiert. Ich merke ehrlich gesagt keinen Unterschied im Schwierigkeitsgrad.“

„Ach, tatsächlich? Das ist ja interessant. Wie würdest du es finden, wenn du ein paar der Kinder unterrichten würdest, die Dayven zurzeit unterrichtet. Nur als kleine Probe natürlich, aber ich glaube, du bist der Aufgabe gewachsen, Liebes."

„Es wäre mir eine Freude", entgegnete ich lächelnd. Ich wusste das Vertrauen, das Yuquma mir damit entgegenbrachte, sehr zu schätzen. Ich konnte es kaum glauben!

Yuquma nickte bestätigend.

„Danke", sagte ich und nickte ihr ebenfalls zu.

„Jetzt aber schnell, sonst verpasst du noch das leckere Essen", sagte sie und deutete auf den Weg ins Innere des Lebensbaumes.

Wir verabschiedeten uns und stiegen schnell die Wurzeln hinauf, die zu dem großen, gewölbten Eingang führten. Als wir oben angekommen waren, blieb mir vor Erstaunen der Mund offen stehen. Der ganze Baum schien von innen ausgehöhlt zu sein, obwohl die starken Wurzeln und die saftig grünen Blätter darauf hindeuteten, dass sich der Baum bester Gesundheit erfreute. In der Mitte des großen Hohlraums war ein langer, eingedeckter Tisch aufgebaut, der sich über die volle Länge des Raumes erstreckte. Viele hatten bereits Platz genommen und unterhielten sich angeregt. Dayven führte mich zu zwei nebeneinander liegenden Plätzen und wir setzten uns.

„Na, freust du dich auf das Essen?", fragte er rhetorisch, ohne dass er eine Antwort erwartete. Natürlich freute ich mich auf das Essen!

„Wie ist das nur möglich?", stellte ich stattdessen eine Gegenfrage. „Dieser Baum ist ja von innen komplett hohl!"

„Unsere Magie, vor allem die der Ältesten, hält diesen Baum am Leben. Und er wächst sogar noch weiter. Offensichtlich bekommt ihm unsere Magie sehr gut“, antwortete er lächelnd.

Erstaunt sah ich mich um. Es gab so viele sonderbare Dinge zu entdecken. Jedoch wurde ich in meinen Gedanken unterbrochen, denn das Essen wurde schon serviert. Diejenigen, die heute für das Kochen zuständig waren, trugen es auf großen Platten herein. Alle anderen warteten brav und geduldig, bis das Essen auf dem Tisch stand und alle Helfer am Tisch saßen. Dann war das Buffet eröffnet. Jeder langte nach Herzenslust zu und genoss das leckere Essen und die nette Gesellschaft.

Nach ein paar Stunden waren wir satt und die ersten fingen an, beim Aufräumen zu helfen. Jeder brachte seinen Teller in die Küche, die sich rechts vom Eingang befand, und machte sich dann auf den Weg zurück zu seiner Hütte. Wir taten dies ebenso und kletterten die Wurzeln hinab.

Auf dem kurzen Rückweg stellte mir Dayven eine Frage, die ihm wohl schon die ganze Zeit auf der Zunge gebrannt hatte: „Du hast vorhin zu Yuquma gesagt, dass es dir leicht fällt, sowohl Basic als auch Advanced Magic anzuwenden. Stimmt das?“

„Ja. Ich habe nur in Noviomagus Büchern darüber gelesen, dass es diese Unterscheidung gibt. Aber ich habe es nie richtig verstanden.“

„Aber etwas zu zerstören, fällt dir doch bestimmt schwerer als etwas zu erschaffen, oder?“, fragte er neugierig.

„Hm, nein. Da merke ich auch keinen Unterschied. Wie gesagt, für mich ist alles gleich, wenn es mit Magie zu tun hat. Manchmal ist ein Zauber etwas knifflig, klar, aber meistens schaffe ich, was ich mir in den Kopf gesetzt habe“, antwortete ich und lächelte stolz, doch dann bemerkte ich Dayvens besorgten Blick.

„Zerstören ist für alle Magier schwieriger als Erschaffen. Etwas zu erschaffen bedeutet, die Atome um dich herum zu etwas Neuem und Schönerem anzuordnen. Aber etwas zu zerstören heißt, eine bestehende, feste Verbindung mit Gewalt zu trennen. Deshalb ist es auch schwieriger, ein großes Feuer zu erschaffen, weil es zerstören muss, um weiter brennen zu können. Es ist mit sehr viel Zorn und Hass verbunden.“ Er machte eine kurze Pause. „Bei *einem* Magier ist bekannt, dass ihm Zerstörung leicht fiel: *Asparius*.“

Mir stockte der Atem. War er sich wirklich sicher? Ich konnte mich noch zu gut an die blutrünstige Geschichte über Asparius erinnern, die Noviomagus mir erzählt hatte. Asparius war der Einzige gewesen, der ebenso gut Dinge erschaffen wie zerstören konnte? Das konnte doch kein Zufall sein!

„Hey, aber mach dir keine Sorgen. Vielleicht hast du noch nie genauer darauf geachtet. Deine Kräfte sind sehr stark und du bist sehr gut trainiert worden, vielleicht fällt es dir deshalb leichter als anderen Magiern“, gab er aufmunternd zurück und nahm mich in den Arm.

Vielleicht hatte er Recht. Außerdem hatte ich nicht diese fiesen Absorptionskräfte, die Asparius gehabt hatte. Ich sollte mir nicht so viele Sorgen machen. Darin hatte ich schon zu viel Übung.

Wir gingen den Rest des Weges händchenhaltend zu unserer Hütte zurück und Dayven fielen viele lustige Geschichten ein, die er in seiner Zeit hier erlebt hatte und mir nun erzählen wollte. Das brachte mich auf andere

Gedanken. Kurze Zeit später fiel ich müde und glücklich in die Kissen meines Bettes. Ich bemerkte noch, wie Dayven mich zudeckte und mir liebevoll einen schüchternen Kuss auf die Wange hauchte, dann sank ich in einen sehr unruhigen Schlaf.

16. Kapitel

Durch meinen eigenen Schrei wachte ich auf. Panisch schlug ich die Bettdecke von mir und erschuf mit meiner Magie einen riesigen schwebenden Ball aus Wasser. Schweißgebadet und schwer atmend blickte ich mich in der Dunkelheit um. Nichts. Kein Feuer, das mich im Schlaf verschlingen wollte.

Dayven war aufgewacht und knipste seine Nachttischlampe an.

„Hey“, sagte er in dem mir bekannten, beruhigenden Tonfall.

Verwirrt starrte er die große Kugel aus Wasser an, die in der Mitte des Zimmers schwebte. Sie glitzerte wunderschön im Licht der kleinen Lampe, denn die neue Farbe meiner Magie überzog das Wasser mit einem dunkelblauen, mystischen Schimmer. Als die Realität wieder die Oberhand gewann und der Traum langsam verblasste, entspannte ich mich wieder. Ich ließ das Wasser durch die Tür nach draußen schweben, der Rasen würde sich bestimmt über die Dusche freuen. Dann kam Dayven zu mir ins Bett gekrochen und kuschelte sich beruhigend an mich.

„Ich kann nicht sagen, was ich genau geträumt habe. Ich stand inmitten eines vollgestellten, grauen Raumes. Überall um mich herum Flammen. Es gab kein Entkommen. Das Feuer breitete sich blitzschnell aus und dann wachte ich auf. Obwohl ich nicht von den Flammen angegriffen wurde, hatte ich große Angst. So wie ich mich schon einmal in einem Traum gefühlt habe."

„In welchem?", fragte Dayven mit ruhiger Stimme.

Ich war so froh, ihn bei mir zu haben und mich bei ihm sicher fühlen zu können. „Es war der Traum, bevor du zum zweiten Mal bei meinem Onkel und mir eingebrochen bist", erklärte ich.

„Eingebrochen?", rief mein Zuhörer empört.

„Ja, was denn sonst?", fragte ich lachend.

„Ich weiß es nicht, aber das klingt so brutal. Ich habe dich doch vor dem bösen Wissenschaftler gerettet", sagte er gespielt beleidigt.

„Entschuldige, mein Retter", kicherte ich. Meine Stimmung hatte sich sofort gebessert.

Dayven nickte zufrieden und fragte erneut: „Und welcher andere Traum war das nun?"

„Ich habe geträumt, dass du zu meiner Rettung kommst", ich machte eine Pause und sah ihn an, „und dass mein Onkel dich getötet hat."

„Hm, vielleicht hattest du Angst, dass so etwas passieren könnte und hast es deshalb geträumt?", sagte er und es klang fast plausibel.

Jedoch fiel mir noch ein kleines, aber nicht unwichtiges Detail ein: „Aber als du das zweite Mal bei uns warst, um mich abzuholen, hat Noviomagus dich tatsächlich geschnappt und was er dann gesagt hat ... *Du ruinierst mir nicht meinen Plan* ... Genau das hat er zuvor auch in meinem Traum gesagt."

Dayven setzte sich interessiert auf und blickte mich an. „Bist du dir ganz sicher?", fragte er.

„Ja, das ist doch bestimmt kein Zufall!", sagte ich überzeugt.

„Ist dir so etwas schonmal passiert?"

„Nein. Ich habe zuvor aber auch nicht so lebhaft geträumt", gab ich zu.

„Es sind Magier bekannt, die Teile der Zukunft voraussagen können. Vielleicht hast du auch solche Kräfte?"

„Du meinst, das könnte meine besondere Fähigkeit sein?", fragte ich und musste lächeln. Das wäre eine großartige magische Fähigkeit, freute ich mich. „Nauré hat heute davon erzählt, dass manche Magier eine besondere magische Kraft besitzen."

„Das könnte sein. Aber dann würden sie sich wahrscheinlich deutlicher manifestieren und nicht nur als Träume auftauchen. Vielleicht sind auch deine Astralprojektionen deine besondere Fähigkeit?"

„Hm, ich hätte so gerne eine Fähigkeit", sagte ich niedergeschlagen.

„Das glaube ich dir. Wir warten erstmal ab. Vielleicht zeigt sich deine besondere Kraft früher oder später deutlicher. Ich weiß, du musst eine Fähigkeit besitzen, denn zu einem besonderen Mädchen gehört auch eine besondere Kraft", sagte er und schloss mich fest in seine Arme.

Bewundernd blickte ich zu ihm auf. Er konnte mich immer aufmuntern und von schlechten Gedanken befreien. Dann beugte er sich zu mir hinunter und küsste mich sanft. Ich atmete tief ein und sog seinen einzigartigen Körperduft in meine Lunge. Auf meinem ganzen Körper bildete sich eine wohlig warme Gänsehaut und in seinen starken Armen fiel es mir ganz leicht, wieder einzuschlafen.

17. Kapitel

Wie jeden Morgen wurde ich vom Sonnenschein geweckt. Vergnügt stand ich auf und holte die frischen Brötchen herein, die schon an der Tür hingen. Die Dämonen der Nacht waren verschwunden und die Welt sah wieder fröhlich aus. Ich zauberte uns ein wunderbares Frühstück, indem ich alle erdenklichen Köstlichkeiten synthetisierte und auf unserem kleinen Tisch anrichtete. Zwar hatte Dayven auch einen kleinen Kühlschrank hier, doch dort befand sich nur noch eine Scheibe labbriger Käse und war ansonsten wie leergefegt. Er musste mal wieder einkaufen gehen, dachte ich. Aber wie wurde das hier eigentlich geregelt? Ging jeder selbst einkaufen oder gab es jemanden, der für alle einkaufen ging? Ich glaubte nicht, dass der Käse in der Plastikverpackung auch hier hergestellt worden war und Synthetisieren war hier nicht üblich. Ich würde Dayven bald darauf ansprechen, nahm ich mir vor.

In diesem Moment hörte ich ein verschlafenes Murmeln aus dem Bett hinter mir. Ich drehte mich um. „Hey, wach auf. Frühstück ist fertig!“, flüsterte ich sanft.

„Hm? Oh, danke!“, er sah mich mit einem verträumten Lächeln an.

Langsam stieg er aus dem Bett und setzte sich an unseren winzigen Tisch. Einige Lebensmittel hatte ich auf der Fensterbank neben uns abstellen müssen. Beim Essen redeten wir über das gestrige Training und spekulierten, was uns wohl heute erwarten würde. Wie ich von ihm erfuhr, informierte die Älteste die lehrenden Magier auch erst kurz vorher über die Inhalte des Unterrichts. Zum Glück waren die düsteren Gedanken von gestern Abend nicht mehr präsent, so dass keiner von uns auch nur daran dachte, diesen schönen Moment mit solchen Themen zu belasten.

Nach einer Weile schaute Dayven auf die Uhr und stand auf. „Komm, wir haben noch Zeit. Ich möchte dir etwas zeigen.“

Mit einer magischen Handbewegung reinigte ich noch kurz die Teller und ließ sie wieder in den Schrank zurückschweben, dann machten wir uns auf den Weg.

Als wir am Eingang des Lebensbaumes ankamen, sah ich schon von draußen, dass der riesige Tisch, an dem wir zuvor gesessen hatten, verschwunden war. Stattdessen fanden wir nur die Eingangshalle vor. Ich blickte Dayven fragend an. Der deutete nur nach oben. Dann verstand ich: Diese Halle war nur der Eingang zu vielen unterschiedlichen Räumen auf unzähligen Stockwerken. Wenn sich alle zum Essen einfanden, wurde die Eingangshalle nur zweckentfremdet. Links und rechts an den Wänden neben dem Eingang führten zwei Treppen in runden Windungen in nahezu unendliche Höhen. Nahe am Boden schmiegten sie sich an die Innenwand des Baumes, aber weiter oben mündeten sie in ein unüberschaubares Meer von Brücken und Gängen, die schwerelos zu sein schienen. Nach der Größe des Lebensbaumes zu urteilen, mussten sich in jedem Stockwerk, das ich von hier unten erkennen konnte, mindestens 20 Räume befinden.

„Sind das alles Wohnräume dort oben?“, fragte ich mit vor Staunen weit geöffnetem Mund.

„Ja, in den meisten wohnen Schüler, Älteste oder Älteste, die gleichzeitig Mitglieder des Gremiums sind. Aber manche Räume werden auch von allen genutzt, für gemeinschaftliche Projekte, nichtmagischen Unterricht oder ähnliches“, gab Dayven lächelnd zurück.

Er führte mich zu einer hölzernen, zweiflügeligen Tür am hinteren Ende der Eingangshalle. Als ein älterer Magier aus der Tür schritt und uns entgegenkam, konnte ich einen Blick auf das erhaschen, was mich erwartete: Ein Raum mit großen Fenstern, dessen Wände verdeckt waren von Bücherregalen. Diese waren ordentlich bestückt mit den unterschiedlichsten und buntesten Büchern. Als ich dann die Tür öffnete, bestätigte sich mein erster gestohlener Blick. So viele Bücher hatte ich noch nie in meinem Leben gesehen. Zu unseren Füßen führten ein paar Stufen hinab, die uns dazu einluden, an einem der vielen Tische Platz zu nehmen. Ein Geländer rahmte den Gang ein, der zu den deckenhohen Regalen im hinteren Bereich führte. Überall gab es hölzerne Treppen, die es einem ermöglichten, in höhere Etagen hinaufzuklettern und über die Galerien zu schlendern, so dass wirklich jedes der schönen Bücher in Reichweite war.

Dayven bemerkte meine Bewunderung und fragte mich, ob er mir eine Führung durch die Regalreihen geben solle. Natürlich bejahte ich und so verbrachten wir unsere restliche Zeit bis zum Unterricht in der Bibliothek mit dem Bewundern unterschiedlichster Bücher und Geschichten über Magier.

Nach viel zu kurzer Zeit musste ich mich losreißen von der Fülle des Wissens und dem wunderbaren Geruch, den die alten Bücher verströmten, denn es war Zeit für den Unterricht. Ich freute mich schon darauf, ein paar der Kinder selbst unterrichten zu dürfen.

Ich brauchte zwar noch sehr viel Unterstützung von Dayven und auch Yuquma erteilte mir noch ein paar Ratschläge, aber die Unterrichtsstunde verlief reibungslos. So folgte ich Dayven nach einer recht kurzweiligen Stunde zu dem Nachmittagsprogramm, das noch auf uns wartete. Heute würde ich zum ersten Mal helfen, den Garten zu pflegen.

Gleich nachdem Yuquma den Unterricht beendet hatte, stapfte ich in großen Schritten zu dem Teil der Wiese unter unserem Lebensbaum, den ich noch nicht kannte.

Dort angekommen, begann Dayven mir alles zu erklären: „Dort hinten, was aussieht wie ein See, aus dem ganz viele Pflanzen wachsen, bauen wir Reis an. Dieser schafft es nur durch unsere Magie zu gedeihen. Eigentlich sind unsere Breitengrade nicht geeignet, um solche Pflanzen anzubauen. Deswegen findest du weiter rechts auch Palmen und Ananaspflanzen."

Lächelnd sah ich ihn an. Ich konnte diese Fülle an unterschiedlichen Pflanzen kaum begreifen.

„Hier vorne haben wir all die Gemüsepflanzen, von denen wir täglich unsere Zutaten zum Kochen ernten.

Hinter dem Blättervorhang des Lebensbaumes haben wir auch noch Getreidefelder. Die sind aber viel zu groß, um von Schülern bestellt zu werden. Darum kümmern sich die Ältesten, so dass wir sogar unser eigenes Mehl herstellen können und nicht auf Nudeln und Pizza verzichten müssen", fuhr er fort und zwinkerte mir zu.

„Aber warum synthetisiert ihr euer Essen nicht einfach?", fragte ich verwirrt über den enormen Aufwand, den hier alle betreiben mussten.

„Weil das nicht unser Weg ist. Das Essen, welches wir mit unserer Magie herstellen, wäre wie du schon sagst synthetisiert, künstlich. Aber wir wollen mit der Natur verbunden leben. Es ist ein ständiges Geben und Nehmen, das sowohl die Natur als auch uns selbst stärkt. Nicht jeder ist so mächtig wie du und kann jeden Tag sein ganzes Essen selbst magisch herstellen", erklärte er und lächelte mich an.

„Und ihr wollt ja wahrscheinlich auch ein bisschen was zu tun haben. Es wäre ja auch langweilig, wenn ihr den ganzen Tag nur herumsitzen würdet", entgegnete ich lachend.

„Ganz genau", gab Dayven zurück und stimmte in mein Lachen ein.

Dann machten wir uns an die Arbeit. Wir meldeten uns bei dem Ältesten, der für den riesigen Garten verantwortlich war. Er wies uns eine gemeinsame Aufgabe zu, der wir uns sofort widmeten. Dayven zeigte mir, wie man junge Tomatenpflanzen ausgeizte und Setzlinge pikierte. Dann ernteten wir gemeinsam Zucchini und Paprika für das heute geplante Essen. Es würde Nudeln mit Gemüsesoße geben. Einige Zeit verbrachten wir in dem Garten mit den vielen anderen arbeitenden Magiern. Ich lernte viele neue Gesichter kennen, die schnell zu Freunden wurden. Jedoch konnte ich Nauré nirgends sehen und auch keinen der anderen. Als ich Dayven darauf ansprach, erklärte er mir, dass die jüngeren Magier zu dieser Zeit einen typisch menschlichen, nichtmagischen Schulunterricht hatten. Sie lernten zum Beispiel unterschiedliche Sprachen, Mathematik oder Biologie. Denn jeder Magier, der hier aufwuchs, durfte entscheiden, ob er seine Zukunft weiter hier unter dem Lebensbaum als Helfer verbringen oder in die Menschenwelt gehen und dort leben wollte.

Als sich der Tag langsam dem Ende neigte und es Zeit war, mit allen gemeinsam zu essen, ging Dayven noch mit mir eine kleine Runde um den Garten herum. Am hinteren Ende angekommen, schob er den schützenden Vorhang des Lebensbaumes beiseite und es offenbarte sich mir eine riesige Fläche von Getreidefeldern.

„Aber diese Felder sind doch sicher auffällig groß. Warum werden wir denn nicht von Menschen entdeckt?“, fragte ich neugierig.

„Die Ältesten haben einen Unsichtbarkeitszauber über die gesamte Fläche gelegt. Damit findet uns hier niemand so schnell. Der Zauber verhindert auch, dass Menschen aus Versehen in unser Gebiet hineinstolpern. Sagen wir, sie fühlen sich in der Nähe so eines großen Zaubers etwas unwohl. Andererseits müssen wir alle dafür sorgen, dass der Schutzbann um den Lebensbaum herum intakt bleibt. Er muss vorsichtshalber immer wieder erneuert werden. Damit sind wir doppelt geschützt gegen jeden, der uns schaden will.“

„Wer will uns denn schaden?“, fragte ich, ohne vorher

daran gedacht zu haben, dass eine Gruppe in der Natur lebende Magier Feinde haben könnte.

„Der Rat, wie er von uns nur genannt wird, zum Beispiel. In diesem ist Noviomagus Mitglied. Sie finden es unnatürlich, dass wir uns vor den Menschen verstecken und ein friedliches, pazifistisches Leben führen wollen. Ich bin einer der wenigen, die versuchen, die Machenschaften des Bösen Rates zu stören. Aber es ist einfach zu gefährlich, sie sind sehr mächtig."

„Oh, das wusste ich alles nicht", gab ich bedrückt zu.

„Hey, aber das ist nicht unser Problem. Es gibt Magier, die nur für den Kampf gegen den Bösen Rat ausgebildet werden. Im Moment habe ich Wichtigeres zu tun, zum Beispiel mich um dich zu kümmern, als mich von alten Männern in schwarzen Anzügen verprügeln zu lassen", sagte er und zog mich in seine Arme.

Es war klar, dass er auf meinen ersten Traum von ihm anspielte, in dem ich mich mit ihm und einem bösen Magier in einer Gasse mitten in der Nacht wiedergefunden hatte. Natürlich wusste ich jetzt, dass es kein Traum, sondern eine Astralprojektion gewesen war. Ob diese Kräfte sich noch manifestieren würden? Oder blieben sie für immer verborgen?

Als wir wieder bei den anderen ankamen, wollte ich mich gerade zu ihnen gesellen und mit ihnen zum Essen im großen Saal gehen, doch Dayven hielt mich zurück. Er schnappte sich einen Jutebeutel vom Boden, in den er schon einige Sachen gelegt hatte und führte mich zu unserer Hütte zurück.

„Man darf übrigens auch in seiner Hütte kochen und dort essen", sagte er mit einem verspielten Lächeln auf den Lippen. Mit leuchtenden Augen folgte ich ihm. Ich hatte noch nie zuvor selbst gekocht.

Zuerst zauberte ich uns einen langen Holztisch. Er füllte fast den gesamten Raum.

„So, nun haben wir auch Platz zum Kochen und Gemüse schneiden!“, rief ich begeistert.

Dayven sah mich lächelnd an.

„Was ist?“, fragte ich irritiert.

„Dir fällt es so leicht, solche großen Dinge herbeizuzaubern“, sagte er mit Bewunderung in der Stimme.

„Wie hast du denn die ganzen Möbel hier gebaut? Nicht mit deiner Magie?“, fragte ich und sah mich in unserer Hütte um.

„Nein, nicht auf magische Weise. Die Betten habe ich aus Ästen gebaut, die ich im Wald gesammelt habe. Einige Möbel und Elektrogeräte haben wir gekauft und ...“

„Gekauft? Also dürft ihr in die Menschenwelt?“, unterbrach ich ihn fassungslos.

„Ja, natürlich. Die Kinder aber nur in Begleitung und auch nicht jeden Tag, da wir uns bedeckt halten müssen. Und wir bekommen sogar Geld, falls wir uns etwas kaufen wollen. Das bekommen wir durch Spenden von anderen Magiern, die in der Menschenwelt leben, wie du sie nennst.“

„Wow, das ist ja cool. Können wir auch mal in die Menschenwelt gehen?“ Ich war ganz begeistert.

„Ja, können wir. Ich muss Yuquma nur Bescheid geben. Aber erstmal essen wir was Schönes, okay?“, er hielt mir ein scharfes Küchenmesser entgegen und lächelte mich verführerisch an.

„Möchtest du mit deinen Kochkünsten angeben?“,

fragte ich lachend.

„Vielleicht …", gab Dayven zurück und küsste mich.

Ich musste kichern, nahm mir den Beutel mit dem Gemüse und stellte mich an den soeben hergezauberten Tisch, um mit dem Schnippeln anzufangen. Dayven stellte sich hinter mich und zeigte mir genau, wie ich das zuvor gewaschene Gemüse schneiden musste, ohne mich dabei zu verletzen. Während ich mich ein wenig ungeschickt dabei anstellte, die Zucchini in gleich große Würfel zu schneiden, bereitete Dayven die Zwiebeln vor und warf sie in eine Pfanne, die auf der winzigen Herdplatte stand. Schnell folgten Zucchini, Paprika und andere selbst gepflückte Gemüsesorten. Schon war die ganze Hütte von einem betörenden Duft erfüllt. Als das Essen fast fertig war, zauberte ich die Holzplatte mit Leichtigkeit wieder hinfort und setzte mich an unseren Esstisch. Ich beobachtete Dayven, wie er die Gemüsepfanne umrührte und leise ein mir unbekanntes Lied summte. Ich hatte solch ein Glück, dass er mich gefunden hatte und ich nun hier sein durfte. In diesem Moment überrollten mich die positiven Gefühle und ich fing an, vor Freude zu weinen. Dayven kam zu mir und wischte mir eine Träne von der Wange. Seine Berührung beruhigte mich wieder. Er sah, dass ich lächelte und schien genau zu wissen, dass ich überglücklich war. Dann holte er zwei Teller aus dem kleinen Schränkchen.

„Wir können essen. Ich bin gespannt, wie es dir schmeckt."

Er befüllte vorsichtig die Teller und stellte mir eine große Portion vor die Nase. Es duftete wundervoll. Sofort nahm ich einen Bissen. Meine Geschmacksknospen fingen an, in meinem Mund zu tanzen, so glücklich waren sie über den umwerfenden Geschmack. So etwas Intensives hatte ich noch nie gekostet. Alles, was ich zuvor gegessen hatte, war von Noviomagus oder mir synthetisiert worden. Das Essen, welches von Dayven und mir gemeinsam zubereitet worden war, schmeckte viel besser.

„Was für ein Lied hast du eigentlich beim Kochen gesummt?“, fragte ich nach einer Weile.

„Das hat meine Mutter immer für mich gesungen. Aber das ist schon lange her“, antwortete er mit gesenktem Blick.

„Du musst nicht erzählen, wenn du nicht möchtest“, sagte ich, ohne zu wissen, wie ich ihn aufheitern könnte.

„Doch, ich möchte dir gerne etwas über mich erzählen.“ Er blickte mir tief in die Augen und nahm vorsichtig meine Hand. „Mein Vater war immer sehr herrisch, gegenüber mir und meiner Mutter. Er hatte ganz bestimmte Ansichten bezüglich uns Magiern und unserem Leben unter den Menschen. Ich habe lange Zeit auch an diese Ansichten geglaubt, anders als meine Mutter. Sie hat nie etwas darüber zu mir gesagt, aber ich sah ihr an, dass mein Vater sich zu etwas entwickelt hatte, dass sie nicht an ihm mochte. Er hat angefangen, sie zu schlagen und ihr den Mund zu verbieten. Er war sehr stolz auf mich, als ich den gleichen Weg wie er einschlug.“ Dayven machte eine kurze Pause und atmete tief durch.

Ich schenkte ihm Zuversicht, indem ich beruhigend seine Hand streichelte.

Dann fuhr er fort: „Aber irgendwann erkannte ich, was für extreme Ansichten er hatte, und ich wandte mich von ihm ab. Ich floh hierher, damit er mich nie findet.“

„Danke, dass du deine Vergangenheit mit mir teilst.

Das bedeutet mir viel“, sagte ich anerkennend.

„Du hast mir ja auch etwas von dir erzählt“, sagte er lächelnd.

Ich verlor mich im wunderschönen Braun seiner Augen und atmete tief ein und aus. Es fiel mir schwer zu hören, was in seiner Vergangenheit vorgefallen war. Aber ich hatte auch das Gefühl, dass es uns einander näher brachte.

Dann wechselte er das Thema und sein Gesicht erhellte sich wieder: „Ich weiß schon, wo wir morgen hinfliegen werden.“

„Fliegen?“, fragte ich neugierig.

„Ja, oder willst du den ganzen Weg bis nach Spanien zu Fuß laufen?“, fragte er und grinste mich an.

„Spanien?“, rief ich. „Wir reisen morgen nach Spanien?“

Ich hatte schon so viel in den verbotenen Büchern in Noviomagus‘ Abstellkammer gelesen, doch ich konnte mir nicht einmal im Geringsten vorstellen, wie wunderschön dieses Land in Wirklichkeit sein musste.

18. Kapitel

Als ich am nächsten Morgen aufwachte, sprang ich vor lauter Vorfreude aus dem Bett und rüttelte Dayven wach: „Komm schon. Wir fliegen heute nach Barcelona!“

„Ja ... ist ja gut!“, grummelte er im Halbschlaf.

Sofort lief ich zu meiner kleinen Kommode, in der all meine Klamotten verstaut waren und wühlte darin herum. Ich habe nichts zum Anziehen, dachte ich schockiert. In Windeseile synthetisierte ich mir einen süßen Bikini und ein verspieltes Sommerkleid mit passenden Sandalen. Schnell zog ich mich um und betrachtete mich noch kurz im Spiegel, bevor ich das Frühstück vorbereitete. Mein Leben könnte gerade nicht besser sein, dachte ich erleichtert und blickte bei dem Gedanken zu meinem Partner hinüber, der es endlich geschafft hatte aufzustehen.

Ich tischte uns eine stärkende Mahlzeit auf und dann ging es endlich los. Dayven hatte noch eine Tasche mit Wasserflaschen und Badehandtüchern gepackt, die er sich jetzt über die Schulter warf.

„Na, komm“, sagte er und stapfte nach draußen.

Natürlich folgte ich ihm sofort. Er erschuf für uns

eine magische Kugel, die gerade groß genug war, dass wir beide darin gemütlich sitzen konnten. Es war genau die gleiche, mit der er mich von meinem alten Zuhause fortgebracht hatte. Eine Welle gemischter Emotionen überrollte mich. Ich hatte immer noch schreckliche Höhenangst, aber die Vorfreude siegte. Ich atmete tief durch. Dayven sah mich ermutigend an und deutete mir einzusteigen. In diesem Moment vergaß ich alles, was hinter mir lag. Das war Vergangenheit. Was zählte, war das Hier und Jetzt. Wir überquerten zuerst den riesigen Wald, der unser Zuhause schützend umrahmte, dann flogen wir über Flüsse, Seen und Siedlungen hinweg. Schlussendlich ließen wir eine große Gebirgskette hinter uns. Ich fühlte mich so frei und unbeschwert, wie ich es noch nie in meinem Leben gewesen war.

Unsere fliegende Kugel ging in den Sinkflug über und ich konnte immer deutlicher eine goldene Küste, mit grünen Bäumen bestückte Berge und viele kleine Häuser erkennen. Wir flogen auf ein Gebäude zu, dass unter den anderen hervorstach. Es war deutlich höher als die umliegenden Bauten und hatte an seiner Front vier Türme, die gen Himmel ragten. Wir landeten in dem kleinen Park auf der anderen Straßenseite. Dayven musste einen Verhüllungszauber auf unser Fortbewegungsmittel gelegt haben, denn keiner der Menschen starrte uns an, als wir aus dem Himmel hinabgeflogen kamen. Wie selbstverständlich kletterten wir aus dem Gebüsch hinaus, in dem wir gerade gelandet waren. Dann offenbarte sich mir die Kirche vor uns in ihrer ganzen Pracht.

„Das ist die *Sagrada Família*. Das Hauptwerk des großen Künstlers *Antoni Gaudí*. Seit dem 19. Jahrhundert befindet sie sich noch im Bau, wie du wahrscheinlich sehen kannst, dort oben", erklärte Dayven.

Fasziniert blickte ich an der Fassade der riesigen Kirche hinauf. Und tatsächlich war an ihren oberen Türmen ein Gerüst mit Planen befestigt und zwei Kräne ragten noch über die obersten ihrer Spitzen hinaus.

„Willst du sie mal von innen sehen?", fragte Dayven. Es war offensichtlich eine rhetorische Frage: Natürlich wollte ich!

Er führte mich zum Fuß des Bauwerks. Als wir draußen die Sicherheitskontrolle passiert hatten, traten wir an die elektronischen Drehkreuze, die uns den Weg hinauf zum Eingang in die Kirche versperrten, da sie mit einer Eintrittskarte gefüttert werden wollten. Panisch blickte ich zu Dayven, dieser sah sich nur unauffällig um und ließ dann seine Magie in das Innere des Gerätes fließen. Plötzlich leuchtete es grün auf und piepte bestätigend. Schnell schlüpften wir hindurch, bevor einer der Kontrolleure bemerkte, dass wir gar keine Eintrittskarten gekauft hatten. Wir liefen ein paar Treppenstufen hinauf zu dem großen Portal der Kirche. Die Eingangstür war kunstvoll verziert und die ganze Fassade war mit detailreichen Figuren bestückt. Der Anblick, der im Innenraum auf uns wartete, überwältigte mich aber noch mehr. Überall ragten weiße Säulen bis zur meterhohen Decke empor wie Bäume, die ein Dach aus Wolken trugen. An den Außenwänden waren Buntglasfenster eingesetzt, so dass die Reflexionen des Sonnenlichts die Farben des Regenbogens auf den hellen Boden warfen. In einer Ecke waren es Abstufungen von Blau, an der Längsseite waren die unterschiedlichsten Rottöne zu sehen, fast so, als würde draußen gerade die Sonne in einem großen Paukenschlag aus Farben in den

Horizont eintauchen. Eine Weile stand ich nur da und genoss den Anblick dieses wunderschönen Bauwerkes. Dann schritten wir gemeinsam das Hauptschiff hinauf in Richtung des Altars. Trotz der vielen Touristen herrschte hier eine andächtige Stille. Insgesamt verbrachten wir mehr als eine Stunde dort. Als ich wieder nach draußen trat, schien die wärmende Sonne mir ins Gesicht. An dieses schöne Wetter könnte ich mich gewöhnen, dachte ich. Meine blasse Haut würde es mir danken.

Dayven führte mich eine kleine Straße hinauf, er schien genau zu wissen, wo unser Ziel war und was er mir auf dem Weg dorthin alles zeigen wollte. Wir machten Halt in einem kleinen Café, in dem Dayven zielsicher in der Landessprache ein Croissant und eine Laugenstange für uns bestellte.

„Woher kannst du denn Spanisch?“, fragte ich neugierig und biss in mein Croissant.

„Aus der Schule“, antwortete er, als wäre es das Selbstverständlichste der Welt. „Aber du würdest es wahrscheinlich die Menschenschule nennen.“

Ich sah hin schief an.

„Ich bin auf eine normale Schule gegangen, bevor die Ältesten mich aufgenommen haben. Aber auch von einem der im Lebensbaum unterrichtenden Magier, habe ich weiter Spanisch gelernt. Außerdem bin ich gerne hier in Barcelona“, fuhr er fort.

„Wow, so etwas lernt man in einer Schule? Ich kann gar keine anderen Sprachen. Wenn ich mir nicht die Bücher aus unserem Abstellraum stibitzt hätte, wüsste ich wahrscheinlich nicht einmal, dass in anderen Ländern unterschiedliche Sprachen gesprochen werden“, sagte ich traurig. Es gab so viel, dass mir entgangen war.

„Weißt du was? Du kannst beim Sprachunterricht im Lebensbaum mitmachen."

„Wirklich? Das wäre schön", freute ich mich.

Händchenhaltend liefen wir weiter die Straße entlang, die Dayven wohl gut zu kennen schien. Nun öffnete sich vor uns ein riesiger, länglicher Platz, gesäumt von hohen Palmen, in dessen Mitte ein meterhoher Bogen aus massiven roten Steinen stand.

„Das ist der *Arc de Triomf*. Der Triumphbogen", erzählte Dayven.

Wir bestaunten ihn, während wir unter ihm hindurchgingen. Dabei erzählte er weiter, dass der Triumphbogen das Haupteingangstor für die Weltausstellung gewesen war, die 1888 in Barcelona stattgefunden hatte. Wir bogen von der großen Straße wieder in kleinere, gemütlichere Gassen ein. Nun befanden wir uns in der Altstadt, wie ich erfuhr. Hier ragten dreistöckige Reihenhäuser in unterschiedlichsten Farben in den Himmel hinauf. Mit kleinen gusseisernen Gittern vor den langen Fenstern und Wimpeln, die von Haus zu Haus gespannt waren. In den unteren Etagen hatten sich entlang der schmalen Gänge, durch die kein Auto der Welt gepasst hätte, kleine Läden eingemietet.

Dayven bog in eine Straße namens *Banys Nous* ein und steuerte einen kleinen Laden auf der rechten Seite an. Über der Tür war ein großes Schild mit der Aufschrift *Xurreria* angebracht. Ein Geschäft, in dem man leckere Gebäcke kaufen konnte, die erst frittiert und dann mit ein wenig Zucker bestreut wurden. Die Warteschlange reichte bis auf die Straße, doch Dayven versicherte mir, dass sich das Warten lohnen würde, und das tat es. Sie schmeckten unglaublich lecker. Da es in dem kleinen

Laden weder Tische noch Stühle gab, stellten wir uns davor auf den Gehweg und sahen dem Treiben der Gasse zu, während wir die sündhaften Teigstückchen genossen. Mein Blick fiel auf einen kleinen Buchladen direkt neben uns. Als wir aufgegessen hatten, klopfte ich mir den klebrigen Zucker von der Kleidung und wir gingen sofort darauf zu. Als ich die Tür aufschob, empfing uns ein helles Glöckchen. Erstaunt blickte ich mich um und fing die Atmosphäre dieses außergewöhnlichen Geschäfts ein. Der beruhigende Duft von antiken Büchern und den hölzernen Regalen hing in der Luft wie morgendlicher Nebel auf einer friedlichen Wiese im Sommer.

Vor uns stand ein kleiner Tisch mit einer Kasse darauf. Daneben war ein Stuhl, auf dem eine alte Katze schnurrend schlief. Aus dem hinteren Teil des Ladens kam ein alter Mann und fragte uns in seiner Sprache, ob wir nach einem speziellen Buch suchen würden. Dayven übersetzte für mich und wartete ab, für was ich mich entschied.

„Ich hätte gerne etwas, das von Magie handelt, falls es sowas gibt", sagte ich schüchtern.

Dann flüsterte Dayven mir fremdartige Silben ins Ohr und deutete auf den Mann.

Ich wiederholte: „Tienen algún libro sobre mágia?"

Das Gesicht des Mannes erhellte sich und er nuschelte noch: „Un momento", während er wieder im hinteren Teil des Ladens verschwand. Kurze Zeit später kam er mit einem Buch wieder, welches in abgegriffenes Leder gebunden war. Die Seiten waren schon vergilbt, bemerkte ich, als ich es vorsichtig aufschlug. Es war natürlich auf Spanisch, wie ich erwartet hatte. Aber es standen auch Runen darin, die mir äußerst bekannt vorkamen.

Dayven gab dem netten Mann das gewünschte Geld und wir verabschiedeten uns dankend. Vorsichtig verstauten wir es in unserem Rucksack. Vielleicht enthielt das Buch sogar echte Zauber, die ich anwenden konnte.

Wir schritten aus der letzten kleinen Straße des sogenannten *Barrí Gotic* hinaus und es öffnete sich eine breite Allee vor uns. Sie war gesäumt von alten Gebäuden, hohen Bäumen und schönen Wegen für Spaziergänger. Dayven erklärte, dass diese Straße *La Rambla* genannt wurde. Sie führte vom Platz von Catalunya bis hinunter zum alten Hafen. Ich blickte mich fasziniert um. An den Seiten waren überall kleine Restaurants und Geschäfte. Längs in der Mitte der Straße zwischen den beiden Fahrbahnen gab es sogar eine Fläche, auf der man sich setzen und essen konnte. Hier hatten die Restaurants Tische und Pavillons aufgestellt und Kellner liefen geschäftig umher und brachten ihre vollgeladenen Tabletts zu den hungrigen Gästen. Wir setzten uns ebenfalls und bestellten gemeinsam einen großen Eisbecher. Während wir warteten, betrachtete ich die wunderschöne Szenerie. Ich genoss den Schatten der saftig grünen Bäume und fühlte mich unter ihnen so sicher wie unter unserem Lebensbaum. Mein Blick glitt zu den Reihenhäusern, die die Straße auf beiden Seiten säumten. Sie sahen so niedlich aus mit ihrem cremefarbenen Anstrich und den gusseisernen Balkongittern.

„Danke, dass du mich hierher mitgenommen hast." Ich musste lächeln und schenkte Dayven einen Kuss als Beweis meiner Dankbarkeit. So langsam wurde es wärmer. Ich strich über das Sommerkleid, das ich mir synthetisiert hatte. Es passte perfekt zu dieser schönen, sonnenbeschienenen Stadt.

Nach einiger Zeit gingen wir Hand in Hand weiter in Richtung Hafen. Die Straße endete auf einem großen Platz direkt vor dem Strand. Hier stand ein großes Denkmal eines alten Mannes.

„Das ist das Kolumbus-Denkmal“, berichtete Dayven.

„Ah, Kolumbus kenne ich“, hakte ich interessiert ein. „Er hat sich auf eine Reise über das Meer begeben, um Indien zu finden, doch was er fand, war der Kontinent Amerika. Er hat so eine beschwerliche Reise auf sich genommen und trotzdem nicht das gefunden, was er eigentlich gesucht hatte“, endete ich nachdenklich.

„Nun ... so kann man es auch sehen“, antwortete Dayven schmunzelnd.

„Ist das da hinten schon das Meer?“, fragte ich begeistert.

„Ja, lass uns gehen“, rief Dayven begeistert.

Wir holten die großen Handtücher aus dem Rucksack und breiteten sie auf dem warmen, hellen Sand aus. Sofort streifte ich mir mein Sommerkleid von den Schultern und sprang mit meinem neuen Bikini in die verspielten Wellen, die in regelmäßigen Abständen ans Ufer rollten. Ich genoss die spritzige Abkühlung und planschte in Ufernähe herum. Ich sammelte Muscheln und Steine, wirbelte das Wasser auf und ärgerte seine Bewohner damit. Dayven war ein Stück hinausgeschwommen und deutete mir, ihm zu folgen. Ich schüttelte nur unsicher den Kopf und wandte mich ab. Dann kam er zu mir und blickte mich besorgt an.

„Was ist los?“, fragte er und nahm mich in den Arm.

„Ich kann nicht schwimmen“, gab ich beschämt zu.

„Komm“, sagte Dayven und deutete auf das tiefere Wasser, „ich bringe es dir bei. Es ist ganz einfach“, sagte er verständnisvoll. „Vertraust du mir?“

Ich blickte auf das klare Wasser und ließ mich fallen. Natürlich vertraute ich ihm.

Als Ausklang zu dieser schönen Zeit legten wir uns an den Strand und ließen uns von der Sonne trocknen. Ich war so glücklich und erschöpft, fast schlief ich ein. Doch Dayven holte mich zurück.

„Hey, wach auf. Wir müssen noch jemanden besuchen“, sagte er mit seiner sanften Stimme.

„Wen besuchen wir denn?“, fragte ich neugierig.

„Jemanden, der auch mal dort gewohnt hat, wo wir jetzt wohnen“, sagte er geheimnisvoll und stand auf.

Wir packten unsere Sachen und gingen auf eins der nahe gelegenen, mehrstöckigen Klötze direkt am Strand zu. Ich beobachtete Dayven, wie er zielsicher zur großen Eingangstür ging und eine Klingel betätigte. Daneben war ein Schild angebracht: *Forschungslabor für Meeresbiologie.*

Interessiert folgte ich ihm, als der Summer betätigt wurde. In einem der höheren Stockwerke mit atemberaubender Aussicht empfing uns eine blonde Frau im Alter von ungefähr dreißig Jahren. Sie trug einen weißen Kittel und eine zierliche Brille.

„Hi, Janet“, begrüßte Dayven sie.

Die Frau lächelte mich nett an und brachte uns an ihren Arbeitsplatz.

„Janet ist auch eine Magierin. Sie wohnt und arbeitet in Barcelona“, erklärte Dayven.

„Ich bin Allison. Schön dich kennenzulernen“, sagte ich schüchtern.

„Ich freue mich auch. Warum seid ihr hier?“, fragte

sie neugierig.

„Nun“, fuhr Dayven jetzt fort, „Allison wurde von ihrem Onkel etwas verabreicht, das ihre Kräfte zu unterdrücken scheint. Ich habe mich gefragt, ob du herausfinden kannst, was es ist?“

„Einen Versuch ist es wert“, antwortete Janet zuversichtlich und entnahm mir eine Probe, die sie sofort in eines der Analysegeräte steckte. Wir warteten geduldig.

Forschend blickte sie sich um, bevor sie anfing, über Magie zu sprechen: „Also, ich kann sehen, dass Rückstände von einer Chemikalie in deinem Körper sind. Aber ich habe keine Ahnung, welche es ist. So etwas habe ich noch nie gesehen.“

„Ist es gefährlich?“, fragte Dayven besorgt.

„Nein, das denke ich nicht. Wie lange, sagst du, hast du diese chemische Lösung trinken müssen?“, fragte sie, während sie immer noch wie gebannt auf ihren Computerbildschirm starrte.

„Solange ich denken kann“, antwortete ich mit gesenktem Blick. Dayven ergriff meine Hand.

„Und wie alt bist du jetzt?“, fragte Janet.

„Achtzehn“, sagte ich.

„Also, wenn du das Zeug so lange ohne Beschwerden getrunken hast, wird es wohl nicht gefährlich sein. Dein Onkel wollte dich ja sicher am Leben halten“, sagte sie mit der kühlen Logik einer Wissenschaftlerin in der Stimme.

„Naja, wahrscheinlich“, gab ich zögerlich zurück. Ich war von ihrer nüchternen Art etwas irritiert.

„Darf ich die Probe behalten? Ich würde gerne noch ein paar Tests machen.“

Ich nickte zustimmend.

„Danke. Und mach dir keine Sorgen. Soweit ich es gerade sehen konnte, ist nur noch wenig davon in deinem Körper. Bald sollte wieder alles normal sein“, sagte sie zuversichtlich und streichelte sanft meine Schulter.

„Wie kommt es, dass du jetzt in der Menschenwelt lebst?“, fragte ich neugierig. „Warum bist du nicht bei den anderen Magiern unter dem Lebensbaum geblieben?“

Sie trat einen Schritt zurück und brach in Gelächter aus. „Moment, Moment ... Menschenwelt?“, fragte sie etwas zu laut. Dann schien sie sich wieder fangen zu können. „Warum nennst du es Menschenwelt?“, fragte sie und blickte verwirrt zwischen mir und Dayven hin und her.

„Sie ist sehr behütet aufgewachsen“, log Dayven für mich, doch unser Gegenüber schien es ihm nicht ganz abzukaufen.

„Okay“, sagte sie irritiert und fuhr fort. „Ich wollte nicht für immer bei den Ältesten bleiben. Ich wollte etwas erreichen im Leben. Und für mich sind die Welten der Magier und Menschen nicht getrennt, sie sind eins.“

Als Janet uns an der Tür verabschiedete, übergab sie Dayven noch einen rosafarbenen Stein, den sie vor unseren Augen aus ihrer Magie anfertigte.

„Hier, damit ich euch Bescheid geben kann, falls ich noch etwas herausfinde.“

„Danke“, sagte Dayven und erschuf ebenfalls einen Stein, dessen Oberfläche im Sonnenlicht grün leuchtete. Dann verabschiedeten wir uns.

„Was sind das für Steine, die ihr da ausgetauscht habt?“, fragte ich verwundert.

„Damit können wir über große Entfernungen

miteinander sprechen. Da Handys von den Ältesten verboten wurden, müssen wir uns anders behelfen.“ Dayven zog mich in eine unbeobachtete Ecke und formte die Kugel aus Magie, die uns nach Hause bringen sollte.

„Was sind Handys?“, fragte ich, doch Dayven zog mich nur lachend in die magische Kugel und küsste mich. Dann hoben wir auch schon ab und Barcelona verschwand hinter uns, während wir dem Sonnenuntergang entgegenflogen.

19. Kapitel

Ein Schlag traf mich in den Magen. Es tat weh, obwohl es ein leichter gewesen war. Ich zielte auf den Solarplexus meines Gegners, verfehlte ihn aber. Es machte mich wild, wenn ich bei einem Kampf nur einstecken musste und nicht austeilen konnte. Ich täuschte mit dem linken Bein einen Low Kick an und feuerte dann mein rechtes Schienbein in seine Rippen. Erwischt! So schnell hatte er seine Deckung nicht ausrichten können. Mein Gegenüber ächzte. Ich musste lächeln: Jetzt hatte ich ihn. Ich attackierte ihn nun mit meinen Fäusten. Schnell riss er seine Deckung hoch und vergrub sein Gesicht darin. Boxhandschuhe trafen hart auf Boxhandschuhe. Ich fühlte mich meines Sieges sicher, doch Hochmut kam bekanntlich vor dem Fall. Mein Gegner verknotete seine Beine mit meinen und versuchte, mich damit zu Boden zu werfen, schnell klammerte ich mich an ihn und riss ihn mit mir auf das weiche Gras. Ich drehte meinen Kopf zur Seite und blickte ihm direkt in die Augen. Wir fingen beide an zu lachen. Schnaufend setzten wir uns auf. Das war ein gutes Training gewesen. Ich hatte nicht gewusst, dass Dayven ebenfalls Kampferfahrung hatte.

„Ich habe früher auch sehr viel Kampftraining gemacht", erzählte Dayven nun.

„Ach, wirklich?", fragte ich interessiert.

„Ja, mit meinem Vater zusammen", fügte Dayven hinzu und senkte den Kopf.

Ich strich ihm mit meiner Hand über den Rücken, um mein Verständnis für seine Gefühle auszudrücken. Dayven schüttelte den Kopf, als wolle er die aufkommenden bösen Gedanken wegwischen. Dann sah er auf und küsste mich.

„Wofür war denn das?", fragte ich und musste kichern.

Doch schon läuteten die magischen Glocken wieder den alltäglichen Unterricht ein. Heute würde ich wieder einige der Kinder selbst unterrichten. Unter ihnen war auch Nauré, auf die ich mich besonders freute. Beim letzten Mal hatten Dayven und Yuquma mir noch viel helfen müssen, doch heute würde ich es endlich alleine versuchen. Leichtfüßig gingen Dayven und ich zu der Wiese, auf der wieder der Unterricht stattfinden würde. Neugierig nahmen wir die Anweisungen der Ältesten entgegen bezüglich des heutigen Themas. Als ich es hörte, war ich ein wenig enttäuscht. Die Kinder mussten wieder eine bestimmte Pflanze wachsen lassen. Dayven und ich gingen den Zauber mit den anderen unterrichtenden Magiern durch und besprachen kurz, wie man den Jüngeren am besten Hilfestellung geben konnte. Dann trafen auch schon die ersten Schülerinnen und Schüler ein. Trotz des leichten Zaubers, den ich heute lehren sollte, war ich ein wenig aufgeregt. Würde alles gut gehen?

Zuerst wärmten wir uns wieder ein wenig auf. Alle

ließen ihre Magie fließen und erfreuten sich an dem bunten Farbspektakel. Dann ging es endlich los. Ich führte die heutige Aufgabe zuerst einmal vor.

„Heute wollen wir eine Schilfpflanze wachsen lassen“, erklärte ich dabei. Einige der Kinder stöhnten genervt, sie hatten wohl auf etwas Anspruchsvolleres gehofft. Unbeirrt erzählte ich weiter: „Dazu müssen wir zuerst mit unserer Magie eine Kuhle in die Erde wölben. Dann Wasser hineinzaubern und danach die Pflanze darin wachsen lassen. Denn Schilf wächst bekanntlich nur im Wasser. Mit diesem Zauber können wir helfen, die Natur ein wenig gesünder zu machen, denn Schilf kann helfen, Schadstoffe aus dem Wasser zu ziehen. Los, probiert es aus.“

Während meinen Beschreibungen wirkte ich den Zauber, sodass die Kinder sehen konnten, wie er funktionierte. Inzwischen fiel es mir selbst auch leichter, die geforderten Aufgaben zu lösen. Ich musste mich immer wieder daran erinnern, dass das Wirken von Magie in erster Linie Spaß machen sollte und ich mich nicht zu sehr unter Druck setzen durfte.

Dayven hatte seinen Schülern ebenfalls gerade die Aufgabe gezeigt und ließ sie es nun selbst versuchen. Er kam zu mir und setzte sich auf eine Bank. Ich setzte mich zu ihm. Wir betrachteten beide unsere Schüler und warteten darauf, dass jemand unsere Hilfe benötigte.

„Das hast du gut gemacht. Deine Schüler bekommen das sehr gut hin“, bemerkte Dayven.

„Danke“, antwortete ich mit geröteten Wangen.

„Ich wusste doch, dass du dich hier schnell einfinden und wohlfühlen würdest“, sagte er und lehnte sich zu mir herüber.

Mir wurde ganz heiß und ich bekam eine Gänsehaut. Würde er mich wieder küssen? Er rückte näher an mich heran, dabei berührte er zufällig mit seinem kleinen Finger meine Hand und zwischen uns erschienen plötzlich glühende Funken. Erschrocken zuckte ich zurück und starrte ungläubig auf unsere beiden Hände.

„Was war denn das?“, fragte ich irritiert.

„Ich weiß es nicht. Das ist mir noch nie passiert“, sagte Dayven, während er ebenfalls ungläubig unsere beiden Hände anstarrte. Unsere Berührung hatte mir eine Art Adrenalinstoß gegeben.

„Vielleicht passiert das zwischen verliebten Magiern, die beide starke Kräfte haben?“, fragte ich und lächelte ihn an.

„Ja, vielleicht.“

Vorsichtig hob er die Hand und strich mir über die Wange. Dieses Mal geschah nichts. Vielleicht hatte sich unsere Kleidung nur elektrisch aufgeladen und wir hatten bei unserer Berührung einen kleinen Stromschlag bekommen, überlegte ich stutzig. Dann kamen seine Lippen meinen immer näher und ich überlegte gar nichts mehr, außer ob seine Lippen für immer auf meinen verweilen könnten. Viel zu schnell lösten wir uns wieder voneinander. Einer von Dayvens Schülern hatte eine Frage. Ich bemerkte erneut, wie Yuquma mich beobachtete. Als sich unsere Blicke trafen, wandte sie sich unauffällig ab. Nachdenklich blickte ich ihr hinterher. Dann stand ich ebenfalls auf, um nach meinen Schülern zu sehen. Sie schlugen sich sehr gut, allen voran natürlich Nauré. Sie hatte die Herausforderung in Windeseile abgeschlossen und saß nun gelangweilt am Rande des Geschehens und sah ihren Mitschülern zu. Mitleidig sah ich zu ihr herüber. Ich konnte mir vorstellen, wie sie sich gerade fühlte. Da meine anderen Schüler sich gegenseitig halfen oder die Aufgabe ebenfalls schon gelöst hatten, ging ich zu Nauré hinüber und setzte mich zu ihr.

„Hey“, rief ich lächelnd.

„Hey“, gab sie mit gelangweiltem Tonfall und gesenktem Blick zurück.

„Was ist denn los?“, fragte ich und sah sie aufmunternd an.

„Mir ist immer so langweilig. Der Unterricht ist viel zu leicht für mich.“

„Aber es soll doch auch Spaß machen und nicht zu schwer oder gefährlich für euch werden“, erklärte ich ihr die Richtlinien, die Dayven vor meiner ersten Unterrichtsstunde kurz angerissen hatte.

„Ja, genau: zu gefährlich. Nur weil es ein bisschen schwieriger ist, ist es doch nicht gleich gefährlich. Hier sind doch so viele gute Magier, die eingreifen, bevor es gefährlich wird“, argumentierte sie bockig.

„Hm, vielleicht hast du recht“, antwortete ich nachdenklich.

Ruckartig sah sie mich an, ihre Augen fanden ihr Funken wieder.

„Vielleicht kann ich dir eine ganz kleine Kleinigkeit zeigen“, sagte ich und sah mich forschend um. Ich wollte nicht, dass jemand mitbekam, was ich Nauré nun zeigen wollte. Ich hielt meine Hand ausgestreckt vor mich, die Finger gespreizt. Meine wunderschöne blaue Magie erschien in meiner nach oben zeigenden Handfläche. Ich ließ sie einen Kreis formen, in dem unterschiedliche Runen auftauchten. Ich erklärte ihr die Bedeutung der meistgenutzten Symbole und, dass man mit ihrer Hilfe eigene Zauber erschaffen konnte. Ich begann, ihr die Funktionsweise meiner selbst erschaffenen Zwillingskugeln zu erklären. Damit hatte ich Noviomagus belauscht, indem ich eine meiner magischen Kugeln an mein Ohr gehalten und die andere zu seiner Tür gesendet hatte, um zu hören, was er vor mir geheim hielt. Staunend blickte Nauré mich an, sie konnte es kaum erwarten, sich ebenfalls eigene nützliche Dinge auszudenken und mit ihrer Magie einen Weg zu finden, diese umzusetzen.

Ich fügte hinzu, dass man mit sehr viel Übung, diese Zauber auch erschaffen konnte, ohne dass man sich die Runen mit der Magie zeigen lassen musste. „Wenn es einem Magier nach einiger Zeit sehr leichtfällt, kann er sich die Runen auch nur vorstellen und der Zauber entfaltet seine Wirkung“, sagte ich leise.

Sofort probierte Nauré es aus. Sie streckte ebenfalls ihre Hand aus und versuchte die ersten Runen entstehen zu lassen. Wenn sie in der Lage war, diese mit ihrer Magie zu visualisieren, konnte sie beginnen, die Runen auf unterschiedliche Weise zu kombinieren, um die vielfältigen Wirkungsweisen der Kombinationen herauszufinden. Es war ein weiter Weg bis dahin, doch wenn sie diese Methode beherrschte, konnte sie mit Leichtigkeit eigene Zauber kreieren, die weit über das langweilige Wachsen lassen hübscher Blumen hinausgingen. Naturmagie, die hier unterrichtet wurde, war die leichteste und intuitivste für Magier. Runen auswendig zu lernen, konnte hingegen gefährlich sein. Wenn man sie falsch kombinierte, konnte es zu Explosionen oder Naturkatastrophen kommen. Doch natürlich zeigte ich Nauré nicht gleich am Anfang die schwierigen Kombinationen, die uns gefährlich werden konnten. Lächelnd sah ich ihr und ihrer Magie zu. Ihrem Denkprozess folgend, formte sich mal dort eine Rune in der Luft, dann daneben und darüber. Manchmal verpuffte wieder eine und formte sich neu in noch präziseren Strichen und Konturen.

Ich spürte, wie ein stechender Blick mich traf. Ruckartig drehte ich meinen Kopf. Yuquma kam angestürmt und rief in schrillem Ton: „Stopp!"

Nauré zuckte zusammen und ließ die Runen sofort verschwinden.

„Was tut ihr denn da?", rief Yuquma immer noch sehr laut, obwohl sie inzwischen bei uns angekommen war.

Hecktisch sprang ich auf. „Ich, ich wollte ihr etwas Spannenderes zeigen als immer wieder nur Naturmagie", rechtfertigte ich mich.

„Das ist viel zu gefährlich. Wenn Schüler mit Runen herumexperimentieren, passieren nur Unfälle. Du kennst doch die Regeln, Allison!", schrie sie.

„Es wird nur gefährlich, wenn man ihnen die explosiven Kombinationen zeigt oder nicht richtig auf sie aufpasst. Ich kann doch auch viele Runen und ich bin nicht gefährlich!", schrie ich zurück.

Inzwischen hatten alle unseren Streit mitbekommen und starrten uns an, als wären wir wilde Tiere im Zoo. Ich war so sauer auf Yuquma. Warum musste sie so ausflippen? Ich hatte Nauré doch nur ein paar harmlose Symbole gezeigt. Es wurde nur riskant, wenn man ihr nicht erklärte, wie die Kombinationen wirkten und welche sie in keinem Fall benutzen durfte.

Plötzlich begann die Erde unter meinen Füßen zu beben, Risse taten sich um uns herum auf. Die anderen Magier schrien auf und wichen ein paar Schritte zurück.

Woher kam den dieses Erdbeben? Panisch blickte ich zu Yuquma. Doch als sie mich genauso entsetzt ansah, verstand ich erst: War ich das etwa? Durch den Schock kühlte sich meine Wut ein wenig ab und das Beben ließ nach. Die Älteste blickte mich verstört an. Sie brachte kein Wort hervor.

„E-es tut mir leid. Es kommt nicht wieder vor“, flüsterte ich. Beschämt blickte ich zu Boden. Konnte ich meine eigenen Kräfte nun nicht mehr kontrollieren? Hatte Noviomagus mich davor mit seinem seltsamen Saft bewahren wollen?

Yuquma drehte sich um und stapfte davon, dabei erklärte sie den Unterricht für beendet, in einem Tonfall, der keine Widerrede erlaubte. Dayven kam zu mir gelaufen, nahm wortlos meine Hand und drückte sie ganz fest. Nauré war ebenfalls erstarrt und lief nun ohne ein weiteres Wort zu den anderen.

„Ich wollte Nauré nur etwas Neues zeigen. Ich habe ihr wirklich keine gefährlichen Runen gezeigt. Glaubst du mir?“, fragte ich Dayven verzweifelt, als wir zurück zu unserer Hütte gingen.

„Natürlich glaube ich dir, Allison. Aber für die Ältesten ist das schon sehr schlimm. Noch nicht mal ich kenne viele Runen und ich benutze sie hier auch nicht. Es ist nun einmal verboten. Dafür wird es auch sicher einen guten Grund geben.“

Ich verschränkte die Arme und lief verunsichert weiter.

„Diese schwebende Kugel, mit der ich dich hergebracht habe“, fuhr er fort, „kenne ich auch nur, weil die Ältesten mir die Symbole dafür gezeigt haben. Diese Runen darf ich nutzen, weil ich sie brauche, um

Hilfsbedürftige herzubringen. Aber andere Runenzauber sind verboten. Es tut mir leid, vielleicht habe ich dir das nicht deutlich genug erklärt."

„Nein, das ist nicht deine Schuld, sondern meine", sagte ich und blickte zu Boden.

Er nahm wieder meine Hand und streichelte sie beruhigend. Gerade als wir die Tür hinter uns schlossen, holte er den Stein aus seiner Hosentasche, den er von Janet erhalten hatte. Er leuchtete in der Farbe von Janets Magie und schien zu pulsieren. Dayven aktivierte seine Magie und starrte angestrengt an mir vorbei ins Leere. „Was? Das kann nicht sein. Du musst dich versehen haben!", rief er nach kurzer Zeit.

Er konnte Janets Stimme in seinem Kopf hören und so mit ihr kommunizieren, interpretierte ich. Was wollte Janet? Und warum ausgerechnet jetzt?

„Nein, das glaube ich nicht!", rief er etwas zu laut. Dann blinzelte er mehrmals verwirrt und ließ den Stein fallen. Das Gespräch schien beendet, ob freiwillig oder unfreiwillig, wusste ich nicht. Bevor der Stein dumpf auf den Boden prallte, zerlief er in magische, rosafarbene Nebelschwaden und war verschwunden. Mit gerunzelter Stirn musterte ich ihn. Dayvens Blick war leer. Gedankenverloren setzte er sich auf sein Bett.

„Was ist denn los?", fragte ich besorgt.

„Janet. Sie denkt, dass ... sie denkt, sie hat etwas herausgefunden, über ... über dich", stammelte er.

„Was denn?", fragte ich nun panisch. Das konnte nichts Gutes bedeuten. Die Aufregung um die Geschehnisse von vorhin schien einer neuen Platz zu machen.

„Sie hat mir gesagt, dass sie in deiner Probe Hinweise

darauf gefunden hat, dass du auch Absorptionskräfte haben könntest. Genauso wie ...“, er brach ab.

„Wie Asparius“, beendete ich seinen Satz. Mein Mund schmeckte nach bitterer Galle. Ich hatte so eine Ahnung gehabt, dass ich den Dämonen meiner Vergangenheit nicht so einfach entrinnen konnte. Meine Gedanken fingen an zu kreisen. Plötzlich ergab alles einen Sinn. Warum Noviomagus mich in seiner einsamen Lagerhalle im Wald versteckt und festgehalten hatte. Seine Experimente ... womöglich ... auch an mir. Meine starken Kräfte. Ich hätte es ahnen können, dachte ich bitter.

„Nein, Allison. Janet irrt sich ganz bestimmt. Das kann nicht wahr sein“, redete er sich verzweifelt ein.

Da bekam ich Angst. Was würde passieren, wenn ich meine Kräfte nicht kontrollieren könnte? Wenn ich jemanden verletzten würde? Würden Yuquma und die anderen mir helfen oder mich verstoßen und verurteilen, so wie einst Asparius?

„Wir wissen nicht mit Sicherheit, ob du diese Kräfte hast. Sie haben sich doch bis jetzt nicht gezeigt. Janet muss einen Fehler gemacht haben und zu einem falschen Schluss gekommen sein.“

„Nein, überleg doch mal. Warum hat Noviomagus mir wohl diese chemische Lösung gegeben? Sie sollte sicher meine Absorptionskräfte unterdrücken, damit ich ihm nicht gefährlich werden konnte. Und nun, wo ich dieses Zeug nicht mehr trinke ...“ Da fiel mir noch etwas ein: „Eben auf der Bank! Weißt du noch? Als wir dachten, zwischen uns hätte es gefunkt? Ich habe mich so euphorisch, so gestärkt, so aufgeladen gefühlt nach unserer Berührung.“

Nachdenklich sahen wir uns an. Ich streckte meine

Hand nach seiner aus und berührte ihn. Nichts geschah. Vielleicht konnte ich es nicht auf Knopfdruck? Oder Janet hatte sich wirklich versehen, grübelte ich. Langsam bekam ich Kopfschmerzen.

Dayven stand auf und reichte mir seine Hand. „Wir werden Janets Vermutung ignorieren. Sie muss sich geirrt haben. Komm, wir müssen heute beim Kochen helfen“, sagte er entschlossen.

Er versuchte offenbar, das Thema zu verdrängen. Ich versuchte, es ihm gleichzutun. Wenn sich diese Absorptionskräfte später an mir zeigten, konnte ich mir dann immer noch genug Sorgen machen. Ich erinnerte mich an einen Spruch, den ich mal gehört hatte: *Spanne den Regenschirm erst auf, wenn es regnet.* Doch ich konnte nicht wissen, dass die nächste schwarze Wolke schon am Horizont lauerte.

20. Kapitel

Nach der Schimpferei von Yuquma war mir eigentlich nicht nach Gesellschaft, doch wir waren zum Helfen eingeteilt, also hatte ich keine andere Wahl. Beim Kartoffelschälen fiel ich immer tiefer der Spirale der schlechten Gedanken und Gefühle herab. So ganz hatte Dayven mich nicht überzeugen können mit seiner Theorie, dass die Magierin, die von Beruf Wissenschaftlerin war, sich geirrt haben könnte.

Nachdem alle das köstliche Essen verspeist hatten, machten wir uns endlich auf den Weg zurück in unsere Hütte. Ich brauchte dringend Zeit für mich allein. Ich hatte kaum einen Bissen herunterbekommen. Als wir die knorrigen Wurzeln des Lebensbaumes hinuntergingen, kam uns jemand entgegen, der es offenbar sehr eilig hatte. Fast übersah sie mich und rempelte mich an.

„Janet? Was tust du hier?“, rief Dayven empört.

„Ich muss dringend mit Yuquma sprechen“, sagte sie energisch und schob sich an uns vorbei.

„Stopp. Das wirst du nicht tun!“, sagte Dayven herrisch und hielt sie am Arm fest.

„Sieh dich doch nur an. Alle Magier könnten in Gefahr

sein und du willst noch versuchen, mich aufzuhalten? Wofür? Für die da?", fragte sie und blickte angewidert auf mich herab.

Mein Magen drehte sich um und mir wurde schlecht. Ich wünschte, ich hätte die Finger von dem Essen gelassen. „Ich bin doch nicht gefährlich! Diese Kräfte haben sich noch nicht an mir gezeigt und ich würde nie etwas tun, das jemanden verletzten könnte!", schrie ich.

„Du weißt nicht, wovon du redest, Kleine. Diese Kräfte vernebeln dir die Sinne, bis du nicht mehr weißt, was Gut und Böse ist. Es zählt nur noch das, was du erreichen willst", zischte sie und wandte sich ab.

Ich blieb fassungslos zurück. Dayven versuchte noch, sie aufzuhalten und fing erneut an, zu diskutieren. Ich konnte nicht hören, was sie sagten, alles verschwamm um mich herum, meine Ohren wurden taub. Plötzlich wurde mir schwindelig und meine Beine begannen zu zittern. Gerade noch rechtzeitig konnte Dayven mich stützen. Dabei sahen wir beide Janet zu, wie sie im Eingang des Baumes verschwand. Alles Schöne um mich herum schien in sich zusammen zu fallen wie ein Kartenhaus.

„Komm, wir gehen zu unserer Hütte zurück. Ruh dich etwas aus", sagte er und versuchte, beruhigend zu klingen. Es gelang ihm nicht.

Ich legte mich auf mein Bett und versuchte, meinen aufgewühlten Magen zu beruhigen. Was war gerade nur alles passiert? Es prasselte so viel auf mich ein, dass ich es gar nicht richtig begreifen konnte. Nach einiger Zeit klopfte es an unserer Tür. Dayven öffnete und ein junger Magier in unserem Alter trat ein. Ich kannte ihn noch nicht. Es konnte keiner von denen sein, die täglich die

Jüngeren in Magie unterrichteten.

„Allison Soah. Du wirst gebeten, dich sofort im oberen Teil des Lebensbaumes einzufinden. Das Gremium hat einige Fragen an dich“, sprach er mit geschwollener Stimme und verließ unsere Hütte sofort wieder. Die Tür fiel hinter ihm ins Schloss.

Ich setzte mich auf. Dayven und ich tauschten besorgte Blicke aus. Keinem von uns fiel etwas ein, das wir hätten sagen können. Also stand ich auf und er brachte mich bis zum Eingang des Lebensbaumes. Dayven hatte mir noch kurz erklärt, dass das Gremium auch manchmal Urteile bei Streitigkeiten fälle oder Unruhestifter des Lebensbaumes verweise. Doch er hatte am Ende noch schnell hinzugefügt, dass das nur sehr selten vorkomme und er das in meinem Fall nicht vermute.

Da er nicht hinein durfte, drückte er mich fest und ging dann zu unserer Hütte zurück. Der unbekannte Magier von vorhin kam auf mich zu. Ich blickte ihn fragend an.

„Du musst noch kurz warten. Die Sachlage wird gerade noch besprochen“, erklärte er wieder mit dieser überheblichen Stimme. Dann wandte er sich von mir ab und wartete auf sein Zeichen, mich hineinbringen zu dürfen.

Ich wollte zu gern wissen, was dort oben nun besprochen wurde. Der Eingang zum Lebensbaum war wie leergefegt. Als hätte die unheimliche Stimmung, die nun herrschte, alle in ihre Räumlichkeiten und Hütten vertrieben. Wenn ich nur wüsste, was mich gleich erwartete. Ich konnte dieses lange Warten nicht aushalten. Gerne hätte ich mich auf die Fragen vorbereitet, die man mir stellen würde. Dann kam mir eine Idee. Sie war sehr riskant, doch die Aufregung trieb mich dazu. Es war in dieser Situation das Einzige, das mir helfen konnte. Vielleicht musste ich gleich darum kämpfen, hier bleiben zu dürfen. Ich musste es einfach wissen! Also aktivierte ich im Verborgenen meine Magie. Ich erschuf eine winzig kleine Version meiner Zwillingskugeln und ließ die eine in mein Ohr hineinschweben. Die andere schickte ich weit hinauf in das Innere des Lebensbaumes, bis ich klar und deutlich aufgeregte Stimmen hören konnte.

Das ist alles, was ich bei der Untersuchung feststellen konnte.

Danke, Janet. Das hört sich sehr beunruhigend an. Es könnte tatsächlich sein, dass dieses Mädchen genau dieselben Kräfte wie Asparius besitzt. Wie konnte es überhaupt dazu kommen, dass ihre Mutter mit ihr schwanger geworden ist?

Unverantwortlich nenne ich so etwas. Seine eigenen Bedürfnisse, eine Familie gründen zu wollen, über die Sicherheit unserer Gesellschaft zu stellen. Unverantwortlich!

Aleejna, bitte beruhige dich! Es ist nun einmal geschehen. Wir wissen nicht mit Sicherheit, was für Kräfte sie hat. Wir müssen beschließen, was nun mit ihr passieren soll.

Also hier bleiben kann sie nicht!

Aber wo soll sie denn sonst hin? Wir sind doch die Einzigen, die ihr im Ernstfall helfen können.

Zu welchem Preis?!

Soll sie doch in einen anderen Unterschlupf gehen!

Und sie das Problem von jemand anderem werden lassen? Das wäre verantwortungslos!

Beruhigt euch alle! Beruhigt euch! Wie wäre es, wenn

wir sie erst einmal anhören, bevor wir über ihren Kopf hinweg entscheiden und sie vielleicht zu Unrecht verurteilen?

Verunsichert ließ ich beide Blasen zerplatzen. Es war so, wie ich befürchtet hatte. Ich musste darum kämpfen, hier bleiben zu dürfen. Und bei Dayven bleiben zu dürfen, fügte ich ängstlich hinzu. Ob er mit mir käme, wenn sie mich verstoßen würden?

Dann deutete der unbekannte Magier mir, ihm zu folgen. Wir stellten uns in die Mitte der Eingangshalle, auf die Stelle, auf der sonst die wohlgedeckte Tafel stand. Eine große, weißlich schimmernde Fläche unter unseren Füßen löste sich langsam vom Boden und hob mich mehrere Meter in die Höhe, an den vielen Brücken zwischen den Gängen vorbei bis hinauf in die Krone des Baumes. Es schien, als stünde ich hunderte Meter über dem Boden. Es gab kein Geländer. Ein Sturz aus dieser Höhe würde mich töten, dachte ich eingeschüchtert. Mein Magen drehte sich allein bei diesem Gedanken um. Ich blickte auf und sah mehrere ältere Magier in weißen Roben. Sie saßen auf Stühlen, die in die Wand des Lebensbaums eingelassen waren. Ich hatte gedacht, ich würde in einen separaten Raum geführt werden, doch ich musste wohl auf dieser fast durchsichtigen Plattform bleiben, die genau über der Eingangshalle schwebte. Um mich herum war nur der Abgrund. Einige Meter danach, kam das Geländer der Gänge, die in die Räume dieser Etage führten. Ob die Mitglieder des Gremiums so weit hier oben wohnten? Mein Blick fiel auf Yuquma, die etwas weiter hinten stand. Sie schien besorgt zu sein. Janet konnte ich nicht mehr sehen, war sie schon gegangen?

Nun ergriff der Magier das Wort, der in der Mitte saß. Ich erkannte seine Stimme von eben wieder: „Nun, Allison, es sind ein paar Dinge geschehen, über die wir gern mit dir sprechen möchten, um deine Sichtweise zu erfahren. Wie du weißt, ist es euch verboten, Advanced Magic anzuwenden. Du hast dieses Verbot jedoch missachtet."

Ich war etwas irritiert. Ich dachte, es ginge um meine umstrittene Herkunft? Dass ich gefährliche Kräfte haben könnte? Vielleicht würden sie diese Fragen später stellen. Ohne mir die Verwirrung anmerken zu lassen antwortete ich: „Ja, es tut mir sehr leid, es wird nie wieder vorkommen. Die Schülerin hatte sich so gelangweilt. Ich wollte ihr nur etwas Neues zeigen, das ist alles. Ich habe wirklich keine bösen Absichten gehabt und ich wollte sicher nicht, dass jemand dadurch zu Schaden kommt." Während ich sprach, faltete ich meine Hände, um demütig und schuldbewusst zu wirken.

Einige der Ältesten sahen einander an und tauschten im Stillen Blicke aus. Andere wagten es nicht, ihre Augen von mir abzuwenden.

Dann ergriff eine andere das Wort. Anhand ihrer Stimme erkannte ich Aleejna: „Und diese Absorptionskräfte, die du zu haben scheinst? Was ist damit?"

„Ich, ich weiß es nicht. Keine Ahnung, was Janet meint, gefunden zu haben, aber mit Sicherheit lässt es sich wohl nicht beweisen, dass ich diese Kräfte habe. Ich habe sie an mir noch nicht wahrgenommen und selbst wenn, dann würde ich es Ihnen sofort berichten und niemandem damit Schaden zufügen", versicherte ich.

„Naja, manchmal lässt sich das nicht vermeiden. Wenn man seine Kräfte nicht kontrollieren kann, zum Beispiel", entgegnete Aleejna misstrauisch.

Da meldete sich Yuquma aus dem Hintergrund zu Wort: „Sie hat von ihrem Onkel ein Serum verabreicht bekommen, das ihre Kräfte unterdrückt. Da sie es jetzt nicht mehr nimmt, kommen ihre Kräfte langsam in voller Stärke zurück, daran muss sie sich natürlich erst gewöhnen. Ich denke, dass Einzelunterricht bei mir Allison helfen könnte, mit ihren wiederkehrenden Kräften umzugehen."

Ihre bestimmte Tonlage hallte von den Wänden wider und füllte den Raum. Nachdem sie geendet hatte, war es für eine Sekunde still. Ich war gerührt, dass sie sich für mich einsetzte. Plötzlich gewann ich neue Zuversicht.

Doch Aleejna widersprach: „Es ist trotzdem zu riskant! Niemand weiß, was passieren wird. Sie ist eine tickende Zeitbombe!"

Der Älteste in der Mitte nickte. „Wir stimmen ab. Wer ist dafür, Allison zu helfen und von Yuquma fördern zu lassen?"

Ich blickte mich um, einige der Gremiumsmitglieder hoben zustimmend die Hand und lächelten mir aufmunternd zu. Andere ließen ihre Hand jedoch mit grimmiger Miene in ihrem Schoß liegen, wie zum Beispiel Aleejna. Schnell zählte ich die erhobenen Hände. Schockiert riss ich die Augen auf. Das konnte nicht wahr sein!

Im gleichen Moment wurde die Entscheidung verkündet: „Allison, du wirst des Lebensbaumes verwiesen. Mit sofortiger Wirkung."

Meine Augen füllten sich mit Tränen. Ich hatte nicht den schweren Weg hierher auf mich genommen, nur um jetzt wieder gehen zu müssen. Ich musste kämpfen!

Meine Stimme überschlug sich fast, als ich schreiend antwortete: „Wie können Sie nur! Ich weiß doch gar nicht, wo ich nun hingehen soll! Ich bin vor meinem Onkel geflohen, der irgendwelche Experimente an mir durchgeführt hat und mich in seiner Forschungseinrichtung festhielt. Ich kann nicht dorthin zurück, ich weiß nichts über die Menschenwelt! Ich kann nirgendwo hin, wenn Sie mich im Stich lassen. Ich kann doch nichts dafür, dass ich so bin, wie ich bin!"

Es herrschte wieder Stille. Man hörte nur mein verheultes Schniefen. Keiner traute sich, etwas zu sagen. Wenn ihre Entscheidung trotzdem feststand, würde ich heulend zusammenbrechen, befürchtete ich.

Ein anderes Mitglied des Gremiums, ergriff nun das Wort: „Es ist unser oberstes Gebot, Magiern in Not zu helfen. Wie können wir Allison nur verstoßen, wenn sie in solch einer Lage ist?"

Schuldbewusst blickten sich die Gremiumsmitglieder an.

Da ergriff ausgerechnet Aleejna das Wort: „Also gut. Soll sie doch hierbleiben. Aber Yuquma, du wirst sie ganz besonders gut im Auge behalten. Und die anderen Schülerinnen und Schüler darf sie von mir aus weiter unterrichten, damit sie nicht aus Langeweile wieder mit Runenzaubereien anfängt. Verstanden?"

Yuquma stimmte ihr zu und somit war die Sitzung scheinbar beendet. Mit teils besorgten, teils unzufriedenen Mienen, standen die Ältesten auf und begaben sich in ihre Räume zurück.

Der Älteste in der Mitte nickte mir zum Abschied zu, während die milchige Plattform begann, sich wieder nach unten zu bewegen. Auf dem Boden angekommen, atmete ich schwer. Schweiß hatte sich auf meiner Stirn gebildet und ich musste einen riesigen Schwall von

Tränen zurückhalten. Wie konnten sie nur? Fast hätten sie mich hinausgeworfen. Die Bestrafung dafür, dass ich Nauré Advanced Magic gezeigt hatte, konnte nur ein Vorwand gewesen sein. Sie hatten versucht, mich loszuwerden. Meine Kräfte und ich waren ihnen offensichtlich ein Dorn im Auge. Zum Glück hatte ich die Situation noch retten können. Ich musste sofort zu Dayven und ihm von dem Beschluss erzählen.

21. Kapitel

So schnell ich konnte, rannte ich zu unserer Hütte zurück. Die Tränen konnte ich nicht mehr aufhalten. Sie liefen wie eisige Wasserfälle meine Wangen hinab. Als ich endlich an unserer Hütte angekommen war, riss ich die Tür auf und stürzte mich sofort in Dayvens Arme. Erschrocken drückte er mich fest an sich und navigierte uns zu einem der Betten. Wir ließen uns darauf fallen und ich fing an, unkontrolliert zu schluchzen und zu zittern.

„Was ist denn passiert?“, fragte er besorgt.

„Sie hätten mich fast rausgeschmissen“, rief ich schockiert. Ich konnte es immer noch nicht glauben. „Sie haben am Anfang kurz gefragt, warum ich Nauré gefährliche Magie gezeigt habe, und als ich mich dafür entschuldigt hatte, ging es nur noch darum, dass ich diese Absorptionskräfte haben könnte. Erst wollten die mich tatsächlich rausschmeißen, doch als ich in Tränen ausbrach, haben sie mir letztendlich erlaubt zu bleiben.“

„Das ist wirklich eine riesige Sache. So etwas ist in meiner gesamten Zeit hier noch nie passiert!“

„Warum musste es auch so weit kommen? Man kann

doch sehen, dass ich nicht gefährlich bin, oder?“, fragte ich unsicher.

„Naja, die Ältesten wissen von deiner Herkunft. Deine Eltern hätten dich gar nicht bekommen dürfen, weil klar war, was für ein mächtiger Magier daraus hervorgehen würde.“

Mein Blick fiel auf das Bild meiner Eltern und mir auf meinem Nachttisch. „Sie waren glücklich“, schniefte ich. „Du kannst doch jemandem nicht das Recht nehmen, glücklich zu sein.“

„Sie wissen doch selbst nicht genau, wie sie mit der Situation umgehen sollen. Das darfst du nicht persönlich nehmen. Es sind deine starken Kräfte, die ihnen Sorgen bereiten.“

„Für meine Kräfte kann ich doch nichts!“, rief ich. Ich spürte, wie sich meine Kehle zuschnürte. Die Tränen kämpften sich zurück an die Oberfläche. Zornig wischte ich sie fort. Ich hatte das Vertrauen in die Ältesten verloren. Dass ihnen überhaupt in den Sinn gekommen war, mich wegen meiner angeborenen Kräfte verstoßen zu wollen. Das verletzte mich zutiefst. Und warum nahm Dayven sie nun in Schutz? War er etwa auf ihrer Seite? Dachte er auch, dass ich mit meinen Kräften jemanden verletzen könnte? Hatte er vielleicht sogar Angst, dass er dieser Jemand sein könnte?

„Ich muss nachdenken“, murmelte ich und lief schnellen Schrittes nach draußen. Mir wurde das alles zu viel. Vielleicht würde die frische Luft mir dabei helfen, Ordnung in meine wirren Gefühle und Ängste zu bringen. War es doch die falsche Entscheidung gewesen, hierher zu kommen? Aber bei Noviomagus hätte ich auch nicht bleiben können. Was wohl meine Eltern für mich gewollt hätten? Meine Beine zitterten immer noch. Ich stolperte und kam schmerzhaft mit meinen Knien auf dem Rasen auf. Dayven war mir gefolgt. Während er zu mir kam, rief er mir etwas zu, das ich nicht verstand.

„Geh weg!“, rief ich. Ich wollte seine Nähe nicht. Ich musste allein sein. Ich wollte Antworten auf die vielen Fragen, die sich immer weiter anstauten. Niemand würde sie mir jemals geben können. Ich musste einen Weg finden, selbst an die Wahrheit zu gelangen.

Dayvens Schritte näherten sich.

Die Wut in meinem Inneren wurde größer. Warum hörte er nicht auf mich? „Ich habe gesagt, geh weg!“, schrie ich nun lauter. Ich schlug dabei mit der Faust auf den Boden, um meinen Worten mehr Ausdruck zu verleihen. Plötzlich fing die Erde erneut an, zu beben. Oh nein, was passierte nun schon wieder? Aus dem Boden schossen spitze, dunkelblaue Zacken. Sie erinnerten mich an diejenigen, die ich bei meinem ersten Ausflug in den Wald erschaffen hatte, um das Reh aus dem Käfig zu befreien. Sie formten nun einen Kreis um mich herum, um mich in ihrer schroffen Schönheit zu beschützen.

Dann verschwamm meine Sicht und ich kippte bewusstlos zur Seite. Wie ich unsanft auf dem Boden aufkam, spürte ich nicht mehr.

Ich stand wieder in meinem alten Zuhause. Oben auf der Galerie, direkt vor der Tür zu Noviomagus Labor. Aufgeregte Stimmen drangen durch sie hindurch.

„Können wir sie nicht doch auf unsere Seite ziehen? Sie von unserer Sache überzeugen?“, fragte Nemetona gerade. Sie besuchte Noviomagus erneut? So oft war dies in den letzten Jahren nicht vorgekommen, überlegte ich.

„Nein, weißt du nicht mehr? Sie konnte nicht einmal den Frosch beim Training töten. Sie hat ihn als Haustier adoptiert und bei ihrer Flucht mitgenommen." Noviomagus Enttäuschung war deutlich in seiner Stimme zu hören.

„Also, was soll das nun bedeuten? Dass der Plan gescheitert ist? All die Planung, die jahrelange präzise Durchführung. Das ganze Geld, dass ich euch zur Verfügung gestellt habe? Alles umsonst?"

„Nein, Nemetona. Wir können Allison nicht gebrauchen, aber ihre Kräfte schon. Ich weiß zwar noch nicht wie, aber wir können ihr die Kräfte entziehen, die sie bis jetzt entwickelt und trainiert hat, bis sie stirbt. Sie ist so mächtig, das wird ganz sicher reichen, um unseren Plan umzusetzen."

Was hatte ich da gerade gehört? Konnte das wirklich stimmen? Mein Herz pochte so laut, dass ich ihr Gespräch kaum noch verstehen konnte. Aufgeregt versuchte ich langsamer zu atmen und lauschte weiter:

„Und wenn es nicht reicht?", fragte Nemetona wenig überzeugt.

„Es muss reichen. Eine erzwungene Gefangenschaft ohne weiteres Training würde sie und ihre Kräfte nur schwächen. Das ist unsere einzige Chance", rief Noviomagus. Mein Herz sprang mir fast aus der Brust. Wie hatte ich nur so lange bei diesem Menschen leben können, ohne zu merken, wie gefährlich er für mich war? Ich musste etwas tun. Wie konnte ich mich nur gegen ihn wehren?

„Hm, dafür müssen wir sie erstmal finden."

Mein Blut fing an, in meinen Ohren zu rauschen. Ich wusste nicht, ob ich vor Wut oder vor Angst anfangen *sollte zu weinen. Ich spürte, wie die Realität wieder begann, mich zurückzuholen. Ich hörte nur noch, wie Noviomagus antwortete: „Dazu habe ich schon …“*

Dann verstummte alles und ich verschwand irgendwo zwischen Wirklichkeit und Wahn.

Als ich wieder erwachte, war ich immer noch umgeben von den riesigen, spitzen Zacken. Ich löste sie schnell auf und Dayven kam vorsichtig zu mir gelaufen.

„Alles okay?“, fragte er unsicher.

„Ich glaube nicht. Nein“, antwortete ich zwischen zusammengebissenen Zähnen.

„Was ist denn passiert? Wo warst du gerade eben?“

„Ich war in meinem alten Zuhause und …“, meine Stimme brach ab, als ich versuchte, die Tränen zu kontrollieren.

Dayven nahm mich fest in den Arm und strich mir beruhigend über die Haare.

Ich atmete tief durch und konnte langsam fortfahren: „Noviomagus scheint den Plan zu haben, mir meine Kräfte zu nehmen, um damit irgendein Ziel des Bösen Rates umzusetzen. Kann er mich hier überhaupt finden?“

„Nein, niemand findet uns hier. Dafür sorgen die Ältesten doch jeden Tag“, antwortete Dayven und beruhigte mich damit ein wenig. Er hatte recht. Die vielen Schutzzauber erlaubten es niemandem, uns hier zu überraschen. Das Gremium war viel zu mächtig. Hoffentlich auch mächtiger als der Böse Rat.

„Du solltest das Yuquma erzählen“, sagte Dayven.

„Wozu? Ich habe Angst, den Ältesten etwas zu erzählen, das sie verunsichern könnte. Vielleicht glauben sie mir auch nicht, dass ich das wirklich gesehen habe“, antwortete ich traurig. Ich konnte dem Gremium nicht mehr trauen. Vielleicht würden sie weitere Vorwände suchen, um mich doch noch verbannen zu können? Wenn Dayven wirklich recht hatte, musste ich keine Angst haben, dass jemand die Schutzzauber durchbrechen würde. Also warum sollte ich nochmal die Ältesten auf mich aufmerksam machen?

22. Kapitel

Nach einer unruhigen Nacht, die ich an Dayven gekuschelt verbracht hatte, quälte ich mich aus dem Bett. Mein Partner hatte sich schon im Bad zurecht gemacht und bereitete gerade das Frühstück vor. Heute gab es Marmelade aus selbstangebauten Erdbeeren. Obwohl sie sehr lecker aussah, hatte ich keinen Appetit. Zu sehr hingen meine Gedanken bei Noviomagus und seinen Plänen. Selbst wenn er mich hier nicht fand, würde er andere Wege suchen, denen zu schaden, die nicht auf seiner Seite standen. Wir mussten etwas tun.

Dayven bemerkte meinen angespannten Gesichtsausdruck und strich mir über die Wange, als wolle er die bösen Gedanken fortwischen. Ich musste lächeln und wir blickten uns in die Augen. Für den Moment hatte sein Manöver funktioniert. Ich blickte auf unsere Wanduhr. Nun musste ich mich beeilen. Yuquma würde eine Verspätung zu ihrem Einzelunterricht sicher nicht verzeihen. Also machte ich mich auf den Weg, nachdem ich Dayven einen Kuss auf die Wange gehaucht hatte. Er lächelte mir aufmunternd zu, als ich die Tür schloss. Mit gemischten Gefühlen kam ich an der Hütte der Ältesten an. Sie wartete bereits auf dem Rasen vor ihrer Tür auf mich.

„Setz dich zu mir, mein Kind“, sagte sie und deutete mir, mich ihr gegenüber niederzulassen.

Ich tat wie mir geheißen und faltete meine Beine zu einem Schneidersitz.

„Ich habe etwas für dich.“ Sie reichte mir eine dünne Kette aus Leder, an der ein dunkelgrün schimmernder Stein hing.

„Was ist das?“, fragte ich neugierig.

„Das ist ein Opal. Er soll dir Stabilität und Sicherheit beim Wirken deiner Magie geben“, erklärte sie.

„Danke“, sagte ich und nahm den Stein an mich. Er glänzte wunderschön im Sonnenlicht, das durch die Blätter unseres Baumes fiel.

„Gut, dann lass uns anfangen“, sagte Yuquma und stand auf.

Schnell hängte ich mir den Stein um den Hals und erhob mich ebenfalls. Zuversichtlich aktivierte ich meine Magie. Der Unterricht konnte beginnen. Aber wie ich erfuhr, würden wir nicht mit Magie arbeiten. Yuquma zeigte mir einige entspannende Übungen und ich lernte von ihr zu meditieren, um Selbstkontrolle zu erlernen. Doch ich konnte mich nicht wirklich darauf konzentrieren, da meine Gedanken immer wieder zu Noviomagus glitten. Ich versuchte, sie wegzuschieben, doch sie drängten sich immer wieder zurück an die Oberfläche meines Bewusstseins. Ich war mir nicht sicher, ob diese Art des Trainings für mich funktionierte.

Am Ende saßen wir noch ein wenig im weichen Gras und ich erzählte auf Yuqumas Nachfrage, wie verunsichert ich durch das Gespräch mit dem Gremium war.

„Du musst verstehen, Allison“, begann sie dann, „dass deinen Eltern von vornherein klar gemacht wurde, dass sie sich einander nicht annähern, sich nicht verlieben durften.“

„Wie Romeo und Julia“, warf ich ein und musste lächeln bei dem Gedanken an diese wunderschöne und doch tragische Liebesgeschichte.

„Nein, nicht wie Romeo und Julia, Liebes. Deine Eltern sollten ja nicht verfeindet sein. Sie stammten aus derselben Gesellschaft, sind mit denselben Regeln aufgewachsen. Deswegen empfinden es manche auch als unverantwortlich, was deine Eltern taten. Sie wussten um die Risiken und haben sich dennoch dafür entschieden zusammen zu sein.“

Wollte sie mir nun einreden, dass das Verhalten des Gremiums mir gegenüber gerechtfertigt war? Ich verstand es nicht. Wenn mir jemand sagen würde, dass ich nicht mit Dayven zusammen sein durfte, würde ich mich dagegen wehren und um jeden Preis für unsere Liebe kämpfen und ich wusste, dass Dayven es ebenso tun würde.

Die läutenden Glocken erlösten mich von diesem Gespräch. Die Magierwelt war wohl doch etwas kantiger, als ich zuerst vermutet hatte. Ich verabschiedete mich von Yuquma, ohne ein weiteres Wort zu diesem Thema. Vielleicht würde mich das Unterrichten der Kinder auf andere Gedanken bringen. Ich konnte eine Pause von meinen Gedanken sehr gut vertragen.

Zum Glück verlief der Unterricht heute ohne Probleme. Die gezeigte Aufgabe war wieder sehr einfach. Aber sie hatte nicht mit dem Element Erde zu tun, wie die letzten Male, als die Schüler Pflanzen wachsen lassen mussten. Heute lernten sie, einen kleinen Wirbelsturm zu erzeugen. Sie hatten viel Spaß dabei und meisterten diesen Zauber so gut, dass sie schon begannen, sich spielerisch zu ärgern, indem sie sich gegenseitig die Haare zerzausten.

Da kam ein Junge aus meiner Gruppe auf mich zu. Tierry hieß er. Von Nauré hatte ich erfahren, dass er Portale zu anderen Orten öffnen konnte. Jedoch durften wir dies nicht im Unterricht trainieren, was ich sehr schade fand. Damit könnte man doch viel Positives für unsere Gemeinschaft bewirken. Tägliche Ausflüge nach Barcelona zum Beispiel?

„Hi, Allison. Danke, dass du uns so toll unterrichtest“, begrüßte er mich freundlich.

„Hallo, Tierry. Danke, es freut mich, dass es euch bei mir so gut gefällt.“

„Ich habe gehört, du musstest vor das Gremium treten, weil du Nauré Runen gezeigt hast?“, fragte er schüchtern.

„Oh, ja. Das stimmt“, antwortete ich immer noch etwas geknickt.

„Aber du bist noch hier“, sagte er mit einem Lächeln. „Das hat mich inspiriert. Denn manchmal fühle ich mich hier nicht so wohl. Wenn man seine angeborenen Fähigkeiten nicht nutzen darf, ist das ... das ist sehr schwer für mich. Ich würde gerne damit helfen oder auch mal meine Eltern besuchen. Sie haben mich hergeschickt, damit ich in Magie unterrichtet werde. Doch das Magietraining bringt mir nicht viel, wenn ich nicht lerne mit meinen Fähigkeiten umzugehen.“

„Wie genau funktionieren denn deine Kräfte?“, fragte

ich neugierig.

„Soll ich es dir zeigen?“, fragte er nun aufgeregt. Seine Augen bekamen das gleiche Funkeln wie die von Nauré, als ich ihr Advanced Magic gezeigt hatte.

Doch plötzlich überkam mich ein Schauder. Wir durften diese Kräfte nicht benutzen. Ich durfte nicht schon wieder erwischt werden. Verstohlen blickte ich mich um. Yuquma befand sich am anderen Ende unserer Wiese und sprach gerade mit einer anderen Gruppe von Schülern. Sie wirkte sehr abgelenkt. Selbst Dayven war beschäftigt. Keiner würde es mitbekommen, wenn Tierry mir kurz seine Kräfte demonstrierte. Zudem war ich sehr neugierig, wie andere Arten von besonderen, magischen Fähigkeiten funktionierten. Ich nickte Tierry bestätigend zu. Wir gingen unbemerkt zu einem der Büsche am Rande des Unterrichtsgeschehens. Dort aktivierte Tierry seine Magie. Er formte einen senkrecht in der Luft stehenden Kreis, der gefüllt war mit seiner orangefarbenen Magie. Dann deutete er mir, hindurchzugehen. Zögerlich ging ich einen Schritt nach vorn. Ich musste mich etwas ducken, um hindurchzupassen. Ich setzte einen Fuß hinein und als ich festen Boden spürte, folgte der nächste. Tierry kam dicht hinter mir zum Stehen. Wir befanden uns in einer Art verlassener Lagerhalle. Sie sah ähnlich aus, wie die, in der ich aufgewachsen war. Jedoch hatte diese hier nur schlichte Wände aus Holzlatten, dementsprechend war es sehr kühl. Es standen unzählige Kisten herum und der Boden war staubig. An den Seitenwänden konnte ich Türen im fahlen Licht erkennen.

„Wo genau sind wir?“, fragte ich Tierry.

„Das weiß ich nicht genau. Ich habe vor kurzem von

diesem Ort geträumt und dann bin ich hier aufgewacht. Ich bin wohl im Schlaf durch ein Portal hergereist."

„Im Traum?", fragte ich neugierig. „Haben sich deine Kräfte zuerst gezeigt, während du geschlafen hast?"

„Ja, genau!", rief er nun.

Das fand ich sehr interessant. Vielleicht konnte ich meine Astralprojektionen eines Tages auch so steuern, wie Tierry gerade und wurde nicht immer ohnmächtig, wenn mein Geist sich auf eine Reise begab.

„Jetzt müssen wir aber schnell zurück. Nicht, dass jemand etwas merkt!"

Er formte wieder den Kreis aus Magie in der Luft und wir beide sprangen schnell hindurch. Ich bekam einen kleinen Adrenalinschub, als ich so ins Nichts sprang, doch eine Sekunde später stand ich wieder auf der Wiese des Lebensbaums. Tierry kam kurz nach mir ebenfalls wieder auf der Wiese an. Wie es schien, hatte niemand bemerkt, dass wir fort gewesen waren. Yuquma war weiterhin mit der anderen Gruppe beschäftigt und meine Schüler waren noch fleißig am Kichern über die Streiche, die sie sich gegenseitig spielten.

Ich sah Tierry begeistert an. „Das war wirklich beeindruckend", sagte ich leise.

„Danke. Kannst du vielleicht mal Yuquma fragen, ob wir unsere besonderen Kräfte doch im Unterricht ausprobieren dürften?", fragte er.

„Ich befürchte das geht nicht. Ich kann die Regeln nicht ändern, auch wenn ich das sehr gerne möchte", musste ich mit Bedauern zurückgeben.

Traurig kehrte Tierry zu den anderen zurück. Ich durfte mich nicht noch einmal zu so etwas verleiten lassen, maßregelte ich mich selbst. Ich durfte keine weiteren Risiken eingehen und wie würde es erst aussehen, wenn ich jetzt Yuquma nach Advanced Magic fragte? Das konnte ich leider nicht tun. Ich wollte dem Gremium keine Gelegenheit bieten, seine Entscheidung zu überdenken.

Dann horchte ich auf. Die Glocken läuteten schon wieder. Ich wollte mich gerade auf den Weg zurück zu unserer Hütte machen, als ich bemerkte, dass sowohl Dayven als auch Yuquma verschwunden waren. Suchend blickte ich mich um. War Dayven etwa schon zurück in unserer Hütte?

„Hey, Allison!“, rief Nauré. Sie stand etwas abseits und winkte mich zu sich. „Sieh mal, was wir für ein schönes Bild aus Wasserpfützen und Blütenblättern in den Rasen gezaubert haben!“

Schnell lief ich zu ihr und betrachtete das Kunstwerk. Sie und ihre beiden Freundinnen erklärten mir haargenau, wie sie das Bild erschaffen hatten. Ich sah mich noch einmal nach Dayven um, ohne Erfolg.

23. Kapitel

Einige Minuten später lief ich den Weg zu unserer Hütte entlang. Ich sah Bewegungen hinter den Vorhängen. Dayven war vermutlich früher mit dem Unterricht fertig gewesen und schon zurück nach Hause gegangen. Ich erreichte die Tür, stockte jedoch, bevor ich sie öffnete. Drinnen konnte ich Dayvens besorgte Stimme hören.

„Ich habe ihr schon ein wenig von meiner Vergangenheit erzählt und wir nähern uns einander immer weiter an. Was ich natürlich gut finde, aber ich habe Angst, was sie denken wird, wenn sie mehr über mich erfährt."

Sofort öffnete ich die Tür. Ich überfiel ihn damit wahrscheinlich, aber das war mir egal. Ich wollte wissen, was er vor mir verheimlichte und warum er das Gefühl hatte, mir nicht alles erzählen zu können.

„Allison!", rief er überrascht, als er mich sah. Er saß an unserem kleinen Tisch und ihm gegenüber saß Yuquma. Er hatte sich wohl nach dem Unterricht bei ihr Rat einholen wollen. Aber warum sprach er nicht mit mir darüber?

„Ich werde euch zwei allein lassen", sagte Yuquma, während sie aufstand und Dayven einen aufmunternden

Blick zuwarf. Sie zog die Tür hinter sich zu und wir waren allein.

„Was ist los?“, fragte ich mit gerunzelter Stirn. Dayven sah müde aus, obwohl es erst Mittag war. Was verheimlichte er vor mir?

„Es ist nichts …“, begann er schwach. Doch er merkte, wie lahm seine Aussage klang, als ich ihn mit hochgezogener Augenbraue ansah.

„Spuck es aus. Denkst du, ich würde dich nicht mehr mögen, wenn du es mir erzählst?“

„Nein, ich … ich hatte dir doch von meiner Vergangenheit erzählt“, begann er.

„Ja, dass dein Vater sehr streng war“, antwortete ich.

„Genau. Ich habe dir nicht alles erzählt. Mein Vater war ebenfalls ein Asparianer. Wie auch dein Onkel und ich, ich habe …“ Er brach ab.

Ich setzte mich zu ihm. Es fiel ihm offenbar schwer, es auszusprechen. Mit einer festen Umarmung gab ich ihm Mut. Nichts, was er getan oder erlebt haben könnte, würde uns auseinanderbringen.

„Ich war nicht nur Opfer, Allison“, sprach er nun weiter.

„Was soll das heißen?“, fragte ich und streichelte seinen Arm.

„Bevor ich vor meinem Vater geflohen bin, habe ich an das geglaubt, was er sagte. Ich stand hinter ihm, bei allem. Ich habe so schreckliche Dinge getan, weil ich dachte, es sei das Richtige. Ich habe Magier gequält. Habe an Plänen gearbeitet mit meinem Vater zusammen …“, dann endete er.

Wie erstarrt saß ich nun da. Meine Muskeln versteiften sich, während ich versuchte zu verstehen. „Also hast du ... du warst damals ... ein Asparianer?", fragte ich ungläubig. Ich war den Tränen nahe. Wie hatte er mir ein so wichtiges Detail seiner Vorgeschichte verheimlichen können?

„Bitte hasse mich nicht!", rief er, als ihm ebenfalls die Tränen in die Augen schossen.

Ich stand hektisch auf, um Distanz zu ihm aufzubauen.

Doch Dayven ließ das nicht zu und stand ebenfalls auf. Verzweifelt versuchte er sich zu erklären: „Aber das bin ich nicht mehr! Ich bin vor meinem Vater davongelaufen, als ich bemerkte, was ich tat! Ich bereue es zutiefst, dass ich solche schrecklichen Dinge getan habe."

Ich atmete tief ein und blickte ihm direkt in die Augen. All meine verwirrenden Gedanken waberten umher. Doch was Dayven anging, war ein einziger Gedanke für mich ganz klar: „Ich vertraue dir." Ich lächelte ihn an und küsste ihn.

„Was?", fragte er verwirrt.

„Ich glaube dir, Dayven. Ich habe dich in den letzten Wochen so intensiv kennengelernt, wie noch niemanden zuvor in meinem Leben. Mein Onkel hat mich angelogen, mein ganzes Leben lang und ich hatte schon immer ein komisches Gefühl bei ihm. Doch ich konnte es nicht zuordnen, wusste nicht, was es bedeutet. Bei dir sind meine Gefühle eindeutig. Ich liebe dich."

Er strahlte mich an, als ich ihm diesen Monolog vortrug. Nun waren es wohl Freudentränen, die ich in seinen Augen glitzern sah. „Ich liebe dich auch, Allison", entgegnete er und küsste mich so leidenschaftlich, wie er es noch nie zuvor getan hatte. Wir sanken auf die Laken seines Bettes nieder und verbrachten die nächsten

Stunden damit, uns unsere Liebe gegenseitig zu beweisen.

Irgendwann später lagen wir glücklich nebeneinander im Bett. Niemals hätte ich mir vorstellen können, dass ich so intensive Gefühle für einen anderen Menschen entwickeln könnte.

Ich hob meine Hand und wollte über Dayvens Brust streichen. Kurz bevor ich ihn berührte, dachte ich, kleine Funken zwischen uns umherspringen zu sehen. Ich bewegte meinen Zeigefinger weiter auf seinen Körper zu und als ich auf seine Haut traf, spürte ich einen Energiestoß. Es war nicht wie ein Stromschlag, sondern viel angenehmer, fast schon wunderschön.

Überrascht blickte Dayven erst mich und dann meine Hand an, die nun auf seiner Haut lag. Offenbar spürte er auch dieses angenehme Kribbeln. Plötzlich schwappten noch mehr Gefühle in mein Bewusstsein. Es waren ebenfalls Liebevolle, doch es schienen nicht meine zu sein, als hätten sie eine andere Farbe, aber trotzdem die gleiche Bedeutung. Überrascht blickte ich zu Dayven hinauf.

„Spürst du das auch?", fragte ich ungläubig. „Ich glaube, ich kann deine Gefühle spüren."

„Ja, ich glaube, ich spüre auch deine Gefühle", sagte er und schloss mich in seine Arme. Als meine Hand ihren Platz auf seiner Brust verließ, stoppte dieses intensive Pulsieren zwischen uns, doch das schöne Gefühl blieb. Ihn hatten diese Empfindungen wohl ebenso positiv überwältigt wie mich. Ich fühlte eine innige Verbindung zu Dayven und nun wusste ich, dass er sie auch spürte.

„Kannst du dich noch an die Gasse erinnern, in der ich gegen diesen Mann im Anzug gekämpft habe?", fragte er nun. Wir hatten uns wieder aneinander gekuschelt. Diese Energie zwischen uns war jedoch nicht mehr präsent. Nur wenn ich mich darauf konzentrierte, kamen die Funken wieder.

„Natürlich“, sagte ich. „Da habe ich zum ersten Mal von dir geträumt.“

Ein Lächeln umspielte seine Lippen. „Da habe ich gerade ein Mitglied des Bösen Rates gejagt. Durch die Fehler meiner Vergangenheit habe ich mich dazu entschlossen, die Asparianer zu bekämpfen. Ich habe nur für dich eine Pause eingelegt. Vielleicht können wir in Zukunft zusammen gegen sie angehen und die Umsetzung ihrer Pläne verhindern“, sagte er zuversichtlich.

„Das wäre schön“, antwortete ich und freute mich, endlich etwas tun zu können gegen das, was Noviomagus plante.

Da dachte ich an das, was Tierry mir heute erzählt hatte, dass sich seine besonderen Kräfte zuerst im Schlaf gezeigt hatten. Gespannt setzte ich mich auf. Vielleicht sollte ich mich noch einmal auf meine Kräfte konzentrieren und versuchen, mich zu projizieren.

„Was ist denn los?“, fragte Dayven besorgt.

„Ich möchte etwas ausprobieren“, sagte ich und versuchte, mich an das Training von heute Morgen bei Yuquma zu erinnern. Ich setzte mich in den Schneidersitz, begann tiefe Atemzüge zu nehmen und legte eine Hand an die Opalkette, die Yuquma mir gegeben hatte. Ich meditierte, dabei aktivierte sich wie von selbst meine Magie. Dann schloss ich meine Augen und konzentrierte mich auf das Gefühl, das mich seit Stunden beschäftigte: *Ich musste Noviomagus aufhalten.* Ich musste irgendetwas tun, sonst würde ihn wohl niemand stoppen. *Ich musste Noviomagus …*

Ich fand mich an einem anderen Ort wieder. Hatte es etwa funktioniert? Ich war in einer großen Kathedrale, doch sie war nicht so schön wie die Sagrada Família *in Barcelona. Diese hier war aus kahlem, dunkelgrauem Stein erbaut und durch ihre wenigen Fenster fiel nur fahles Licht. Ich befand mich in einer Nische am Rand, so dass die Leute mich nicht sehen konnten, die sich in der großflächigen Mitte des Raumes um einen großen Tisch versammelt hatten. Jemand stand an der Stirnseite des länglichen Tisches und zeigte auf eine Tafel, auf der ich einige Diagramme und Pfeile erkennen konnte. Er trug einen grauen Rollkragenpullover und eine schwarze Hose dazu. Er kam mir bekannt vor, überlegte ich.*

Wo war ich hier nur gelandet? Ich trat einige Schritte vor, um besser sehen zu können. Dann durchschoss es mich wie ein Blitz. War das etwa Noviomagus? Erfuhr ich nun endlich, was er tat, wenn er die Außenwelt besuchte?

Nun erhob er seine Stimme. Ich konnte sie deutlich erkennen. Sie gehörte eindeutig dem Mann, der mich seit meinem vierten Lebensjahr großgezogen hatte: „Auf den nächsten Seiten Ihres Handouts finden Sie weitere Pläne und deren Umsetzung, um in der Welt ein wenig Schaden anzurichten, die sicher ganz nach Asparius‘ Geschmack gewesen wären."

Nun ergriff eine Frau das Wort. Sie saß am vorderen Ende des Tisches und hatte beste Sicht auf die Ausführungen von Noviomagus. Ich meinte, in ihr Nemetona erkennen zu können. „Sehr schön. Gibt es Neuigkeiten von der Ausgrabungsstätte? Haben die Archäologen weitere Teile des Grabs von Asparius freilegen können?“, fragte sie und drehte sich zu einem jungen Mann, der ihr gegenüber saß. Ich verstand nicht, was er antwortete.

Hatte ich gerade richtig gehört? Asparius' Grab?

„Na gut", fuhr Nemetona fort und wandte sich wieder dem Redner zu, „wie sieht es mit deiner Forschung an der Magieextraktion aus? Jetzt, wo deine Kleine weggelaufen ist?"

„Ich ... ich habe große Fortschritte gemacht. Bald können wir ihr ihre Kräfte entziehen und sie uns zu Nutze machen", entgegnete Noviomagus nervös.

Wie gebannt blickte ich auf das Schauspiel, das sich mir bot. Neugierig lehnte ich mich weiter nach vorn, dabei stütze ich mich an der kalten Wand ab. Da fiel mein Blick auf meine Hand. Ich war wieder in der Gestalt eines Geistes hierhergereist. Wie lange ich wohl dieses Mal hierbleiben konnte? Vielleicht konnte ich es jetzt endlich steuern. Ich lehnte mich weiter nach vorn in der Hoffnung, noch mehr über die Asparianer herausfinden zu können. Doch da traf mich plötzlich der Blick von Noviomagus und das Blut gefror mir in den Adern. Ich konnte mich nicht bewegen. Stocksteif stand ich da. Hatte er mich etwa entdeckt? Er legte den Kopf schief, wie ein Raubtier, das gerade seine Beute erspäht hatte. Seine Augen funkelten mich wild an. Konnte er mir Schaden zufügen, obwohl ich nur eine Geistergestalt war? Ich wollte es lieber nicht herausfinden! Ich musste irgendwie einen Weg zurückfinden. Noviomagus kam mir nun entgegengelaufen und da flog mir auch schon die erste schwarze Magiebombe entgegen. Schnell riss ich die Arme in die Höhe und kniff die Augen zusammen. Die Wand bot mir aus diesem Winkel keine Deckung mehr. Wenn ich jetzt nicht meine Magie benutzen konnte, war es aus mit *mir. Und tatsächlich: die Bombe prallte an einer magischen Schutzwand ab, die ich soeben erschaffen hatte. Erleichtert atmete ich auf. Doch Noviomagus rannte weiter auf mich zu. Lange würde ich mich nicht gegen die vielen bösen Magier wehren können. Meine Atmung wurde flach und mir trat hektischer Schweiß auf die Stirn.* Wie komme ich hier nur wieder weg!?, *dachte ich nun panisch und griff aus Instinkt nach der Opalkette, die Yuquma mir für mehr Sicherheit und Kontrolle gegeben hatte. Dann riss mich etwas zurück zu meinem Körper und mir wurde wieder schwarz vor Augen.*

Ich erwachte wieder neben Dayven sitzend in meinem Körper. Erschöpft lehnte ich mich an ihn.

„Was hast du gesehen?“, fragte er.

„Ich war bei einem Treffen des Bösen Rates, das gerade stattfindet“, erzählte ich. „Wenn ich es richtig verstanden habe, wollen mir die Asparianer meine Kräfte entziehen, um damit die Leiche von Asparius wiederzuerwecken!“, rief ich und konnte selbst nicht glauben, was ich da sagte.

„Wie bitte?“, rief Dayven nun genauso entsetzt. „Das müssen wir Yuquma berichten!“

Sofort sprangen wir auf und rannten zu Yuqumas Hütte. Dayven hatte recht, sie musste davon erfahren. Nun konnte das Gremium sich nicht mehr heraushalten. Wir alle waren in Gefahr, falls dieser Verrückte wieder an die Macht kam. Und das auch noch mithilfe meiner Magie!

24. Kapitel

Laut schlug die Tür hinter uns zu, als wir zu Yuqumas Hütte rannten. Sie öffnete uns sofort, nachdem Dayven energisch angeklopft hatte.

„Yuquma, wir müssen dringend mit dir reden!“, stieß ich schwer atmend hervor.

„Kommt erstmal herein. Was gibt es denn?“, fragte sie.

„Wir haben Grund zur Annahme, dass der Böse Rat etwas plant, das sowohl Allison als auch allen Magiern schaden wird“, begann Dayven besorgt.

„Genau, ich habe mich als Astralprojektion zu einer Sitzung der bösen Magier begeben und konnte mithören, dass sie planen, die Leiche von Asparius mithilfe meiner Magie wiederzuerwecken!“

„Du hast mit Absicht deine Kräfte genutzt, um den Bösen Rat zu belauschen?“, fuhr Yuquma mich an.

„Ähm, nein. Das war eigentlich aus Versehen“, log ich, „und das ist doch jetzt zweitrangig. Wichtig ist, dass die Bösen etwas planen, das für uns alle gefährlich werden könnte!“

„Woher willst du wissen, dass du tatsächlich als Astralprojektion dort gewesen bist? Es könnte auch eine böse Vorahnung gewesen sein. Ein Streich, den dir deine Ängste spielen wollen?"

„Ich habe mich schon öfter in meinen Träumen astralprojiziert. Dayven kann es bestätigen! Wir haben uns schon in meinen Astralprojektionen gesehen, noch bevor wir uns zum ersten Mal in der realen Welt begegnet sind", erklärte ich Yuquma.

„Ja, das stimmt. Ich denke, sie hat wirklich die Realität gesehen", sprang Dayven ein.

„Wo genau haben sich denn die bösen Magier getroffen?", fragte Yuquma.

„Das war in einer alten Kirche aus grauen Steinen", entgegnete ich und hoffte, dass sie mir endlich glauben würde.

„Aha, die Beobachter der Magierwelt haben Informationen gesammelt, dass sich der Rat in einem gläsernen Hochhaus der Londoner Innenstadt trifft. Von einer Kirche oder ähnlichem wurde uns noch nie berichtet. Bist du sicher, dass es eine Kirche war?", fragte Yuquma zweifelnd.

„Also, nein. Ich weiß es nicht ..." Plötzlich war ich verunsichert.

„Und wen genau hast du gesehen? Kannst du dich an Gesichter erinnern?", fragte sie nun drängender.

„Ähm, ich habe auf jeden Fall Noviomagus gesehen. Und Nemetona?", versuchte ich die Erinnerungsbruchstücke in meinem Kopf zusammenzuführen.

„Aber sie weiß, was sie gehört hat. Es ging eindeutig darum, ihre Kräfte zu stehlen, um Asparius zurückzubringen!", kam Dayven mir zu Hilfe.

„Selbst wenn das alles wahr sein sollte“, begann Yuquma, „was soll ich nun dagegen tun? Wir sind hier ein kleiner Unterschlupf für verstoßene Magier. Unsere oberste Priorität ist die Sicherheit unserer Mitglieder. Deinen kleinen Rachefeldzug, Dayven, habe ich zuvor nur geduldet, weil niemand anders außer dir selbst dabei zu Schaden gekommen ist. Ich bin sicher, die besten *erwachsenen* Magier, die dafür ausgebildet wurden, sind dem Bösen Rat schon auf den Fersen.“ Mahnend blickte sie uns an.

„Aber es ist wahr! Wir müssen das Gremium informieren!“, widersprach ich ihr.

„Du kannst nichts davon beweisen!“, entgegnete sie scharf.

„Wie wäre es mit einem Erinnerungsritual, Yuquma?“, fragte Dayven mit ruhiger Stimme.

Sie drehte ihren Kopf in Dayvens Richtung und blickte ihn nachdenklich an.

„Was ist ein Erinnerungsritual?“, fragte ich, doch mich schien niemand zu beachten.

„Hm, gute Idee“, murmelte sie und es war einige Sekunden still. „Ich glaube, ich habe noch etwas Vergissmeinnicht vorrätig“, sagte Yuquma nun inspiriert und lief zu einem Regal, in dem sie getrocknete Pflanzen aufbewahrte.

„Mit einem Erinnerungsritual kann Yuquma in dein Bewusstsein eindringen und die Erinnerung aufrufen, die du am meisten begehrst, noch einmal zu durchleben. Du und Yuquma können dann beide diese Erinnerung sehen. Damit können wir sie überzeugen, dass du das Gespräch des Bösen Rates wirklich mitgehört hast. Auch für das Gremium wäre es interessant, so viele Informationen wie möglich von euch beiden zu erfahren", erklärte Dayven.

In mir kam ein mulmiges Gefühl auf. Was genau würde Yuquma sehen können? Konnte sie auch auf andere persönliche Dinge in meinem Gedächtnis zugreifen, die ich lieber für mich behalten wollte? Ich schob meine Zweifel beiseite. Das spielte nun keine Rolle! Ich musste mir noch einmal diese Erinnerung für sie ins Gedächtnis rufen, ansonsten würde sie mir nicht glauben. Vor allem würde das Gremium mir nicht glauben und somit auch nichts gegen die bösen Machenschaften von Noviomagus unternehmen. Ich wollte diese Erinnerung unbedingt noch einmal sehen!

„Wie sieht es aus, Allison?", fragte mich nun Yuquma, die schon die Blütenblätter zu einem Tee aufgebrüht und in zwei Tassen gegossen hatte.

„Tun wir es!", sagte ich entschlossen und nahm ihr eine der Tassen ab.

„Nun, gut. Setzen wir uns." Sie ließ sich im Schneidersitz auf dem Boden nieder.

Ich tat es ihr gleich und während der Tee abkühlte, zerstieß sie noch ein paar andere Kräuter in ihrem Mörser zu einer grünen Paste. Diese nahm sie nun mit den Fingern ihrer rechten Hand auf und malte mir damit eine Rune auf die Stirn. Schnell tranken wir beide den seltsam schmeckenden Tee. Dann nahm Yuquma meine Hand und begann, etwas Unverständliches vor sich hin zu summen. Ich schloss die Augen und versuchte, mir die fragwürdige Erinnerung wieder ins Gedächtnis zu rufen. *Die Erinnerung, die ich am meisten begehrte.* Da begannen meine Finger zu kribbeln. Die Geräusche der Hütte und der Wiese davor verschwammen. Es war nun nicht mehr angenehm kühl, sondern wurde unerträglich heiß.

Ich befand mich plötzlich in einem Meer aus Flammen. Panisch sprang ich auf und blickte mich um. Ich stand in einem kleinen Raum, ein Bild von einem rosafarbenen Einhorn hing an der Wand, darunter ein Gitterbettchen. Ich konnte Schreie hören. Der giftige Rauch quoll in meine Lungen und schnürte mir fast die Luftröhre zu. Ich begann zu husten und meine Augen tränten. Schützend legte ich mir meinen Ärmel über Mund und Nase. Es half jedoch nicht.

Da sprang die Tür auf. Eine Frau brach im Türrahmen zusammen. Sie streckte eine Hand nach dem Kind aus, das weinend in dem Bettchen auf sie wartete. Ich erkannte entsetzt, dass es meine Mutter war und das Baby, war das etwa ich? Schnell hockte ich mich zu der Frau hinunter. Ich konnte ihr nicht helfen, meine Finger glitten durch sie hindurch als wäre ich ein Geist. Ich konnte nur tatenlos zusehen, wie meine eigene Mutter ohnmächtig wurde. Wo war mein Vater? Warum half er denn nicht?

Das Feuer verschlang weiter unbändig die Einrichtung des niedlichen pinken Zimmers. Tränen flossen mir über die Wangen. Warum war ich nur hier gelandet? Ich hatte etwas ganz anderes durch dieses Ritual sehen wollen! Wo war Yuquma? War sie mit mir hierher gekommen? Ich blickte mich um, konnte sie aber nirgends sehen. Die Flammen fraßen sich weiter durch das, was ich einst mein Zuhause genannt hatte. Traumatisiert brach ich auf dem Boden zusammen. Ich wollte nur noch fort von hier! Suchend blickte ich mich nach einem Ausweg um. Wenn ich das Haus verließ, hörte dieser Albtraum vielleicht von allein auf. Doch alles, was ich sah, war Feuer.

Da fiel mir plötzlich etwas auf: Die Flammen züngelten zwar wie echtes Feuer, doch sie schimmerten dunkler und ihre Wurzel war pechschwarz. Das war kein natürliches Feuer! Ein Magier musste es kontrollieren, so dass die Zerstörung weiter angetrieben wurde. Schwarz, überlegte ich, während sich die Flammen weiter ihren Weg in meine Richtung bahnten. Noviomagus! Es war Noviomagus, der das Feuer gelegt und somit meine Eltern ermordet hatte!

Ich schlug die Augen auf und rang nach der sauberen Luft in Yuqumas Hütte. Erst jetzt spürte ich, wie meine Hände und Beine angefangen hatten zu zittern. Sofort griff ich nach Dayvens Hand.

„Hey, alles okay? Was hast du gesehen?“, fragte er besorgt.

„Ich habe die Nacht noch einmal durchlebt, in der meine Eltern gestorben sind. Ihr Tod war kein Unfall. Man konnte deutlich sehen, dass das Feuer magisch erschaffen worden ist. Ich denke, Noviomagus hat sie umgebracht“, flüsterte ich geschockt.

Zeitgleich mit mir war auch Yuquma wieder aufgewacht. Sie blieb jedoch still und wartete, bis ich mich beruhigt hatte.

Ich stand auf und tigerte gedankenverloren durch den Raum. Was sollte ich nur mit dieser Information anfangen? Wieso hatte ich nicht schon früher die Puzzleteile dieses Mysteriums zu der einzig logischen Schlussfolgerung zusammengelegt? Natürlich musste es Noviomagus gewesen sein! Erinnerungen blitzen auf. *Noviomagus, wie er mich zwang, Lollihop zu töten. Wie er mich schon als kleines Mädchen bis zur Erschöpfung während des Trainings bekämpfte.* Er hatte mein ganzes Leben darauf hingearbeitet, mich stärker zu machen. Nein, nicht mich. *Meine Kräfte.* Es war ihm nur um meine magischen Kräfte gegangen, da ich durch das Verbot der Ältesten wahrscheinlich eines der letzten Kinder von zwei mächtigen Magiern war und meine Kräfte somit das Potenzial hatten, so stark zu werden, wie die von Asparius. Es gab für mich keinen Zweifel mehr: Noviomagus musste aufgehalten werden! Aber ich wusste nicht, wer noch an diesem teuflischen Plan mitwirkte. Wir mussten endlich das Gremium informieren.

„Allison? Sag doch etwas. Du machst mir Angst", unterbrach mich Dayven in meinen Gedanken. Ich hatte nicht bemerkt, dass er sich vor mich gestellt hatte und meine Schultern ergriffen hatte.

„Wir müssen Noviomagus aufhalten. Diese Vision aus meiner Kindheit zeigt nur noch deutlicher, dass wir handeln müssen. Er ist zu gefährlich! Mit dem Wissen, das ich über ihn habe, werden wir das Gremium sicher überzeugen können, die zuständigen Behörden zu informieren. Nicht wahr, Yuquma?"

Die Älteste legte skeptisch ihre Stirn in Falten.

„Außerdem bist du in großer Gefahr, wenn nicht sofort etwas gegen Noviomagus unternommen wird!", führte Dayven meine Argumente fort.

„Ihr habt recht", wandte Yuquma nun ein. „Ich muss diesen Fall und das weitere Vorgehen mit dem Gremium besprechen", sagte sie und verließ ohne ein weiteres Wort ihre Hütte.

25. Kapitel

„Ruhe! Ruhe, bitte! Beruhigt euch endlich! Allison, kannst du irgendetwas davon beweisen?“, fragte der Magier, der mir erneut während der Gremiumsversammlung gegenübersaß.

Der geschwollen redende Gehilfe des Gremiums hatte mich an Yuqumas Hütte abgeholt, nachdem sie so überstürzt gegangen war, und mich gebeten, an der Sitzung teilzunehmen. Natürlich war ich sofort aufgesprungen und mit ihm gegangen. Nun musste ich das Gremium nur noch überzeugen.

„Nein, den Fall den Yuquma euch gerade geschildert hat, kann ich nicht beweisen. Aber ich bin als Astralprojektion zu dem Treffen des Bösen Rates gereist. Etwas Ähnliches ist mir schon öfter passiert und ich weiß, dass es Realität ist!“, schwor ich und verlieh meinen Worten mit einer ernsten Tonlage noch mehr Dringlichkeit. Wieder stand ich auf dieser fast durchsichtigen Plattform hoch oben im Lebensbaum und musste dem Gremium Rede und Antwort stehen.

„Wenn ihre Kräfte schon so stark sind, dass die Asparianer sie ihr stehlen wollen, fühle ich mich nur noch mehr in der Annahme bestätigt, dass die Kleine zu einer Gefahr für uns alle werden wird!“, rief Aleejna dazwischen. „Wir sollten sie endlich von uns stoßen!“

„Nein, wir müssen ihr ihre Kräfte nehmen, bevor es die Asparianer tun!“, rief ein anderer.

Geschockt blickte ich zwischen den beiden Gremiumsmitgliedern hin und her. War das etwa ihr Ernst?

„Was redet ihr denn da? Sie ist immer noch eine junge Magierin, die unsere Hilfe benötigt!“, rief Yuquma in die Debatte hinein.

Mir wurde ganz flau im Magen. Gedankenverloren strich ich über die Opalkette, die Yuquma mir gegeben hatte, und suchte Halt an ihr. Schon wieder hielt das Gremium nur meinetwegen eine Sitzung ab. Ich wollte doch nur vor Noviomagus und den Magiern des Bösen Rates sicher sein. Stattdessen ging es erneut darum, wie gefährlich ich werden könnte, wenn man nichts gegen mich unternahm. Das Gremium tat so, als wäre *ich* die Böse. Warum dachten sie das nur? Ich konnte doch nichts dafür! Meine verwirrten Gefühle wandelten sich um in Wut.

„Wie könnt ihr es wagen!“, schrie ich aufgebracht in das Stimmengewirr hinein und plötzlich waren alle still. „Wie könnt ihr es wagen, über meinen Kopf hinweg über mein Schicksal zu entscheiden! Ich kann nichts für meine magischen Kräfte, ich wurde so geboren und durch sie bin ich in Gefahr! Ich habe hier Zuflucht gesucht, doch nun bin ich nicht mehr sicher, ob dies hier wirklich eine Zuflucht oder ein Gefängnis ist! Der Feind bin nicht ich, also hört auf, gegen mich zu kämpfen! Ich beginne sogar zu denken ... Vielleicht wart ihr es? Vielleicht wart ihr diejenigen, die das Feuer in dem Haus meiner Eltern legten, um mich zu töten, bevor ich euch gefährlich werden konnte?!“

Bevor die aufgebrachten Stimmen sich gegen mich erheben konnten, wurde der Lebensbaum von einer gewaltigen Explosion erschüttert. Alle blickten mich an, als erwarteten sie, dass ich erneut die Kontrolle über meine Kräfte verlieren würde. Doch ich war es nicht gewesen! Oder? Eine zweite Explosion war zu spüren und dieses Mal sahen wir sie auch. Durch eines der Fenster war deutlich zu erkennen, dass die Schutzzauber am äußeren Rand des Blätterdaches attackiert wurden. Hatte Noviomagus mich etwa gefunden?

„Alle raus hier!“, rief jemand und sofort brach Panik aus.

Die magische Plattform schwebte in Windeseile nach unten. Die Ältesten aktivierten ihre Magie und kamen fast zeitgleich mit mir am Boden an. Sie beherrschten das magische Schweben deutlich besser als ich, musste ich zähneknirschend zugeben. Schnell rannten wir nach draußen und kamen auf den großen Wurzeln des alten Baumes zum Stehen. Die schützende magische Wand war durchbrochen. In dem Blätterdach klaffte ein riesiges Loch und einige der Äste brannten schon lichterloh. Zwischen den Flammen erkannte ich Noviomagus und mindestens zehn weitere Magier, die in der Luft schwebten und zu weiteren Angriffen ansetzten. Ich sah, wie alle aus ihren Häusern und aus dem Inneren des Lebensbaumes gerannt kamen. Sie versammelten sich in großen Gruppen und starrten ungläubig gen Himmel.

Da wandte sich Yuquma an mich: „Such Dayven und versammle alle im hinteren Teil der Übungswiese. Dort scheinen keine Angriffe stattzufinden. Lass Tierry ein Portal erschaffen, so dass ihr fliehen könnt!"

„Was?" Ungläubig starrte ich sie an. Sie wollte, dass Tierry absichtlich seine besonderen Fähigkeiten einsetzte? „Aber was ist mit euch? Braucht ihr denn keine Hilfe?", fragte ich panisch. Der Lärm der Explosionen war inzwischen so laut, dass ich fast schreien musste.

„Geht! Wir schaffen das!", rief Yuquma. Dann aktivierte sie ihre Magie und flog in Windeseile davon.

Ich wandte mich ab und erspähte Dayven. Er winkte mir hektisch zu und sofort machte ich mich auf den Weg zu ihm. Gerade als ich den ersten Schritt in seine Richtung tat, hörte ich eine weitere Explosion und ein riesiger Feuerball schlug genau vor mir in den Boden ein. Nur knapp schaffte ich es auszuweichen. Ich drehte mich langsam um und meine Befürchtung bewahrheitete sich: Die Asparianer hatten die erste Verteidigungslinie der Ältesten durchbrochen.

So schnell wie nie zuvor rannte ich auf Dayven zu. „Wo ist Tierry?", rief ich schon aus der Ferne, doch er schien mich nicht zu verstehen. Da blitzte Tierrys Gesicht zwischen den vielen Schülern auf. Ich lief an Dayven vorbei direkt auf den jungen Magier zu, der uns alle retten würde.

„Allison! Weißt du, was hier los ist?", fragte er unter Tränen, als er mich ebenfalls entdeckt hatte.

„Die Asparianer haben uns gefunden! Sie greifen den Lebensbaum an!"

„Was?", riefen die umstehenden Magier und verfielen in panisches Geschrei.

„Tierry", sagte ich, während ich ganz dicht an ihn herantrat, „du kannst uns alle retten. Öffne ein Portal zu dieser verlassenen Halle, die du mir gezeigt hast. Weißt du noch?“

„Natürlich weiß ich es noch. Aber für so viele habe ich noch nie ein Portal geöffnet!“, entgegnete Tierry besorgt.

„Keine Sorge! Ich weiß, dass du das kannst!“, machte ich ihm Mut und es schien zu funktionieren.

Sein Gesicht hellte auf. Er formte in der Luft vor uns ein riesiges Loch, das zu einem anderen Ort führte, und befahl jedem, hindurchzugehen. Die ersten trauten sich und sprangen hindurch. Dayven war inzwischen zu uns gekommen und blickte mich fragend an.

„Wir müssen alle durch Tierrys Portal evakuieren“, rief ich. „Bitte hilf mir, alle in Sicherheit zu bringen.“

Dayven nickte. Wir teilten uns auf und durchkämmten die Reihen der Verwirrten und Verängstigten. Wir sagten allen, wo sie das Portal finden konnten, das sie in Sicherheit bringen würde, und versuchten, sie zu beruhigen, damit keine Panik vor der Enge des Portals entstand. Schon nach kurzer Zeit leerte sich die Wiese unter dem Lebensbaum. Die Ältesten waren die ganze Zeit damit beschäftigt, uns ein sicheres Entkommen zu ermöglichen. Sie wehrten die Angriffe der Bösen so gut wie möglich ab. Als das letzte Kind durch das Portal verschwunden war, blickte ich mich nach ihnen um und erschrak fürchterlich. Fast alle von ihnen waren verwundet durch die Zauber der Asparianer. Ihre weißen Gewänder waren mit riesigen dunklen Blutflecken übersät. Einige fielen bereits vom Himmel wie Engel ohne Flügel. Verzweifelt musste ich zusehen, wie sie von einem finalen Schlag getroffen oder kaltblütig von hinten mit magischen spitzen Waffen erdolcht wurden und dann ohnmächtig zu Boden fielen. In der

Sekunde, bevor sie auf der Erde aufschlugen, verwandelten sie sich plötzlich in weißen Rauch und zerflossen in wunderschönem magischen Nebel, der diese Situation noch unwirklicher erscheinen ließ. Ich stellte mir vor, dass sie Frieden fanden und nun an einen besseren Ort kamen durch ihren heldenhaften Tod, den sie nur für uns starben.

Auf einmal fiel mein Blick auf meinen Onkel, der mich mit seinen wilden Augen fixierte. Gerade als er sich auf mich stürzen wollte, flog eine zierliche Gestalt dazwischen und blockierte seinen Angriff. Es war Yuquma! Vorsichtig stieß ich mich vom Boden ab und versuchte, zu ihr zu schweben und ihr zu Hilfe zu eilen.

„Yuquma!“, rief ich weinerlich, während ich wackelig auf sie zuflog. Sie durfte nicht meinetwegen sterben! Die Bösen waren viel zu mächtig, sie musste mit uns fliehen!

„Nein, Allison! Geh!“, rief sie und drehte sich mit ernstem Blick zu mir um.

Das durfte sie nicht tun! Ich musste ihr helfen! Plötzlich war Dayven an meiner Seite und umklammerte meinen Arm so fest, dass er ganz taub wurde.

„Nein!“, schrie ich und versuchte vergeblich, mich aus seinem Griff zu befreien.

„Allison, wir müssen fliehen. Komm jetzt“, sagte er bestimmt, obwohl ich in seiner Stimme das Bedauern darüber hören konnte.

Dann schritt ich mit ihm durch das Portal, das Tierry für uns offen gehalten hatte. Auf der anderen Seite angekommen, blickte ich mich nach Yuquma um. Sie kämpfte tapfer bis zum Schluss, doch die Reihen der Ältesten schrumpften weiter.

„Schließ das Portal!“, rief Dayven nun drängend, als

wir sahen, wie einige der Bösen es fast bis zur Übungswiese geschafft hatten und versuchten, uns durch das Portal zu folgen. Einen letzten Blick warf ich auf Yuquma, während das rettende Tor immer kleiner wurde und Tierry den Zauber schließlich beendete. Wir waren vorerst in Sicherheit. Die Erfahreneren unter uns begannen, neue Schutzzauber um unseren neuen Unterschlupf zu spannen. Was war mit den restlichen Ältesten geschehen? Waren sie etwa alle gestorben, nur weil Noviomagus mich hatte entführen wollen? Ich kauerte mich in eine Ecke und brach unkontrolliert in Tränen aus.

Dayven und die anderen Helfer hatten begonnen, allen zu erzählen, was genau vorgefallen war. Sie erkundigten sich, wie es jedem Einzelnen erging und leisteten seelischen Beistand.

Ich saß immer noch etwas außerhalb der Menschenmengen und bangte um Yuqumas Leben. Tierry war bei mir geblieben und wartete darauf, ein magisches Zeichen von einem der Ältesten zu empfangen. Wir wussten nicht genau, in welcher Form, doch wir hofften, dass zumindest einige überlebt hatten und uns aus der Ferne zu verstehen geben wollten, ebenfalls hierher fliehen zu wollen. Doch es geschah nichts. Wir warteten eine Ewigkeit und nichts passierte. Es war leider viel zu gefährlich, selbst zum Lebensbaum zurückzukehren. Dort könnte es vor Asparianern nur so wimmeln. Das konnten wir nicht riskieren. Nicht nachdem die Ältesten sich für uns geopfert hatten.

Die Nacht war hereingebrochen und mit ihr die gnadenlose Kälte. Sie zog durch die mit Holz verkleideten Wände und trieb mir einen Schauder über den ganzen

Körper. Alle warteten weiter auf die Rückkehr der Ältesten.

Nach einiger Zeit gab ich die Hoffnung auf. Sie würden nicht zurückkommen. Noviomagus und seine Schar von bösen Magiern mussten sie alle inzwischen getötet haben. Nur meinetwegen, hatten die Bösen den Lebensbaum angegriffen. Sie waren auf der Suche nach mir gewesen. *Nur meinetwegen, waren so viele gestorben.* Dieser Satz hallte für Stunden in meinem Kopf wider. Die Trauer darüber drohte, mich in ein schwarzes Loch zu stürzen, doch das konnte ich nicht zulassen. Ich musste das beenden! Selbst wenn ich dabei umkommen würde. Ich musste es tun. Für die Ältesten, für Yuquma, musste ich kämpfen. Und für meine Eltern, die diesem Kampf schon vor so vielen Jahren zum Opfer gefallen waren.

Ich sprang auf und suchte nach Tierry. Er musste noch ein letztes Portal für mich öffnen.

26. Kapitel

Nur das Geräusch meiner Schritte auf dem kahlen, grauen Boden durchschnitt die Stille in Noviomagus‘ Labor. Mein Herz pochte, als sich Tierrys Portal hinter mir schloss. Ich war umgeben von völliger Dunkelheit. Noviomagus’ Abwesenheit überraschte mich. Ich hatte erwartet, dass er von seiner Offensive gegen uns schon wieder zurückgekehrt war. Die Erinnerung daran jagte mir erneut die Angst durch meinen Körper. Davon durfte ich mich nicht ablenken lassen! Ich musste konzentriert bleiben. Als ich das letzte Mal hier gewesen war, hatte ich nicht gewusst, wonach ich suchen musste. Doch nun hatte ich seinen bösen Plan in Erfahrung gebracht. Ich entzündete mit meiner Magie die Lichter an der Decke und begann eilig, nach irgendwelchen Unterlagen zu suchen. Vielleicht fand ich Hinweise, die mir den Standort von Asparius‘ Leiche verrieten. Mit ihrer Zerstörung würde der Plan der Asparianer vereitelt sein. Entschlossen ging ich auf eines der vielen Regale zu und durchstöberte die Dokumente, die fein säuberlich in einzelnen Ordnern abgeheftet waren. Ich fand Studien und Fallberichte, die Jahre zurückreichten, doch kein

Wort über Asparius, einen Magietransfer oder ähnliches. Enttäuscht schlug ich den letzten der Ordner zu. Wahrscheinlich trug er die Pläne immer in seiner Aktentasche mit sich, dachte ich argwöhnisch. Ich hielt inne. Was war das? Ich fühlte plötzlich eine Beunruhigung tief in mir. Sie umgab mich wie der schwarze Nebel aus Unwissenheit, der sich mein ganzes Leben lang über meine Wahrnehmung gelegt hatte. Ruckartig drehte ich mich zur Labortür. Das mulmige Gefühl wurde stärker. Ich sah zu, wie sich ihr Knauf drehte und sie sich langsam öffnete. Sie knarzte wie in einem schlechten Horrorfilm. Mit berechnendem Blick fixierte mich die dunkle Gestalt, die nun durch die Tür trat. Genauso wie ich musste auch er die Spannungen gespürt haben, die uns beide hierher geleitet hatten.

„Noviomagus", sagte ich mit einer Stimme, die vor Hass nur so triefte.

„Allison", entgegnete er mir mit Verachtung. Er spuckte den Namen, den meine Eltern mir gegeben hatten, aus seinem Mund wie verdorbenes Essen. Noch nie hatte er mich so genannt. Es jagte mir eine riesige Angst ein, die ich mir jedoch nicht anmerken ließ.

Die ganze Situation wirkte surreal. Nun stand ich hier. In einem Raum, den ich nie hatte betreten dürfen, um gegen den Mann zu kämpfen, der sich fast mein ganzes Leben lang um mich gekümmert hatte. Dieses Mal kämpfte ich nicht zu Trainingszwecken gegen ihn, sondern bis zum bitteren Ende. Entweder er oder ich würde am Ende übrig bleiben. Vorher würde ich diesen Raum nicht verlassen.

„Ich weiß alles", begann ich mit Genugtuung in der

Stimme. Ich kannte endlich seinen Plan und sah mich dadurch im Vorteil. „Ich weiß, was du mit mir vorhast. Dass ihr Asparius zurückholen wollt und dass du meine Eltern getötet hast“, warf ich ihm vor. Wie konnte man nur so abgrundtief böse sein?

Ein irres Lachen entkam seiner Kehle. „Deshalb bist du hier? Um mich damit zu konfrontieren? Du denkst doch nicht, dass du mich aufhalten kannst?“, schrie er und lachte wieder seine ekelige Lache, als wäre er geisteskrank.

„Gib es zu!“, schrie ich und aktivierte dabei meine Magie. Sie züngelte wie unbändiges Feuer um meine geballten Fäuste herum.

„Oh, wie ich sehe, ist die Wirkung des chemischen Safts abgeklungen. Du hast das tiefe Blau deiner Mutter geerbt.“

Entsetzt sah ich ihn an. Der Gedanke an meine Mutter trieb mir Tränen in die Augen. Ich blinzelte sie fort. Genau das hatte er doch damit bezwecken wollen. Er wollte, dass ich die Fassung verlor und dadurch meine Deckung fallen ließ, doch das würde ich nicht zulassen. Zu oft hatten wir zusammen trainiert, als dass ich mich von seinen Tricks ablenken lassen würde. Drohend hob ich die Fäuste.

Meine Stimme überschlug sich, als ich ihn erneut aufforderte: „Spuck es endlich aus! Ich will es hören!“

„Warum willst du es hören? Du weißt es doch schon längst! Deine Neugier war mir schon immer ein Dorn im Auge. Aber gut, wenn du es hören möchtest: Ich war es! Ich habe das Feuer im Haus deiner Eltern gelegt! Ich habe euch mitten in der Nacht überrascht und das Feuer mit meiner Magie immer weiter in euer Haus getrieben, so dass es für euch kein Entkommen gab. Dann habe ich dich aus dem brennenden Gebäude gerettet, um dich großzuziehen. Nach kurzer Zeit entdeckte ich auch deine Absorptionskräfte. Dadurch bestätigte sich meine Annahme, dass du sehr mächtig sein musst. Ich entwickelte die Formel für die chemische Lösung, so dass du mir nicht gefährlich werden konntest. Sobald meine Tierversuche funktioniert hätten, hätte ich dir deine Kräfte entzogen." Er machte eine kurze Pause und lächelte über die gesamte Breite seines Gesichts. „Es ist sehr nett von dir, freiwillig zu mir zu kommen. Das macht es für mich wesentlich einfacher, meinen Plan schnellstmöglich umzusetzen. Nemetona wird außerordentlich stolz sein."

Da riss Noviomagus plötzlich seine Hände nach oben und attackierte mich mit seiner Magie. Die mit Nebel gefüllte Kugel raste auf mich zu. Ich hielt schützend die Hände vor mein Gesicht, doch die Bombe verfehlte mich. Sie schlug neben mir in den Boden ein und löste sich in dichtem Nebel auf. Warum hatte er mich nicht getroffen? Verwirrt sah ich zu Noviomagus herüber. Ich erkannte, dass er seine Magie ähnlich einer Gasmaske über sein Gesicht gelegt hatte. Bevor ich reagieren konnte, hüllte mich der schwarze Nebel weiter ein. Mir wurde schwindelig und im nächsten Moment verlor ich das Bewusstsein.

***

Kälte. Nicht nur innerlich, sondern auch äußerlich fühlte ich nichts als Kälte. Unter mir befand sich eine metallene Oberfläche. Ich blinzelte mehrmals gegen das grelle Licht des Labors an und erkannte, wo ich mich befand: Noviomagus hatte mich in den Käfig gesperrt! Panisch versuchte ich aufzustehen, doch er war so klein, dass ich mich kaum bewegen konnte. Ich versuchte, nach dem Vorhängeschloss zu greifen, das an der Käfigtür baumelte, zuckte jedoch zurück, als mich plötzlich ein elektrischer Schlag durchfuhr. Hatte Noviomagus den Käfig etwa mit einer Art Schutzzauber belegt? Tatsächlich: In dem weißen Licht schimmerte die fast durchsichtige schwarze Oberfläche seines Schutzbannes.

„Mach dir keine Umstände, Kleines. Die Tür bekommst du nicht auf", sagte Noviomagus, der gerade an seiner penibel sauberen Arbeitsfläche in der Mitte des Raumes stand und mit einigen Reagenzgläsern hantierte.

Vielleicht konnte ich mit meiner Magie eine Explosion erzeugen und den Käfig aufsprengen oder in einem unbeobachteten Moment die Runen finden, die den Bann lösen würden. Ich öffnete meine rechte Hand, doch nichts geschah. Ich konzentrierte mich verbissen darauf, den blauen Magienebel zu erschaffen, wieder nichts. Panisch öffnete und schloss ich meine Hand wieder, nahm meine linke Hand dazu, aber es half nichts. Ich hatte meine Magie verloren! Wie konnte das sein? Ratlos blickte ich zu Noviomagus hinauf. Dieser war weiter mit dem Mischen irgendwelcher Flüssigkeiten beschäftigt. Anscheinend war er sich sehr sicher, dass er nicht auf mich Acht geben musste, und da erkannte ich auch, warum. In der Mitte seiner Arbeitsfläche stand ein kleines Fläschchen, welches mit einem Korken verschlossen war. Darin befand sich wunderschöner dunkelblauer Nebel, der intensiv pulsierte und leuchtete. Hatte Noviomagus mir meine Kräfte entzogen als ich ohnmächtig gewesen war? Oh nein! Damit hatte ich nicht gerechnet. Wie sollte ich denn ohne meine Magie fliehen können? Warum zum Teufel hatte ich bloß niemandem gesagt, wo ich hinging? Ich hatte Tierry ausdrücklich befohlen, mir nicht zu folgen und auch keinem davon zu erzählen. Wie hatte ich nur glauben können, dass ich allein gegen Noviomagus ankommen könnte? Ich kauerte mich auf dem metallenen Boden zusammen und konnte nicht verhindern, dass eine Träne meine Wange hinabkullerte.

„Ach, Kleines. Du brauchst nicht zu weinen", sagte Noviomagus, doch sein Mitleid war nur gespielt. Insgeheim musste er es genießen, dass er seinen Plan nun endlich zu Ende bringen konnte. „Wie du schon bemerkt hast, habe ich dir erfolgreich deine Kräfte entzogen. Du kannst stolz auf dich sein, du bist Teil von etwas Größerem! Das können nur sehr wenige Menschen von sich behaupten", sagte er aufmunternd.

Ich stieß nur verachtend mit dem Fuß gegen den Käfig.

„Sei nicht traurig. Bald ist es vorbei. Ich arbeite an einer Formel, die dich ohne große Schmerzen umbringen wird. Du hast dich zwar ganz schön gewehrt in der letzten Zeit, aber einen qualvollen Tod hast du dennoch nicht verdient", sagte er wieder mit diesem beängstigenden Lächeln im Gesicht. „Ich hatte eigentlich gedacht, dass du sterben würdest, wenn ich dir all deine Kräfte genommen habe. Zumindest war es bei Asparius so, dass er die Magier immer bis zum Tod ausgesaugt hat."

Panisch blickte ich mich nach einer Möglichkeit um, zu fliehen, jedoch ohne Erfolg. Es war aussichtslos. Traurig zog ich die Beine an meinen Körper und umklammerte sie fest, damit sie aufhörten zu zittern. Mein Plan war gescheitert. Ich hatte Noviomagus nicht aufhalten können, sondern hatte mich unbedacht in seine Arme gestürzt. Dadurch brachte ich alle Magier in Gefahr. Sie wussten nichts von dem Unheil, das ihnen drohte. Meine Gedanken wanderten zu Dayven. Er würde am Boden zerstört sein, wenn er von meinem Tod erfuhr. Ich konnte ihn nicht im Stich lassen! Ich musste kämpfen! Brennende Wut stieg auf einmal in mir auf. Nicht ich war schuld daran, dass die Welt der Magier in Gefahr war, sondern ganz allein Noviomagus, und dafür musste er büßen! Plötzlich vernahm ich ein unbekanntes Geräusch. Es hörte sich an, wie ein scharfes Schwert, das ruckartig die Luft durchschnitt. Da tat sich eines von Tierrys Portalen auf und Dayven kam entschlossen hindurch gesprungen. Suchend blickte er sich um und entdeckte mich in meinem Käfig.

„Allison!"

„Dayven!", rief ich. Ich war erleichtert, ihn zu sehen, machte mir aber im selben Moment Sorgen um ihn. Wie konnte er sich nur so in Gefahr bringen?

„Ich konnte deine Verzweiflung sogar über die Entfernung spüren. Ich bin so schnell gekommen, wie ich konnte!"

„Oh, das ist ja rührend. Jetzt könnt ihr zusammen sterben", sagte Noviomagus und trat einen Schritt von seinen Reagenzgläsern zurück.

„Lass sie sofort gehen!", rief Dayven, während er drohend seine Magie aktivierte.

„Moment, habe ich da eben richtig gehört? Du heißt Dayven?" Ein kleiner Schatten der Trauer zog über sein

Gesicht. „Du siehst deinem Vater sehr ähnlich."

Dayven runzelte ungläubig die Stirn. „Sie kennen meinen Vater?"

Das war genau die Reaktion, die sich Noviomagus gewünscht hatte, denn er holte sofort zum Angriff aus. Er aktivierte seine Magie und attackierte Dayven mit allem, was er hatte. Er war entschlossen, sich von niemandem die Zielgerade zur Erfüllung seines Lebenswerkes verbauen zu lassen.

Hasserfüllt musste ich zusehen, wie Noviomagus Dayven immer mehr verletzte. Das konnte ich nicht zulassen! Mein Hass auf Noviomagus wuchs immer weiter. Blind vor Wut umfasste ich die Gitterstäbe des Käfigs. Meine Atmung ging nun stoßweise. Ich musste hier raus! Ich konnte spüren, wie ich an Macht gewann. Plötzlich sah ich, wie sich die schwarz schimmernde Wand aufzulösen schien. Hatte ich gerade die Magie des Schutzzaubers absorbiert? Ohne weiter darüber nachzudenken, versuchte ich erneut, das Schloss des Käfigs zu sprengen. Dieses Mal funktionierte es. Meine Absorptionskräfte hatte Noviomagus mir offensichtlich nicht nehmen können! Die Magie, die ich nun anwendete, war so pechschwarz wie die von Noviomagus. Für kurze Zeit stand mir wohl nun die Menge an Magie zur Verfügung, die Noviomagus in den Schutzzauber gesteckt hatte. Ich öffnete die lädierte Tür des Käfigs und sprang eilig hinaus.

Dayven sah schon sehr erschöpft aus, Noviomagus war einfach zu mächtig für ihn. Ich musste nun schnell handeln! Ich griff nach der Flasche, in der sich meine blau leuchtende Magie befand, und schlug sie kräftig auf die Arbeitsfläche, so dass sie in winzig kleine Scherben zersprang. Meine ganze Handfläche war nun blutig, doch den Schmerz spürte ich nicht einmal. Ich sah nur zu, wie meine Magie in der Mitte des Raumes umherwirbelte. Würde sie zu mir zurückkehren? Natürlich würde sie das! Sie flog auf mich zu, als hätte sie ein Eigenleben entwickelt. Sie wusste genau, zu wem sie gehörte. Nun hüllte sie mich in ihren dunkelblauen Schimmer und drang in jede Zelle meines Körpers ein, als wolle sie sich in meinem Erbgut verankern. Ich schwebte einige Zentimeter über dem Boden und fühlte mich so mächtig wie nie zuvor. Wieder vereint mit meiner Kraft, stürzte ich mich nun auf Noviomagus. Ich schwebte schnell auf ihn zu und trat ihn gezielt in die Mitte des Brustkorbes, so dass er unsanft auf den Boden fiel. Er zündete eine kleine Rauchbombe, doch diesen Trick kannte ich schon. Ich ließ ebenfalls eine wunderschöne blaue Kugel in dem Laborraum zerbersten und schickte den vermischten Magienebel in meine geöffneten Hände zurück. Sofort hatte ich wieder klare Sicht. Verblüfft sah Noviomagus mich an. Aus dem Nebel formte ich nun eine von innen brennende Kugel, die ich sofort auf den Bösen schleuderte. Dieser konnte gerade noch ausweichen und kam in der hinteren Ecke des Raumes wieder auf die Füße. Entsetzt und schwer atmend blickte er mich an. Ich fühlte mich wie neu geboren und dadurch unbesiegbar.

„Du kannst natürlich auch aufgeben, wenn du nicht mehr kannst", wiederholte ich herablassend die Worte, die er mir einst bei einem unserer Kämpfe hineingewürgt hatte. Ich lächelte siegessicher. Doch wie ich nur zu gut wusste, kam Hochmut vor dem Fall. Ich musste wachsam bleiben. Was würde er als nächstes versuchen?

Er griff nach einem der gläsernen Behälter in dem Regal neben sich und warf ihn vor mir auf den Boden. Feiner Staub hüllte mich ein, der mich zum Husten brachte. Schnell formte ich einen Schutz aus Magie um Nase und Mund herum. Ich spürte, wie das Pulver an meinem Bewusstsein zerrte. Es wollte mich vergessen lassen, doch das würde ich verhindern! Wieder schwebte ich hinauf, formte einen riesigen Ball um die verseuchte Luft herum und schrumpfte ihn wieder. Den Magieball, in dem nun all das giftige Pulver gefangen war, ließ ich zu Stahl verhärten. Als ich mit ihm fertig war, warf ich ihn achtlos auf den Boden und löste die magische Gesichtsmaske wieder auf. *Zu einfach*, dachte ich und sah mich nach Noviomagus um. Dieser hatte die Ablenkung genutzt und sich an Dayven herangeschlichen. Ich blieb bewegungslos stehen, als ich erkannte, dass Noviomagus Dayvens Hals mit seinem Arm umklammerte und ihn mit einem Dolch aus seiner pechschwarzen Magie bedrohte. Schnell dachte ich nach. Welche Möglichkeiten hatte ich? Ich hatte nicht genug Zeit, zu Noviomagus zu gelangen, um ihm den Dolch aus der Hand zu reißen. Wenn ich versuchte, ihn mit meiner Magie anzugreifen, konnte das ebenfalls schief gehen. Da kam mir eine Idee. Sie war riskant, aber das einzige, das mir gerade einfiel. Damit Noviomagus keinen Verdacht schöpfte, hob ich beide Hände, als wollte ich mich ergeben. Ich musste ihn glauben lassen, dass er die Kontrolle über diese Situation zurückgewonnen hatte. Unbemerkt steuerte ich mit meinen Gedanken die Stahlkugel an, die ich gerade fallen gelassen hatte. Ich öffnete sie, dass das unbekannte Pulver herausrieselte. Den Stahl verformte ich dann zu einem Messer und ließ es an der Wand entlang und unter den Regalen hindurch bis hinter Noviomagus schweben. Dann stieß ich es nach vorn und durchbohrte damit seinen Rücken. Vor Schmerz schrie Noviomagus auf und ließ Dayven los. Sofort war ich bei ihm und schob ihn schützend hinter mich.

„Du kleine ...", setzte Noviomagus an.

Noch bevor er seinen Satz beenden konnte, führte ich meine Angriffe mithilfe meiner Magie fort. Ich setzte ihm Minutenlang immer weiter zu. Jeden seiner Angriffe konnte ich problemlos abwehren. Ich war wild entschlossen, es endlich zu beenden. Hier und jetzt. Damit ich den Dämonen meiner Vergangenheit entsagen konnte. Plötzlich geriet eines der Regale neben uns ins Wanken und stürzte uns entgegen. Noviomagus hatte unbemerkt seine Magie dorthin gesendet. Ich musste besser aufpassen! Wir konnten gerade noch rechtzeitig ausweichen. Das Regal kippte um und sein ganzer Inhalt zerbrach, alle Flaschen und Behälter, die unidentifizierbare Flüssigkeiten, Pflanzen und Pulver enthielten. Es stank fürchterlich und fast wurde mir flau im Magen von den giftigen Dämpfen. Da stürzte sich Noviomagus erneut auf mich. Ich erschuf eine starke Wand aus meiner Magie, an der er abprallte. Fluchend schlug er dagegen. Schelmisch lächelnd löste ich sie wieder auf und setzte zu einem neuen Angriff an. Während des magischen Schlagabtausches begannen die magischen Zutaten auf dem Boden miteinander zu reagieren. Es roch plötzlich nach Rauch.

„Allison!", rief Dayven als er die Flammen entdeckte.

Ich drehte ruckartig meinen Kopf und erkannte ebenfalls die Gefahr. Ich kämpfte mich näher an Noviomagus heran, so dass ich von magischen zu physischen Angriffen übergehen konnte. Unterstützt durch meine Magie schleuderte ich meinem Kontrahenten Fäuste, Ellenbogen, Knie und Füße entgegen. Ich blieb unerbittlich, bis ich bemerkte, wie seine Schlagkraft nachließ. Bald hatte ich ihn! Ich schlug weiter auf ihn ein und warf zwischendurch eine brennende Magiekugel, der er kaum noch ausweichen konnte. Keuchend stand er mir gegenüber, während er weiter schützend seine Arme in der Luft hielt. Da nahm er mit seiner Magie einige der Glassplitter vom Boden auf und schleuderte sie in meine Richtung. Ich konnte mir nur noch schützend die Hand vor mein Gesicht halten, als sie meinen Arm und meine verletzte Handfläche zerschnitten. Es schmerzte fürchterlich und kurz hielten wir beide inne.

„Na? Doch nicht mehr so unbesiegbar, was?“, fragte er spöttisch.

Ich blitzte ihn entschlossen an. Dann aktivierte ich meine Magie und ließ sie über meine verletzten Körperstellen fließen. Ohne dass ich auch nur hinsehen musste, heilte sie meine Wunden. All das geschah instinktiv, als würde meine Magie mir zeigen, wozu wir beide gemeinsam fähig waren.

Erstaunt blickte Noviomagus auf meine geheilte Haut. Dann ging unsere Angriffsserie weiter. Ich spürte, wie ich langsam an Kraft verlor. Das Feuer in der anderen Ecke des Zimmers wuchs immer weiter, sein Rauch vernebelte bereits unsere Sicht. Mit allerletzter Kraft konnte ich den Hustenreiz unterdrücken.

Noviomagus begann zu lachen. „Nun stirbst du doch noch in einem Feuer“, rief er in das laute Flammeninferno hinein.

Wie konnte er nur! Blind vor Wut stürzte ich mich auf ihn. Meine Faust von glühend heißer Magie umhüllt. Mein Schlag traf ihn präzise und er sackte auf dem Boden zusammen. All seine Kraft hatte ihn verlassen. Ich löste meine Magie und umklammerte seine Kehle mit bloßen Händen.

„Nun endet es!“, schrie ich. „Nun! Endet! Es!“

Ich konnte fühlen, wie ich noch stärker wurde. Seine Haut begann unter meinen Fingern blau zu leuchten. Ich würde seine ganze Magie absorbieren. Dann war es endlich vorbei! Wie wild geworden umklammerte ich ihn. Ich befand mich wie in einer Art Rausch. Diese fast unbegrenzte Macht fühlte sich unglaublich an! Er ächzte etwas Unverständliches, seine Hände versuchten nach mir zu greifen, mich wegzustoßen, doch das ließ ich nicht zu.

Plötzlich ergriff jemand meine Schulter und Dayven tauchte in meinem Blickfeld auf. Davon ließ ich mich nicht ablenken. Gleich hatte ich uns beide gerettet.

„Allison, nicht“, sagte Dayven mit ruhiger Stimme. „Werde nicht zu demselben Monster, das du gerade bekämpfst. Jemanden zu töten ist sein Weg, nicht deiner!“

Sein Druck auf meine Schulter verstärkte sich und langsam ließ ich von Noviomagus ab. Ich kam wieder zur Besinnung und stand ruckartig auf. Was hatte ich da gerade getan? Was für ein Mensch war ich durch meine Macht geworden? Wurde ich vielleicht sogar der nächste Asparius? Mir kamen die Tränen. Dankbar umarmte ich Dayven. Er hielt mich fest und half mir, mich wieder zu beruhigen.

„Komm, lass uns verschwinden“, sagte er und blickte

abfällig auf Noviomagus herab. Dieser lag geschwächt auf dem Boden und rührte sich kaum. Seine Augen folgten uns, als wir uns umdrehten und langsam zur Tür seines Labors gingen. Ich ließ Noviomagus ohne einen Hauch von Schuldgefühlen zurück.

„Es endet, wie es begonnen hat: mit Feuer“, sagte ich und schloss die Tür hinter uns.

Wir liefen schnell die Treppe hinab und rannten zur Tür. Ich legte meine Hand auf den Schutzzauber, der uns daran hinderte, diesen schrecklichen Ort zu verlassen, brannte mit meiner neu gewonnenen Macht ein Loch hinein und löste ihn somit auf. Wir schlüpften hindurch und kamen auf dem vertrockneten Gras vor dem Gebäude zum Stehen. Schwer atmend sahen wir uns an.

„Du hast es geschafft!“, sagte Dayven begeistert.

„Wir haben es gemeinsam geschafft, Noviomagus aufzuhalten“, entgegnete ich stolz lächelnd als wir zusahen, wie sich die Flammen weiter ihren Weg durch das Gebäude fraßen. „Und wie kommen wir jetzt nach Hause?“, fragte ich.

Da zog Dayven einen Stein aus seiner Tasche. „Ich sag eben Tierry Bescheid, dass er uns abholen kann“, antwortete er lässig und aktivierte kurz seine Magie. Dann ließ er den Stein fallen, der sich wieder in Rauch auflöste, kurz bevor er den Boden berührte.

Sofort öffnete sich direkt neben uns ein magisches Portal. Wir sprangen hindurch und fanden uns in einer großen Menschenmasse wieder. Fast alle Magier, die den Angriff der Bösen überlebt hatten, waren versammelt. Aber nicht unseretwegen. Sie blickten besorgt auf den Boden vor uns. Dort kniete ein Magier, der mit uns zusammen eine Gruppe von Schülern unterrichtet hatte, und neben ihm lag Yuquma! Sofort ließ ich mich neben ihr auf den Boden fallen.

„Yuquma! Du lebst!“, rief ich erleichtert. Aber sie antwortete nicht.

„Sie konnte uns noch kontaktieren, aber als wir sie fanden, war sie schon bewusstlos. Sie hat sehr viel Blut verloren und ihr Herz schlägt nur noch ganz schwach.“

„Nein, Yuquma! Du darfst nicht sterben!“, flehte ich sie an.

Ich legte meine Hand auf ihren Bauch. Mir kam eine Idee, wie ich ihr helfen könnte. Ich wusste nicht, ob es funktionieren würde, aber einen Versuch war es wert. Ich konzentrierte mich auf meine Magie. Yuqumas Gewand begann unter meinen Fingern blau zu leuchten, wie die Haut von Noviomagus zuvor, doch dieses Mal kehrte ich den Magiefluss um.

„Allison, was tust du?“, rief Dayven entsetzt.

„Warte“, sagte ich ruhig und konzentrierte mich weiter darauf, ihr etwas von meiner Magie abzugeben. Das würde Yuquma heilen und ihr gleichzeitig Kraft geben. Einige Sekunden verstrichen. Alle umstehenden Magier waren ganz still geworden. Sie warteten gespannt, ob Yuquma es schaffen würde. Und tatsächlich: Sie holte tief Luft und setzte sich auf.

„Was ist passiert?“, fragte sie verwirrt.

Freudig stand ich auf und half ihr auf die Beine.

„Hast du mich etwa gerade mit deiner Magie geheilt?“, fragte sie ungläubig.

„Ja. Ich habe Absorptionskräfte, aber ich kann sie für gute Zwecke einsetzen.“

„Danke, Liebes“, sagte sie erleichtert und drückte dankend meine Hand.

Zur Feier des schwer erkämpften Sieges gab es ein großes Festmahl, das wir gemeinsam mithilfe unserer Magie zubereiteten, denn eine Küche gab es hier leider nicht. *Noch nicht*. Dayven und ich entschlossen uns dazu, dieses heruntergekommene Gebäude wieder auf Vordermann zu bringen und es zu einem neuen Zufluchtsort für hilfesuchende Magier zu machen. Und wir planten noch viel mehr: Es sollte eine Schule für Magier entstehen, in der jeder Runenmagie lernte und besondere Fähigkeiten gefördert wurden. Gemeinsam wollten wir die Elite der neuen Generation von Magiern ausbilden, denn die Asparianer waren noch nicht besiegt und ich spürte, dass dieser Sieg nur von kurzer Dauer sein würde.

Epilog

Eine schwarze Gestalt trat aus dem Schutz der Bäume und lief durch die Dunkelheit auf das zerstörte Gebäude zu. Es war nur noch ein Gerippe. Kaum noch zu erkennen als das, was es vor kurzem noch gewesen war, bevor die Flammen es zerfressen hatten.

Als die Gestalt eintrat, knirschte der Boden unter ihren Füßen. Die verkohlten Gegenstände lagen auf der Erde verstreut und machten es dem Magier noch schwerer, das zu finden, was er suchte. Ein Beobachter hätte ihn als Mann mittleren Alters identifizieren können, doch zu so später Stunde trieb sich niemand mehr hier herum. Der Mann trug eine kleine leuchtende Kugel aus Magie mit sich, die ihm mit ihrem Licht half, nicht über die Trümmer zu stolpern. Er tastete sich weiter vor und blickte sich um. Als er auf diesem Wege nichts finden konnte, hielt er kurz inne. Sollte er das Risiko eingehen? Ihn durfte nur niemand von den Menschen entdecken. Doch er hatte keine andere Wahl, sonst würde es wohl Stunden dauern. Also ließ er seine pechschwarze Magie über den Erdboden fließen, er hatte sie so verzaubert, dass sie aufleuchten würde, wenn sie etwas Lebendiges berührte. Misstrauisch suchte er die nahe Umgebung nach ungewollten Beobachtern ab.

Plötzlich sah er ein Leuchten einige Meter vor sich. Schnell schritt er nach vorn und begann, in den verkohlten Überresten zu graben. Eine fremde Hand griff nach ihm. Er hatte ihn gefunden! Vorsichtig zog er den Überlebenden aus dem Dreck.

„So, nun sind wir quitt", murmelte der Retter grimmig.

Der Gerettete ächzte und klopfte sich den Schmutz von der Kleidung. „Ich weiß. Nun sei nicht so mies gelaunt."

„Ach, wieso denn nicht? Dein Plan ist komplett nach hinten losgegangen, Bruder! Über ein Jahrzehnt habe ich gewartet!"

„Aber ich lebe noch, also ist mein Plan noch nicht ganz gescheitert. Wir überlegen uns zusammen etwas Neues, um uns ihre Kräfte zu holen."

„Na gut, Noviomagus. Ich habe schließlich keine andere Wahl", gab der Retter seufzend zurück.

„Und du wirst auch keine andere Wahl haben wollen, mein lieber Bruder! Wir tun erstmal noch nichts, wir müssen uns bedeckt halten", sagte Noviomagus, der nun wieder zu neuer Stärke fand.

„Was? Warum denn das? Wir müssen noch einmal zuschlagen, weil sie jetzt am Verletzlichsten ist!"

„Nein, Allison soll sich erst einmal in Sicherheit wähnen. Man kann viel mehr zerstören, wenn man seinem Opfer Zeit gibt, sich etwas aufzubauen", sagte Noviomagus mit tiefer Stimme und brach in unkontrolliertes Gelächter aus.

Der Mann schüttelte den Kopf und bahnte sich seinen

Weg aus dem Trümmerfeld hinaus. „Na, wollen wir mal hoffen“, sagte er mehr zu sich selbst als zu seinem Gehilfen und seufzte.

Danksagung

Zuerst einmal vielen Dank an meine Mutter, meine erste Testleserin mit den besten Ratschlägen.

Vielen Dank an meinen Partner, Denis, der mich immer motiviert, mir ein offenes Ohr geschenkt und an schlechten Tagen aufgemuntert hat.

Vielen Dank an Vie und Mila, die mir einen Weg aufgezeigt haben, wie ich mein Buch erfolgreich veröffentlichen kann und mich somit motiviert haben, dieses Buch überhaupt anzufangen zu schreiben.

Noch einmal speziellen Dank an Mila, die mir hunderte Coverdesigns präsentiert hat, bis es perfekt war.

Dann natürlich vielen Dank an meine Testleser: Yasmin, Kristin, Arne, Nele, Niklas und Dennis.

Besonderer Dank gebührt: Salino, Tüte und Riley, die an dunklen Tagen immer für ein Lächeln sorgen.

Danke, dass ihr mich auf diesem schönen aber auch nervenaufreibenden Weg, mein Buch zu schreiben und zu veröffentlichen, begleitet habt. Ohne Euch hätte ich es nicht geschafft.